표본실의 청개구리

무거운 기분의 침체와 한없이 늘어진
생(生)의 권태는 나가지 않는 나의
발길을 남포까지 끌어왔다.
귀성한 후 칠팔 삭 간의 불규칙한 생활은
나의 전신을 해면같이 짓두들겨 놓았을
뿐 아니라 나의 혼백까지 두식하였다.

표본실의 청개구리

염상섭

소담출판사

발 간 사

우리는 물질적 가치를 중시하는 산업시대의 큰 풍조 속에서 경제적 부 (富)만을 추구하는 열병을 앓고 있는 것 같다. 물질적 가치와 똑같은 비중으로 또는 경우에 따라서는 그보다도 더 귀중한 정신적 가치에 관한 소중함을 몰각한 것이 오늘날의 풍조가 아닌가 한다.

따라서 역사적으로 면면히 이어오고 있는 우리 문화의 한 중심인 문예의 가치를 인식하고, 널리 보급시키는 것은 매우 중요한 의미를 지닌다고 할 수 있다.

우리가 어진 사람을 인격의 표본으로 삼을 때 근대 문학 작품에서는 이광수의 「흙」에 등장하는 허숭을 생각할 수 있고, 옛 문학에서는 흥부를 생각할 수 있다. 이러한 문예작품 속의 인물들은 우리 민족성원 한 사람한 사람의 마음속에 인격의 한 표본으로 존중되어 사람답게 사는 실천적 지혜로 이어진다.

여기서 문예작품은 그 작품을 창작한 개인의 재능에 의한 것이지만, 그 내용에 담긴 인물의 심성과 인격의 아름다움은 바로 그 작품을 읽는 독자들의 자아를 성숙게 하는 길잡이가 된다. 즉 작품에 실현된 정신적 가치는 우리 민족의 창조적 지혜로서 이어지고 이해되어 민족의 정신적 지향의 전통이 됨을 깨닫게 된다.

특히 젊은 세대에게 역사의식과 전통적 가치를 학습할 자료로서 우리 문학의 선집은 필수적인 의미를 지니고 있다.

오늘날의 상업적 풍조에서 탈피하여 한국의 전통을 이해하고 새 시대의 창조적 전진을 위한 밑거름으로서 베스트셀러 한국문학선은 기여할 것이다.

새 시대의 새 독자들에게 가장 뜻깊은 선물이 될 것을 자부하며, 작품의 선정에 있어서도 그 뛰어난 예술성은 물론 내용의 심화된 것을 중시하여 엄정히 선택한 것임을 밝혀두는 바이다.

신 동 욱

차례

〔염상섭〕

〈일러두기〉

1. 선정된 작품은 1920 ─ 1970년대 한국 현대 소설사의 대표적 작품들로서 현행 고등
   학교 검인정 문학 8종 교과서에 실린 작품 외 개별 작가의 대표적 작품을 중심으로
   엮었다.

2. 표기는 원문의 효과를 고려하여 발표 당시의 표기를 중시했으나, 방언은 살리되 의미
   전달을 위해 되도록 현대표기법을 따랐다.

3. 띄어쓰기는 개정된 한글맞춤법에 따랐다.

4. 외래어는 외래어 표기법을 따랐다.

5. 대화나 인용은 " "로, 생각이나 독백 및 강조하는 말은 ' '로 표시하였다.

6. 본 도서는 대입수능시험은 물론 중 ─ 고교생의 문학적 소양 및 교양의 함양을 위해
   참고서식 발췌 수록이 아닌 모든 작품의 전문을 수록하였음을 밝혀둔다.

표본실의 청개구리

1

　무거운 기분의 침체와 한없이 늘어진 생(生)의 권태는 나가지 않는 나의 발길을 남포(南浦)까지 끌어 왔다.

　귀성한 후 칠팔 삭간의 불규칙한 생활은 나의 전신을 해면같이 짓두들겨 놓았을 뿐 아니라 나의 혼백까지 두식(蠹蝕)하였다. 나의 몸은 어디를 두드리든지 알코올과 니코틴의 독취를 내뿜지 않는 곳이 없을 만큼 피로하였다. 더구나 육칠월 성하를 지내고 겹옷 입을 때가 되어서는 절기가 급변하여 갈수록 몸을 추스르기가 겨워서 동네 산보에도 식은땀을 줄줄 흘리고 이야기하려면 두세 마디째부터는 목침을 찾았다.

　그러면서도 무섭게 앙분(昂奮)한 신경만은 잠자리에서도 눈을 뜨고 있었다. 두 해, 세 해 울 때까지 엎치락뒤치락거리다가 동이 번히 트는 것을 보고 겨우 눈을 붙이는 것이 일주일간이나 넘은 뒤에는 불을 끄고 드러눕지를 못하였다.

　그 중에도 나의 머리에 교착(膠着)하여 불을 끄고 누웠을 때나 조용히 앉았을 때마다 가혹히 나의 신경을 엄습하여 오는 것은, 해부된 개구리가 사지에 핀을 박고 칠성판 위에 자빠진 형상이다. 내가 중학교 2년 시대에 박물 실험실에서 수염 텁석부리 선생이 청개구리를 해부하여 가지고 더운 김이 모락모락 나는 오장을 차례차례로 끌어 내서 자는 아기 누이듯이 주정병(酒精瓶)에 채운 뒤에 옹위(擁圍)하고 서서 있는 생도들을 돌아다보며 대발견이나 한 듯이,

"자 여러분, 이래도 아직 살아 있는 것을 보시오."

하고 뾰죽한 바늘 끝으로 여기저기를 콕콕 찌르는 대로 오장을 빼앗긴 개구리는 진저리를 치며 사지에 못박힌 채 벌떡벌떡 고민하는 모양이었다.

8년이나 된 그 인상이 요사이 새삼스럽게 생각이 나서 아무리 잊어버리려고 애를 써도 아니 되었다. 새파란 메스, 달기똥만한 오물오물하는 심장과 폐, 바늘 끝, 조그만 전율…… 차례차례로 생각날 때마다 머리끝이 쭈뼛쭈뼛하고 전신에 냉수를 끼얹은 것 같았다.

남향한 유리창 밑에서 번쩍 쳐드는 메스의 강렬한 반사광이 안공(眼孔)을 찌르는 것 같아 컴컴한 방 속에 드러누웠어도 꼭 감은 눈썹 밑이 부시었다. 그러나 그럴 때마다 머리맡에 놓인 책상 서랍 속에 넣어 둔 면도칼이 조심이 되어서 못 견디었다.

내가 남포에 가던 전날 밤에는 그 중이 더욱 심하였다. 간반통밖에 안 되는 방에 높이 매달은 전등불이 부시어서 꺼 버리면 또다시 환영에 괴롭지나 않을까 하는 염려가 없지 않았으나, 심사가 나서 위통을 벗은 채로 벌떡 일어나서 스위치를 비틀고 누웠다. 그러나 '째응' 하는 소리가 문틈으로 스러져 나가자 또 머리에 엄습하여 오는 것은 수염 텁석부리의 메스, 서랍 속의 면도다. 메스…… 면도, 메스…… 잊으려면 잊으려 할수록 끈적끈적하게도 떨어지지 않고 어느 때까지 꼬리를 물고 머릿속에서 돌아다니었다. 금시로 손이 서랍으로 갈 듯 갈 듯하여 참을 수가 없었다. 괴이한 마력은 억제하려면 할수록 점점 더하여 왔다. 스스로 서랍이 열리는 소리가 나서 소스라쳐 눈을 뜨면 덧문 안 닫은 창이 부옇게 보일 뿐이

요, 방 속은 여전히 암흑에 침적(沈寂)하였다. 비상한 공포가 전신에 압도하여 손끝 하나 까딱거릴 수 없으면서도 이상한 매력과 유혹은 절정에 달하였다.

"내가 미쳤나? 아니, 미치려는 징조인가?"

하며 제풀에 겁이 났다.

나는 잠에 취한 놈 모양으로 이불을 와락 차 던지고 일어나서 서랍에 손을 대었다. 그러나 '그래도 손을 대었다가……' 하는 생각이 전뢰(電雷)와 같이 머릿속에 번쩍할 제 깊은 꿈에서 깬 것같이 정신이 반짝 나서 전등을 켜려다가 성냥통을 더듬어 찾았다. 한 개비를 드윽 켜 들고 창틀 위에 얹어 둔 양초를 집어 내려서 붙여 놓은 후 서랍을 열었다. 쓰다가 몇 달 동안이나 꾸려 둔 원고, 편지, 약갑들이 휴지통같이 우굴우굴한 속을 부스럭부스럭하다가 미끈하고 잡히는 자루에 집어넣은 면도를 외면하고 꺼내서 창 밖으로 뜰에 내던졌다. 그러나 역시 잠은 못 들었다.

맥이 확 풀리고 이마에는 식은땀이 비져나왔다. 시체 같은 몸을 고민하고 난 병인처럼 사지를 축 늘어뜨려 놓고 누워 생각하였다.

'하여간 이 방을 면하여야 하겠다.'

지긋지긋한 듯이 방 안을 휘익 둘러본 뒤에 이렇게 생각하였다. 어디든지 여행을 하려는 생각은 벌써 수삭 전부터 계획이었지만 여름에 한 번 놀러 가 본 신흥사(新興寺)에도 간다는 말뿐이요, 이때껏 실현은 못 되었다.

'어디든지 가야겠다. 세계의 끝까지, 무한(無限)에 영원히, 발끝 자라는 데까지, 무인도! 시베리아의 황량한 벌판! 몸에서 기름이 부지직부지직 타는 남양! 아아.'

나는 그림엽서에서 본 울창한 산림, 야자수 밑에 앉은 나체(裸體)의 만인(蠻人)을 생각하고 통쾌한 듯이 어깨를 으쓱하여 보았다. 단 1분의 정거도 아니하고 땀을 뻘뻘 흘리며 힘있는 굳센 숨을 헐떡헐떡 쉬는 풀스피드의 기차로 영원히 달리고 싶다…… 만일 타면 현기가 나리라는 염려만 없었으면 비행기! 비행기! 하며 혼자 좋아하였을지도 몰랐었다.

2

내가 두어 달 동안이나 집을 못 떠나고 들어앉았는 것은 금전의 구애가 제일 원인이었지마는 사실 대문 밖에 나서려도 좀처럼 하여서는 쉽지 않았다.

그 이튿날 H가 와서 오늘은 꼭 떠날 터이니 동행을 하자고 평양 방문을 권할 때에는 지긋지긋한 경성의 잡답을 등지고 떠나서 다른 기분을 얻으려는 욕구와 장단을 불구하고 하여간 기차를 타게 될 호기심에 끌리어서,

"응, 가지, 가지."

하며 덮어놓고 동의는 하였으나 인제 정말 떠날 때가 되어서는 떠나고 싶은지 그만두어야 좋을지 자기의 심중을 몰라서, 어떻게 된 셈도 모르고 H에게 끌려 남대문역까지 하여간 나왔다.

열차는 아직 도착하지 않았으나 승객은 입장하고 있는 중이었다.

나는 급히 표를 사 가지고 재촉하는 H를 따라갔다. 시간이라는 세력이 호불호(好不好), 긍불긍(肯不肯)을 불문하고 모든 것을 불가항력 하에서 독단하여 끌고 가게 된 것을 나는 오히려 다행히 알고 되어 가는 대로 되라고 생각하며 하나씩 풀려 나가는 행렬 뒤에 섰다. 그러나 검역증명서(檢疫證明書)가 없다고 개찰구에서 H와 힐난(詰難)이 되는 것을 보고 나는 행렬에서 벗어나서 또다시 아니 가겠다고 하였다.

심사가 난 H는 마음대로 하라고 뿌리치며 혼자 출장 주사실로 향하다가 돌쳐와서 같이 끌고 들어갔다.

백 촉이나 되는 전등 밑에서 히스테리컬한 간호부가 주사침을 들고 덤벼들 제 나는 반쯤 걷어올렸던 셔츠를 내리며 돌아서 마주섰다. 그러나 간호부의 핀잔과 재촉에 마지못하여 눈을 딱 감고 한 대 맞은 후 황황히

플랫폼으로 들어가서 차에 올라탔다. 차에 올라 앉아서도 공연히 후회를 하고 앉았었으나 강렬한 위스키의 힘과 격심한 전신의 동요, 반발, 차바퀴 달리는 소리, 암흑을 돌파하는 속력, 주사맞은 어깨의 침통(沈痛) …… 모든 관능을 일시에 용약(踊躍)게 하는 자극의 와중에서 모든 것을 잊고 새벽에는 쿨쿨 자리만큼 마음이 가라앉았다. 덕택으로 오늘 밤에는 메스도 번쩍거리지 않고 면도도 뛰어나오지 않았다. 동이 틀락말락하여서 우리들은 평양역에 내렸다.

남포행은 아직 이삼십 분이나 있는 고로 우리들은 세면소에서 세수를 하고 대합실로 나왔다. 나는 부석부석 붉은 눈을 내리깔고 소파 끝에 앉았다가 벌떡 일어나서,

"난 예서 좀 돌아다닐 테니……."

내던지듯이 한 마디를 불쑥 하고 H를 마주 쳐다보다가,

"혼자 가서 Y군을 만나 보고, 오늘이라도 같이 이리 오면 만나 보고, 그렇지 않으면 혼자 돌아다니다가 밤차로 갈 테야."

하며 H의 대답도 듣지 않고 돌아서 나왔다.

"응? 뭐야? 그 왜 그래…… 또 미친증이 난 게로군."

하며 H는 벗어 들었던 레인코트를 뒤집어쓰면서 쫓아나와 붙든다.

"……사람이 보기 싫어서…… 사실 Y군과 만나기로 별로 이야기할 것도 없고."

하며 애원하듯이 힘없는 구조로 한마디 하고,

"영원히 흘러가고 싶다. 끝없는 데로……."

혼잣말처럼 힘을 주어 말을 맺고 훌쩍 나와 버렸다.

H도 하는 수 없이 테이블에 놓았던 트렁크를 들고 따라나왔다.

우리 양인은 대동강가로 길을 찾아 나와서, 부벽루로 훤히 동이 틀까말까한 컴컴한 길을 소리없이 걸었다.

한바탕 휘돌아서 내려오다가 종로에서 조반을 사 먹고 또다시 부벽루로 향하였다. 개시(開市)를 하고 문전에 물을 뿌린 뒤에 신문을 펴들고 앉

앉는 것은 청량하고 행복스럽게 보였다.

아까 내려올 제는 능라도(綾羅島)서 저편 지평선에서 주홍의 화염을 뿜으며 날름날름하던 아침해가 벌써 수원지(水源池) 연통 위에 올라서 천변식목(川邊植木) 밑으로 걸어가는 우리의 곁뺨을 눈이 부시게 내리쬐었다.

칫솔을 물고 바위 위에 섰는 사람, 수건을 물에 담그고 세수하는 사람들도 간혹 눈에 띄었다. 나는 발을 멈추고 무심히 내려다보다가 자기도 산뜻한 물에 손을 담가 보고 싶은 생각이 나서 얕은 곳을 골라서 물가로 뛰어내려갔다.

H도 쫓아내려와서 같이 손을 담그고 앉았다가,

"X군, 오후 차로 가지?"

"되어 가는 대로……."

다소 머리의 안정을 얻은 나는 뭉쳤던 마음이 풀어진 듯하였다. 나는 아침 햇빛에 반짝이며 청량하게 소리없이 흘러내려가는 수면을 내다보며 이렇게 대답하고 '물은 위대하다.'라고 속으로 부르짖었다.

이때에 마침 뒤 동둑에서 누군지 이리로 점점 가까이 내려오는 발소리를 듣고 우리는 무심히 힐끗 돌아다보았다. 마른 곳을 골라 디디노라고 이리저리 뛸 때마다 등에까지 철철 내리덮은 장발(長髮)을 눈이 옴폭 팬 하이얀 얼굴 뒤에서 펄럭펄럭 날리면서 앞으로 가까이 다가오는 형상은 도쿄 근처에서 보던 미술가가 아닌가 의심하였다. 이 기괴한 머리의 소유자는 너희들의 존재는 나의 의식에 오르지도 않는다는 교만한 마음으로인지 혹은 일신에 모여드는 모든 시선을 피하려는 무관심한 태도로인지 모르겠으나, 하여간 오른손에 든 짤막한 댓개비(竹竿)를 전후로 흔들면서 발끝만 내려다보며 내 등뒤를 지나 한간통쯤 상류로 올라가 자리를 잡고 앉았다.

그도 우리와 같이 손을 물에 성큼 넣고 불쩍불쩍 소리를 내더니 양치를 한번 하고 벌떡 일어나서 대동문을 향하여 성큼성큼 간다. 모자도 아니

쓴 장발과 돌돌 말린 때문은 철겨운 모시박이 두루마깃자락은 오른편 손
가락에 끼우고 교묘히 돌리는 댓가지와 장단을 맞춰서 풀풀풀풀 날리었
다.

"오늘은 꽤 이른걸."

"핫하! 조반이나 약조하여 둔 데가 있는 게지."

하며 장발객(長髮客)을 돌아서 보다가 서로 조소하는 소리를 뒤에 두고
우리는 손을 씻으면서 동쪽으로 올라왔다.

진정한 행복은 저런 생활에 있는 게야, 하며 혼자 생각했다. 우리는 황
달(黃疸)이 들어 가는 잡초에 싸인 부벽루 앞 축대 밑까지 다다랐다. 소
경회루(小慶會樓)라 할 만큼 텅 빈 누내(樓內)에는 뽀얀 가을 햇빛이 가
벼운 아침 바람에 안기어 전면에 흘러들어왔다. 좀 피로한 우리는 누내에
놓인 벤치에 걸터앉으면서 여기저기 매달린 현판을 쳐다보다가,

"사람이란 그럴까, 저것 좀 보아."

좌편에 달린 현판 곁에 붙인 찰(札)을 가리키며 나는 입을 열었다.

자기의 존재를 한 사람에게라도 더 알리려는 본능적 욕구라면 그만이지
만 저렇게까지라도 하지 않으면 만족할 수 없다는 것을 보면…… 참 정
말 불쌍하다고 생각하였다.

"그는 고사하고 지금 지나온 그 절벽에 역력히 새긴 이모 김모란 성명
은 대체 누구더러 보라는 것이야…… 이러구서도 밥이 입으로 들어갔으
니 좋은 세상이었지."

나는 금시로 알 수 없는 분노가 치밀어올라와서 벌떡 일어나와 성벽에
기대어 아래를 내려다보고 싶었다.

"그것이 소위 유방백세(遺芳百世)라는 것이지."

H도 일어나며,

"그렇게 내려다보고 섰는 것을 보니…… 임포리(〈死의 승리〉의 여주
인공)가 없는 게 한이로군……."

"내가 쫄지요."

하고 나는 고소(苦笑)하였다.

"적어도 쫄지요의 고통은 있을 테지."

"그야…… 현대인 쳐놓고 누구나 일반이지."

우리는 입을 다물고 잠시 섰다가 을밀대로 향하였다.

외외(巍巍)히 건너다보이는 대각(臺閣)은 엎드러지면 코 닿을 듯하여도 급한 경사는 그리 쉽지 않았다. 우리는 허위단심 겨우 올라갔다. 그러나 대상(臺上)의 어떤 오복점(吳服店) 광고의 벤치가 맨 먼저 눈에 띌 때 부벽루에서는 앉기까지 하여도 눈 서투르지 않던 것이 새삼스럽게 불쾌한 생각이 났다. 나는 눈을 찌푸리고 잠시 들여다보다가 발도 들여놓지 않고 돌쳐서서 그늘진 서편 성 밑으로 내려왔다.

높은 성벽에 가리운 일면은 아직 구슬 이슬이 끝만 노릇노릇하게 된 잔 딧잎에 매달려서 어디를 밟든지 먼지가 앉은 구두 끝이 까맣게 번쩍거렸다. 나는 성에 등을 기대고 앞에 전개된 광야를 맥없이 내려다보고 섰다가 다리가 풀리어서 그대로 털썩 주저앉았다. 엄동에 음산한 냉방에서 끼치는 듯한 쌀쌀한 찬바람이 늘어진 근육에 와 닿을 때 나는 정신이 반짝 들었다.

그러나 다리를 내던지고 벽에 기대어서 두 손으로 이슬 방울을 흩뜨리며 앉았는 동안에 사지가 느른하고 졸음이 와서 포켓에 넣어 둔 신문지를 꺼내서 펴고 드러누웠다.

……H에게 두세 번 흔들려서 깰 때는 이렁저렁 30분이나 지났었다.

깜짝 놀라 벌떡 일어나 앉으니까 H는 단장 끝으로 조약돌을 여기저기 딱딱 치며 장난을 하다가 소리를 내어 깔깔 웃으면서,

"아, 예가 어덴 줄 알고 잠을 자아? 그리고 잠꼬댄 무슨 잠꼬대야? 왜 얼굴이 저렇게 뒤틀렸어?"

나는 멀거니 H의 주름 많은 얼굴을 쳐다보고 앉았다가 으응…… 하며 무엇이라고 입을 벌리려다가 하품에 막히어 말을 끊고, 일어나서 두 손을 바지 포켓에 지르고 이리저리 거닐었다. H가 내 꽁무니의 앉았던 자리가

동그랗게 이슬에 젖은 것을 보고 놀라는 데에는 대꾸도 아니하고 나는 좀 선선한 증이 나서 양지로 나서면서 가자고 H를 끌었다.

"왜 그래? 무슨 꿈이야?"

H는 따라오며 물었다.

"……죽은 꿈…… 아주 영영 죽어 버렸더면…… 좋았을걸……."

나는 무엇을 보는 것도 없이 앞을 멀거니 내다보며 꿈의 시종을 차례차례로 생각하여 보다가 이같이 내던지듯이 한 마디 하고 궐련을 꺼내 물었다.

"자살?"

H는 웃으면서 나를 쳐다보았다.

"……미인의 손에…… 나 같은 놈에게 자살할 용기나 있는 줄 아나? 아아하."

"누구에게? 미인에겔 지경이면 한 두어 번 죽어 보았으면…… 해해해."

"참 정말…… 하여간 아무 고통없이 공포도 없이 죽는 경험만 해 보고 그리고도 여전히 살아 있을 수만 있으면 여남은 번이라도 통쾌해…… 목을 졸라매일 때의 쾌감! 그건 어떤 자극으로도 얻을 수 없는 거야."

나는 무엇이라고 형용할 수 없는 썩어 가는 듯한 심사를 이기지 못하여 입을 다물고 올라가던 길로 천천히 내려오다가 H의 묻는 것이 귀찮아서 다점(茶店) 앞으로 지나오며 꿈 이야기를 들려 주었다.

……무슨 일이었던지 분명치는 않으나…… 아마 쌀을 찧어서 떡을 만들었는데 익지를 않았다고 해서 그랬던지…… 하여간 흰 가루가 뒤바른 한 손을 들고 마루 끝에서 어정버정하다가 인제는 죽을 때가 되었다는 것처럼 손에 들었던 수건으로 목을 매고 덧문을 첩첩이 닫은 방 앞 툇마루 위에 반듯이 드러누우니까, 어떤 바짝 말라서 뼈만 남은 흰 손이 머리맡에서 슬그머니 넘어와서 목에 매인 수건의 두 자락을 좌우로 슬금슬금 졸라 대었다. 그때에 나는 이것이 당연히 당할 약조가 있었다는 것처럼 어

떠한 만족과 안심을 가지고 눈을 감은 채 조용히 드러누웠었다. 그때에
…… 차차 목이 메어 올 때의 이상한 자극은 낙지(落地) 이후에 처음 경
험하는 쾌감이었다. 그러나 무슨 까닭에 이같이 일찍 죽지 않으면 안 되
는가…… 참 정말 죽었는가 하는 의문이 나서 몸을 뒤틀며 눈을 번쩍 떠
보았다…….

"깜짝 놀라 일어날 때에 빙그레 웃고 섰는 군은 악마가 아닌가 생각하
였어…… H군의 웃음은 늘 조소하는 듯이 보이지만 아까는 정말 화가
나서…….”

실상 아까 깨었을 때에 제일 심사가 나는 것은 꿈자리가 사나운 것보다
도 H가 조소하듯이 빙그레하며 웃고 섰는 것이었다.

"……그러나 암만 생각하여도 희한한 것은 처음부터 눈을 감고 누웠
는데 어찌하여 그 '손'의 주인이 여성이었다고 생각되는지, 자기가 생각
하여도 알 수가 없어…….”

이야기를 마친 후 나는 말할 수 없는 심화가 공연히 가슴에 치미는 것
같아서 올라올 제 앉았던 강물가로 뛰어내려가서 세수를 하였다.

3

남포에 도착하였을 때는 오후 벌써 2시가 훨씬 넘었었다. 출입하였던
Y는 방금 들어와서 옷을 벗어 던지고 A와 마주앉아서 지금 심방(尋訪)
하고 온 사람의 이야기를 하고 있다가 우리들을 보고 놀란 듯이 뛰어나와
맞아들였다. 우리를 맞은 Y는 웬 셈인지 좌불안석의 태도였다.

"P는 잘 있나? 금명간 올라가려고 하였지. 평양서 전화를 하였더면
내가 평양으로 나갈걸. 곤할 테지. 점심은?”

순서없는 질문을 대답할 새도 없이 연발하였다. 나는 간단간단히 응대
하고 졸리다고 드러누웠다.

Y는 무슨 다른 생각을 하면서도 좌중의 흥을 돋우려고 애를 쓰는 듯이

이 사람 저 사람 쳐다보며 입을 쭝긋쭝긋하다가 나를 건너다보며,

"……웬 셈이야? 당대의 원기는 다 어디 갔나? 그 표단(瓢簞)은? 하하하."

"글쎄…… 그것도 인제 좀 염증이 나서……."

나도 시든 웃음을 띠며,

"여기까지 가지고 오긴 왔지!"

하고 누운 채 벗어 놓은 외투를 잡아당기어 찻간에서 먹다 남은 위스키 병을 주머니 속에서 꺼내어 내미니까 일동은 하하하 웃으면서 잠자코 누워 있는 나를 내려다본다.

"그러나 그것 큰일났군. 제행무상(諸行無常)을 감(感)하였나…… 무표단이면 무인생(無人生)이라던 것은 취소인가."

Y는 다소 과장한 듯이 흘흘 느끼며 웃었다.

"그런데 표단이란 무엇이야?"

영문을 모르는 A는 Y에게 묻고 나에게로 고개를 돌렸다.

"홍홍홍, 한마디로 쉽게 설명하면 위선 X군 자신인 동시에 X군의 인생관을 심벌한 X군의 술병이랄까."

"응? X군의 인생관——인 동시에 X씨 자신의…… 무엇이야? 어디나 같은 놈은 알아들을 수가 있나?"

하며 손을 꼽다가 웃고 말았다.

"아니랍니다. 내가 일전에 서울서 어떤 상점에 갔던 길에 표단 모양으로 만든 유리 정종병이 마음에 들기에 사 가지고 왔더니 여럿이 놀린답니다."

나도 이같이 설명을 하고 웃어 버렸다.

"그러나 이 술을 선생한테나 갖다 주고 강연이나 들을까?"

H는 병을 들어서 레테르에 쓰인 글자를 들여다보며 웃었다.

"남포에도 표단이 있는 게로군……."

H도 웃었다.

"응! 그러나 병유리가 좀 흐려 (曇) …… 닦은 유리 (스리가라쓰＝모래로 간 것) 랄까."

일동은 와하하 하며 웃었다. 나는 눈을 감고 드러누워서 이야기를 듣다가 잠이 올 것 같지 않아 다시 일어나 앉으며,

"A씨도 표단당에 한 몫은 가겠지요."

하고 위스키 병을 들어서 한잔 따라 권하고 나도 반 배를 받았다.

"그래 여기 표단은 어때?"

하며 H는 나를 쳐다보는 모양이었으나 나는 술을 마시노라고 못 보았다.

"……별로 표단을 달고 다니지는 않지만 3원 50전에 삼층집을 지은 대건축가인데……."

"3원 50전에? 하하하, 미친 사람인 게로군?"

H가 웃었다.

"글쎄 미쳤다면 미쳤을까…… 그러나 인생의 최고 행복을 독점하였다고 나는 생각해."

Y는 천연덕스럽게 대답하였다. Y와 H가 이야기하는 동안에 나는 A와 잡지계에 관한 이삼 문답을 하다가 자기들 이야기를 들으라고 H가 부르는 바람에 나도 말참례를 하였다.

"술 이야기는 아니나 3원 50전에 삼층집을 지은 대철인 (大哲人)이 있단 말이야……."

Y는 다시 설명을 하고 어느 틈에 빈 병이 된 것을 보고,

"술이 없군. 위스키를 사 올까."

하더니 하인을 불러 명하였다.

"옳은 말이야. 철학자가 땅두더지로 환장을 하였거나 위인이 하늘에서 떨어졌거나 3원이 아니라 단 3전으로 30층을 지었거나 누가 아나…… 표단 이상의 철학서 (哲學書)는 적어도 내 눈에는 보이지를 않으니까."

나는 냉소를 하면서 또다시 A에게로 향하였다.

"그러나 군은 무슨 까닭에 술을 먹는가."

"논리는 없지. 다만 취하려고."

"그리게 말이야…… 군은 아무것에도 붙을 수 없었다. 아무것에도 만족할 수가 없었다. 결국 알코올 이외에 아무것도 없었다. 비통하고 비참은 하나 그 중에서 위안을 얻기에 먹는 게 아닌가. 그러나 결코 행복은 아니다. 그는 고사하고 알코올의 힘을 빌리지 않아도 알코올 이상의 효과가…… 다만 위안뿐 아니라 행복을 얻을 만한 것이 있다 하면 군은 무엇을 취할 터이냐는 말이야. 하하하……."

"알코올 이상의 효과? 광증(狂症)이냐, 신념이냐, 이 두 가지밖에 없을 것이오…… 그러나 오관(五官)이 명확한 이상에, 피로, 권태, 실망…… 이외에 아무것도 없는 이상…… 그것도 광인으로 일생을 마칠 숙명이 있다면 하는 수 없겠지만——할 수 없지 않은가."

주기가 들수록 나는 더욱더 흥분이 되어 부지불식간에 한마디 한마디씩 힘을 들여 명확한 악센트를 붙여서 말을 맺고,

"하여간 위선 먹고 봅시다. A공자……."

하며 잔을 A에게 전하였다.

"그러나 A군, 톨스토이즘에다가 윌슨이즘을 가미한 선생의 설교를 들을 제 나는 부럽던걸."

술에 약한 Y는 벌써 빨개진 얼굴을 A에게 향하고 동의를 구하였다.

"오늘은 좀 신기가 불편한데…… 연일 강연에 목이 쉬어서 이야기를 못하겠달 제는 사람이 기가 막혀서…… 하하하."

A는 Y와 삼층집에 갔을 때의 일을 꺼내었다.

"듣지 않아도 세계 평화론이나 인류애쯤 떠드는 게로군."

하며 나는 웃목으로 나가 드러누웠다.

아랫목에서는 Y를 중심으로 하고 삼층집의 주인의 이야기가 어느 때까지 끝이 아니 났다. 가다가다 와아 하고 터져나오는 웃음소리에 나는 소르르 오는 잠이 깨고깨고 하다가 종내 잠을 잃어서 나도 귀를 기울이게 되었다. Y가 두 발을 쳐들고 엉덩이로 이리저리 맴을 돌면서 삼층집 주

인이 자기 집에 문은 없어도 출입이 자유자재라고 자랑하던 흉내를 내는
것을 보고 여럿이 웃는 통에 나도 눈을 떠 보고 일어났다.

약간 취기가 오른 나는 찬바람도 쐬고 싶고 또 어차피에 오늘 밤은 평
양에 나가서 묵을 작정인 고로 정거장 가는 길에 삼층집 아래를 가고 싶
은 생각이 나서,

"우리 구경 가 볼까?"

하고 Y에게 물었다.

"글쎄 좀 늦지 않을까?"

하며 Y는 시계를 꺼내 보더니,

"아직 5시가 못 되었군…… 그러나 강연은 못할걸! 보시다시피 역사
(役事)를 벌여 놓고 매일 강연에 목이 쉬어서……."

하며 흉내를 내고 또 웃었다.

네 청년은 두어 시간 동안의 홍소횡담에 다소 피로를 느낀 듯이 모두
잠자코 석양판에 갑자기 번잡하여 오는 큰길로 느럭느럭 걸어나왔다.

4

황해에 잠긴 석양은 백운을 뚫고 흘러 멀리 바라보이는 저편 이층집 지
붕에 은빛으로 반짝거렸다.

Y의 집에서 나온 우리 일행은 축동 거리를 1정(町)쯤 북으로 가다가
십자로에서 동으로 꿉쳐 새 거리로 들어섰다. 왕래가 좀 조용하게 되었
다. 나는 Y의 말이 과연 사실인가, 실없는 풍자나 조롱을 잘 하는 Y의
말이라 혹은 나에게 대한 일종의 우의를 품은 농담이 아닌가 하는 제 버
릇의 신경과민적 해석을 하며 따라오다가,

"선생은 원래 무엇을 하던 사람인구?"

하며 Y에게 물었다.

"별로 자세히는 모르지만…… 보통학교 훈도라든가!…… A군도 아

마 배웠다지?"

"응! 일본말도 제법 하는데…… 이전에는 그래도 미남자였었는데. 하하하……."

A의 말끝에 Y도 웃으며,

"미남자이었든 추남자이었든 하여간 금년 봄에 한 서너 달 감옥에 들어갔다가 나온 뒤에 이상하여졌다는데…… 자세한 이유는 몰라……."

"처자는 있나?"

"예, 계집은 친정에 가서 있다고도 하고 놀아났다기도 하니 그 역시 자세한 것은 몰라요."

라고 Y가 대답을 하였다.

"Y군, 그 계집이 어느 놈의 유혹으로 팔리어서 돌아다니다가 그 유곽에 굴러들어와 있다면 어떨까?"

나는 잠자코 있다가 말을 걸었다.

"흥…… 그리고 매일 찾아가서 미친 체를 부리면……."

Y는 대꾸를 하였다.

새 거리를 빠져 황엽이 되어 가는 잡초에 싸인 벌판 중턱에 나와서 남북으로 통한 길을 북으로 고불뜨려 유정(柳町)을 바라볼 때는 십여 간통이나 떨어져 보이는 유곽 이층에서는 벌써 전등 불빛이 반짝거리며 흘러나왔다.

"응! 저기 보이는군……."

A가 마주보이는 나직한 산록에 외따로 우뚝 선 참외 원두막 같은 것을 가리켜 주는 대로 희끄무레한 것이 그 위에 서 움질움질하는 것을 바라보며 우리는 발길을 재촉하였다.

십여 보쯤 가다가 나는,

"이것이 유곽이야?"

하며 좌편을 가리켰다. 방금 전기가 들어온 헌등(軒燈)이 일자로 총총 들어박힌 사이로 목욕탕에서 돌아오는 얼굴만 하얀 괴물들이 화장품을 담

은 대야를 들고 쓸쓸한 골짜기를 이리저리 돌아다니는 것이 부화(浮華)
하다 함보다 도리어 처량히 보였다.

"선생이 여기 덕도 꽤 보지…… 강연 한 번에 술 한 병씩 주는 곳은
그래도 여기밖에 없어……."

A는 웃으면서 설명하였다.

삼층집 꼭대기에 퍼더버리고 앉아서 희미한 햇발이 점점 멀어 가는 산
등성이를 얼없이 바라보고 있던 주인은 우리들이 우중우중 올라오는 것을
힐끔 돌아보더니 별안간에 돌아앉아서 무엇인지 똑딱똑딱 두드리고 있
다. 우리는 싸리로 드문드문 얽어맨 울타리 앞에서 들어갈 곳을 찾노라고
이리저리 주저하다가 그대로 넘어서서 성큼성큼 들어갔다.

앞서 들어간 A는 주인이 돌아앉은 삼층 위에다 손을 걸어 잡고 들여다
보며,

"선생님! 또 왔습니다."
라고 인사를 하였다.

"선생님! 안녕하십니까."

A는 소리를 내어 웃으며 잼처 인사를 하였다. 그러나 그는 여전히 농
장(籠檻) 문짝에 못을 박고 있었다. A와 Y는 동시에 H와 나를 돌아보
고 눈짓을 하며 소리없이 웃었다.

"……신기가 그저 불편하신가요? 오늘은 꼭 강연을 들으러 왔는데
요."

이번에는 Y가 수작을 건넸다. 그제야 그는 깜짝 놀란 듯이 먼지가 뿌
옇게 앉은 더벅머리를 획 돌이키며,

"예? 왔소?"

간단히 대답을 하고 여전히 돌아앉아서 장도리를 들었다. 세 사람은 일
시에 깔깔 웃었다. 그러나 귀밑부터 귀얄 같은 수염이 까맣게 덮인 주먹
만한 하얀 상을 힐끗 볼 제 나는 앗! 하며 깜짝 놀랐다. 감전된 것같이
가슴이 선뜩하며 심한 전율이 전신을 압도하였다. 그리고 그 다음 순간에

는 다소 안심된 가슴에 이상한 의혹과 맹렬한 호기심이 일시에 물밀듯하였다. 중학교 실험실의 박물선생이 따라온 줄로만 안 것이었다. 그러나 아무 이유없이 무의식하게 경건한 혹은 숭엄한 느낌이 머리 뒤를 떼미는 것 같아서 나는 무심중간에 모자를 벗고 인사를 하였다. 여러 사람들이 흥흥 하며 웃는 것을 볼 때 나는 미안하기도 하고, 무슨 큰 불경한 일이나 하는 것 같아서 도리어 패씸한 듯이도 보이고 혹은 이 사람이 심사가 나서 곧 뛰어내려와 폭행이나 하지 않을까 하는 염려도 생겼다.

"선생님! 정말 신기가 불편하신 모양이외다그려!"

A는 갑갑증이 나서 또 말을 붙였다.

"서울서 일부러 손님이 오셨는데 강연을 하시구려. 하……."

때묻은 옷가지며 빨래 보퉁이 같은 것이 꾸역꾸역 나오는 것을 꾹꾹 눌러 떼밀면서 고친 문짝을 열었다 닫았다 하며 앉았던 주인은 서울 손님이란 말에 귀가 띄었는지 우리를 향하여 돌아앉으며 입을 벌렸다.

"예…… 감기도 좀 들었소이다."

하고 영채없는 뿌연 눈으로 나를 유심히 똑바로 내려다보다가,

"……보시듯이 이렇게 역사를 벌여 놓고……."

한번 방을 휘익 둘러다본 후 또다시 나에게로 시선을 주며,

"요사이 같아서는 눈코 뜰 새도 없쇠다…… 더군다나 연일 강연에 목이 꽉 쇠서……."

말을 맺고 H를 돌아다보았다.

그러나 별로 목이 쉰 것 같지는 않았다. Y가 H와 나를 소개하니까,

"예…… 그러신가요? 서울서 멀리 오셨소이다그래."

반가운 듯이,

"나는 남포 사는 김창억(金昌億)이외다."

하며 인사하는 그의 얼굴에는 약간 미소까지 나타났다.

"예…… 나는 ×××올시다."

나는 정중히 답례를 하였다. H도 인사를 마쳤다.

"선생님! 그 용하시외다그래…… 이름도 아니 잊으시고…… 하하하."

H가 놀렸다. 창억은 거기에는 대꾸도 아니하고 나를 향하여,

"좀 올라오시소그래. 아직 역사가 끝이 안 나서 응접실도 없쇠다마는……."

하며 올라오라고 재삼 권하다가,

"게다가 차차 스토브도 들여놓고 손님이 오시면 좀 들어앉아서 술잔이나 나누도록 하여야 하겠지마는……."

어긋매인 선반 같은 소위 이층간을 가리키며 천연덕스럽게 인사치레를 하였다.

세 사람은 깔깔 소리를 내어 웃었다. 그러나 자기의 말에 조금도 부자연한 과장이 없다고 생각한 그는 웃는 것이 도리어 이상하다는 듯이 힘없는 시선으로 물끄러미 웃는 사람을 내려다보다가 힝 하고 코웃음을 치고 외면을 하였다. 나는 이 사람이 미쳤다고 하여야 좋을지 모든 것을 대오(大悟)하고 모든 것에서 해탈한 대철인이라고 하여야 좋을지 몰랐다.

"너무 황송하여 올라가진 못하겠습니다마는 어떻게 강연이나 좀 하시구려."

하며 이번에는 H가 놀렸다.

"글쎄, 모처럼 오셨는데 술도 한잔 없어서 미안하외다."

그는 딴전을 부렸다. 처음 만나는 사람을 보고 술이야기만 꺼내는 것이 이상하였다.

"여기 온 손님들은 모두 하나님 아들이기 때문에 술은 아니 먹는답니다."

늘 웃으며 대화를 듣고 섰던 Y가 입을 열었다.

"예? 형공(兄公)도 예수 믿습니까?"

그는 놀란 듯이 나를 마주 건너다보다가 히히히 웃으며,

"예수꾼도 무식한 놈만 모였나 봅디다…… 예수꾼들 기도할 때에 하

나님 아버지시여! 나의 죄를 구하소서, 아맹…… 하지 않소? 그러나 아맹이란 무엇이오. 맹자 같은 만고의 웅변가더러 버버리라고 아맹(啞孟)이라 하니 그런 무식한 말이 아 어디 있단 말이오? 나를…… 나의 죄를 사하여 달라고 할 지경이면 아면(我免)이라고 해야 옳지 않습니까."

강연의 서론을 꺼낸 그가 득의만면하여 히히 웃는데 따라서 둘러섰던 사람들도 웃었다. 그러나 나는 그가 비상한 공상가라는 것을 직각한 외에 웃는지 어쩐지 알 수가 없었다. 여럿이 따라서 웃는 것을 보고 더욱 신이 나서 강연을 계속하였다.

"그러나 하나님은 참 지공무사(至公無私) 하시외다. 나를…… 이 삼층집을 단 서른닷 냥으로 꼭 한 달 열사흘 만에 짓게 하신 것이외다…… 하나님의 은택이외다. 서양놈들이 아무리 문명을 했느니 기계가 발달되었느니 하지만 그래 단 서른닷 냥에 삼층집을 지은 놈이 어디 있습니까…… 날마다 하나님이 와 보시고 칭찬을 하십니다."

"칭찬을 하시니까 지공무사한 것 같지요."

H가 한마디 새치기를 하였다.

"천만에, 이것이 모두 하나님 분부가 있어서 된 것이외다…… 인제는 불의 심판이 끝나고 세계가 일대 가정을 이룰 시기가 되었으니 동서 친목회를 조직하라고 하신 고로 위선 이 사무소를 짓고 내가 회장이 되었으나 각국의 분쟁을 순찰할 감독관이 없어서 큰일이 났소."

일동은 와 웃었다.

"여기 X군이 어떨까요?"

Y는 나의 어깨를 탁 치며 얼른 추천을 하였다.

"글쎄, 해 주신다면 고맙지만……."

세 사람은,

"야…… 동서 친목회 감독 각하!"

하며 한층 더 소리를 높여 웃었다.

아닌게아니라 첨아(擔牙)에 주레주레 매달은 멍석 조각이 밀감(密柑)

조각들 사이에 '동서 친목회 본부'라고 굵직하게 쓰고 그 옆에 '회장 김창억'이라고 쓴 궐련상자 껍질 같은 마분지 조각이 모으로 매달려 있다. 나는 모자를 벗어든 채 양수거지를 하고 서서 그 마분지를 쳐다보던 눈을 돌이켜서 동서 친목회 회장에게로 향하여,

"회의 취지는 무엇인가요?"

라고 물었다.

"아까 말씀한 것같이 성경에 가르치신바 불의 심판이 끝나지 않았습니까. 구주대전의 그 참혹한 포연 탄우가 즉 불의 심판이외다그래. 그러나 이번 전쟁이 왜 일어났나요…… 이 세상은 물질만능, 금전만능의 시대라 인의예지(仁義禮智)도 없고, 오륜(五倫)도 없고, 애(愛)도 없는 것은 이 물질 때문에 사람의 마음이 욕에 더럽혀진 까닭이 아닙니까…… 부자, 형제가 서로 반목질시하고 부부가 불화하며 이웃과 이웃이, 한 마을과 마을이…… 그리하여 한 나라와 나라가 서로 다투는 것은 결국 물욕에 사람의 마음이 가리웠기 때문에 아니오니까. 그리하여 약육강식의 대원칙에 따라 세계 만국이 간과(干戈)로써 서로 대하게 된 것이 즉 구주대전이외다그래. 그러나 인제는 불의 심판도 다아 끝났다, 동서가 친목할 시대가 돌아왔다고 하신 하나님의 말씀대로 나는 신종합니다. 그러기 때문에 하나님의 계시대로 세계 각국으로 돌아다니며 경찰을 하여야 하겠쇠다…… 나도 여기에는 오래 아니 있겠쇠다. 좀더 연구하여 가지고…… 영미법덕(英美法德)으로 돌아다니며 천하명승도 구경하고 설교도 해야 하겠쇠다."

말을 맺고 그는 꿇어앉아서 선반 위를 부스럭부스럭하더니 먹다가 꺼둔 궐련 토막을 찾아 내서 물고 도로 앉는다.

"선생님, 그러면 금강산에는 언제 들어가실 텐가요?"

A가 놀렸다.

"한번 다아 돌아다닌 후에 들어가야지."

"그러면 나는 어떻게 합니까. 그때까지 어떻게 기다릴 수가 있습니

까?"

"응……."

그는 눈을 뚱그렇게 뜨고 A를 바라보았다.

"아, 선생님 망령이 나셨나 보구먼…… 금강산에 들어가시면 군수나 하나 시켜 주신다더니……."

일동은 박장대소를 하였다.

"응! 가기 전에 시켜 주지!"

그의 하는 말에는 조금도 농담이 없었다. 유창하게 연설 구조로 열변을 토할 때는 의심할 여지없는 어떠한 신념을 가진 것같이 보였다.

"그러나 금강산에 옥좌(玉座)는 벌써 되었나요?"

Y는 웃으며 물었다.

"예, 이 집이 낙성되던 날 벌써 꾸며 놓았답니다."

하고 여러 사람의 웃음이 끝나기를 기다려서,

"성(姓) 중에 김씨가 제일 좋은 성이외다. 옥(玉)은 곤강(崑崗)에서 나지만도 금은 여수(麗水)에서 나지 않습니까. 그러기 때문에 하나님께서 말씀이 너는 김가니 산고수려(山高水麗)한 금강산에 들어가서 옥좌에 올라앉아 세계의 평화를 누리게 하라고 하십디다……."

하고 잠자코 가만히 섰는 나의 동정을 얻으려는 듯이 미소를 띠고 바라본다.

"대단히 좋소이다…… 그러나 이 삼층집은 무슨 생각으로 지으셨나요?"

나는 이같이 물었다.

"연전 여름방학에 서울에 올라가서 중등학교에 일어(日語) 강습을 하러 다닐 때에 서양사람의 집을 보니까 위생에도 좋고 사는 것 같기에 우리 조선사람도 팔자 좋게 못 사는 법이 어디 있겠소? 기왕이면 삼층쯤 높직이 지어 볼까 해서…… 우리가 그놈들만 못할 것이 무엇이오. 나도 교회에 좀 다녀 보았지만 그놈들처럼 무식하고 아첨 좋아하는 놈은 없습디다…… 헷, 그중에서도 목산지 하는 것들 한참 때에 대원군이나 뫼신 듯이 서양놈들이 입다 남은 양복 조각들을 떨쳐 입고 그 더러운 놈들 밑에서 굽실굽실하며 돌아다니는 것을 보면 이 주먹으로 대구리를……."
하며 새까만 거칫한 주먹을 쳐들었다. 그때의 그의 눈에는 이상한 광채가 돌고 얼굴은 경련적으로 부르르 떨리면서 뒤틀리었다. 나는 무심히 쳐다보다가 깜짝 놀랐다.

"그러나 날은 점점 추워 오고…… 어떻게 하실 작정인가요?"
나는 화제를 이같이 돌렸다.

"춥긴요, 하나님 품속은 사시 봄이야요…… 그러나 예다가 스토브를 놓지요."
하고 이층을 가리켰다.

"그래 스토브는 어디 주문하셨소?"
누구인지 곁에서 말참견을 하였다.

"주문은 무슨 주문……."
대단히 불쾌한 듯이 한마디 하고,

"스토브는 서양놈들만 만들 줄 알고 나는 못 만든답디까…… 그놈들이 하루에 하는 일이면 나는 한 반나절이면 만들 수 있소이다. 이 집이 며칠이나 걸린 줄 아슈? 단 한 달 하고 열사흘! 서양놈들은 십삼이란 수가 흉하답디다마는 나는 양옥을 지으면서도 꼭 한 달 열사흘에 지었다오."

"동으로 가래도 서로만 갔으면 고만 아니요."
H가 말대꾸를 하였다.

"글쎄 말이오. 세상놈들이야말로 동으로 가라면 서로만 달아나는 빙퉁그러진 놈뿐이외다…… 조선이 있고 조선글이 있어도 한문이나 서양놈들의 혀 꼬부라진 말을 해야 사람의 구실을 하는 쌍놈의 세상이 아닙니까."

한 마디 한 마디씩 나의 동의를 얻으려는 것처럼 나를 똑바로 내려다보

며 잠깐씩 말을 멈추다가 나중에는 열중한 변사처럼 쉴 새 없이 퍼붓는
다.

"네, 그렇지 않습니까. 네…… 그것도 바로 읽을 줄이나 알았으면 좋
겠지만…… 가령 천지현황(天地玄黃)하면 하늘 천 이렇게 읽으니 일대
(一大)라 써 놓고 왜 '하늘 대' 하지 않습니까. 창공은 우주간에 유일 최
대하기 때문에 창힐(蒼頡)이 같은 위인이 일대(一大)라고 쓴 것이 아니
외니까. 또 '흙 야' 할 것을 '따 지' 하는 것도 안 된 것이외다. 따란 무
엇이외니까? 흙이 아니오? 그러기에 흙토 변에 언재호야(焉哉乎也)라는
천자문의 왼쪽자인 입겻얏자(也)를 쓴 것이외다그래. 다시 말하면 따는
흙이요, 또 우주간에 최말위(最末位)에 처한 고로 흙톳자에 천자문의 최
말자 되는 입겻얏자를 쓴 것이외다."

우리들은 신기히 듣고 섰다가,

"그러면 쇠금자는 어떻게 되었길래 김가를 하나님께서 그처럼 사랑하
시나요?"

하고 Y가 물었다.

"옳은 말씀이외다. 네…… 참 잘 물으셨소이다."

깜빡했더면 잊었을 것을 일깨워 주어서 고맙고도 반갑다는 듯이 득의만
면하여 그 일사천리의 구면으로 강연을 계속한다.

"사람 인(人) 안에 구슬 옥(玉)을 하지 않았소. 하므로 쇠금이 아니
라 사람 구슬 금…… 이렇게 읽어야 할 것이외다."

일동은 킥킥킥 웃었다.

"아니외다. 웃을 것이 아니외다…… 사람 구실을 하려면 성현의 가르
치신 것같이 첫째에 인(仁)하여야 하지 쇠니까. 하므로 사람 인 하는
것이외다그려. 그 다음에는 구슬이 두 개가 있어야 사람이지 두 다리를
이렇게(人─손가락으로 쓰는 흉내를 내이며) 벌리고 선 사이에 딱 있어야
할 것이 없으면 도저히 사람 값에 가지 못할 것이외다. 고자는 그것이 없
어도 사람이라 하실지 모르나 그러기에 사람 구실을 못하지 않습니까. 히

히히…… 그는 하여간 그 두 개가 즉 사람을 사람 값에 가게 하는 보배가 아닙니까. 그런 고로 보배에 제일 가는 구슬 옥(玉)에 한 점을 더 박은 게 아니외니까…….”

한 마디마다 허리가 부러지게 웃던 A는,

“그래서 금강산에 옥좌를 만들었습니다그려…… 하하하.”

하며 또 웃었다.

“그러면 여인네는 김가가 없구만요?”

이번에는 H가 놀렸다. 그는 무엇을 생각하는 것처럼 눈만 멀뚱멀뚱하며 앉았다가 별안간에,

“옳지! 옳지! 그래서 내 댁내(宅內)는 안(安)가로군…… 응! 히히히. 여편네가 관(冠)을 썼어…… 여인네가 관을 썼어…… 히히 히히히.”

잠꼬대하는 사람처럼 이 사람 저 사람을 쳐다보며 고개를 끄덕거리고 나서는 히히히 웃기를 두세 번이나 뇌었다.

“참 아씨는 어디 가셨나요?”

나는 ‘내 댁내가 안가라고’ 하는 그의 말에 문득 그의 처자의 소식을 물어 보려는 호기심이 나서 이같이 물었다.

“예? 못 보셨쇼? 여보, 여보, 영희(英姬) 어머니! 영희 어머니!”

몸을 꼬고 엎드려서 아래를 내려다보며 부르다가,

“또 나갔나!”

혼잣말처럼 하며 바로 앉더니,

“아마 저기 갔나 보외다.”

하고 유곽을 가리켰다.

“또 난봉이 난 게로군…… 하하, 큰일났소이다. 비끄러매두지 않으면…….”

A가 말을 가로채서 놀렸다.

“히히히. 저기가 본대 제 집이라오.”

"저긴 유곽이 아니오?"

H도 웃으며 물었다.

"여인네가 관을 썼으니까…… 하하하."

이번에는 Y가 입을 열었다.

그는 무슨 생각이 났던지 고개를 비스듬히 숙이고 앉았다가,

"예, 그 안에 있어요…… 그 안에. 5년이나 나하고 사는 동안에도 역시 그 안에 있었어요. 히 히히 히히."

"그…… 안에 그 안에!"

나는 아까 그의 처가 도주를 하였다는 소문도 있다고 하던 A의 말을 생각하며 속으로 뇌어 보았다.

"좀 불러 오시구려."

"인제 밤에 와요. 잘 때에……."

"그거 옳은 말이외다…… 잘 때밖에 쓸데없지요. 하하하."

H가 농담을 붙이는 것을 나는 미안히 생각하였다.

"히히히. 그러나 너무 뜨거워서 죽을 지경이랍니다. 어제는 문지기에게 죽도록 단련을 받고 울며 왔기에 불을 피우고 침대에서 재워 보냈습니다…… 히히히."

무슨 환상을 쫓듯이 먼 산을 바라보며 누런 이〔齒〕를 내놓고 히히히 웃는 그의 얼굴은 원숭이같이 비열하게 보였다.

산등에서 점점 멀어 가던 햇발은 부지중 소리없이 날아가고 유곽 이층에 마주보이는 전등 불빛만 따뜻하게 비치었다.

홍소(哄笑), 훤담(喧談), 조롱 속에서 급격히 피로를 느낀 그는 어슬어슬하여 오는 으슥한 산 밑을 헤매는 쌀쌀한 가을 저녁 바람과 음산하고 적막한 암흑이 검은 이빨을 악물고 휙휙 한숨을 쉬며 덤벼들어 물고 흔드는 삼층 위에 썩은 밤송이 같은 뿌연 머리를 움켜쥐고 곁에 누가 있는 것도 잊은 듯이 기둥에 기대어 앉았다.

"인제 가 볼까."

하는 소리가 누구의 입에선가 힘없이 나왔다.

동서 친목회 회장…… 세계 평화론자. 기이한 운명의 순난자(殉難者)
…… 몽현(夢現)의 세계에서 상상과 환영의 감주(甘酒)에 취한 성신
(聖神)의 총아(寵兒)…… 오욕육구(五慾六垢), 칠난팔고(七難八苦)에
서 해탈하고 부세(浮世)의 제연(諸緣)을 저버린 불타(佛陀)의 성도(聖
徒)와, 조소에 더러운 입술로 우리는 작별의 인사를 바꾸고 울타리 밖으
로 나왔다.

울타리 밑까지 나왔던 나는 다시 돌쳐서서 그에게로 향하였다. 이층에
서 뛰어내려오는 그와 마주칠 때 그는 내 손에 위스키 병이 있는 것을 보
고 히히 웃었다. 나는 Y의 집에서 남겨 가지고 나온 술병을 그의 손에
쥐어 준 후 빨간 능금 두 개를 포켓에서 꺼내 주었다.

"이것 참 미안하외다."

그는 만족한 듯이 웃으며 받아서 이층 벽에 기대어 가로세운 병풍 곁에
늘어놓고 따라나와 인사를 하였다.

가련한 동무를 이별하고 나온 나는 무겁고 울적한 기분에 잠기어서 입
을 다물고 구두코를 내려다보며 무심히 걸었다. 역시 잠자코 앞서가던 Y
는 잠깐 멈칫하고 돌아다보며,

"군! 어때?"

"글쎄……."

"……그러나 모자를 벗어 들고 공손히 강연을 듣고 섰는 군의 모양은
지금 생각을 해도 요절을 하겠어…… 하하하."

"흐흥……."

나는 힘없이 웃었다.

저녁 가을 바람은 산듯산듯 목에 닿는 칼라 속을 핥고 달아났다. 일행
이 삼거리에 와서 A와 헤어질 때는 이삼 간 떨어진 사람의 얼굴이 얼쑹
얼쑹 보였다.

시시각각으로 솔솔 내려앉는 땅거미에 싸인 황야에, 유곽에서 가늘고

길게 흘러나오는 샤미센(三味線) 소리, 탁하고 넓게 퍼지는 장구 소리는 혹은 급하게, 혹은 느리게 퍼지어서 정거장으로 걸음을 재촉하는 우리의 발뒤꿈치를 어느 때까지 쫓아왔다.

컴컴하고 쓸쓸한 북망(北邙) 밑 찬바람에 불리우며 사지를 오그리고 드러누운 삼층집 주인공은 저 장구 소리를 천당의 왈츠로 듣는지, 지옥의 아비규환으로 깨닫는지, 나는 정거장 문에 들어설 때까지 흘금흘금 돌아다보아야 오직 유곡(幽谷)의 요화 같은 유곽의 전등불이 암흑 가운데 반짝거릴 뿐이었다.

5

평양행 열차에 오를 때에는 일단 헤어졌던 A도 다시 일행과 합동되었다. 커단 트렁크를 무거운 듯이 두 손으로 떠받쳐서 선반에 얹고 나서 목이 막힐 듯한 한숨을 휘이 쉬며 앉은 A를 Y는 웃으며 건너다보고,

"인젠 영원인가?"

"응! 영원히. 하하하."

A는 간단히 말을 끊고 호젓해하는 듯한 미소를 띠었다.

"그러나 평양이 세계의 끝일지도 모르지…… 하하하."

"하하하."

A도 숙였던 고개를 쳐들며 힘없이 웃었다.

"왜 어디 가시나요?"

A와 마주앉은 나는 물었다.

"글쎄요, 남으로 향할지 북으로 달릴지 모르겠소이다."

A는 말을 맺고 머리를 창에 기대며 눈을 감았다.

"……A군은 오늘 부친께 선언을 하고 영원히 나섰다는 게라오."

Y가 설명을 하였다.

"하하하, 그것 부럽소이다그려…… 영원히 나섰다는…… 그것이 부

럽소이다."

나는 이같이 한마디 하고 A를 쳐다보았다. 고개를 들고 눈을 뜬 A는 바로앉으며 빙긋 웃을 뿐이었다.

우리는 엽서를 꺼내 들고 서울에다가 편지를 썼다. 나는 P에게 대하여 이렇게 썼다.

무엇이라고 썼으면 지금 나의 이 심정을 가장 천명(闡明)이 형에게 전할 수 있을까! 큰 경이(驚異)가 있은 뒤에는 큰 공포와 큰 침통(沈痛)과 큰 애수가 있다 할 지경이면 지금 나의 조자(調子)를 잃은 심장의 간헐적 고동은 반드시 그것이 아니면 아닐 것이요…… 인생의 진실된 일면을 추켜들고 거침없이 육박하여 올 때 전령(全靈)을 에워싸는 것은 경악의 전율이요, 그리고 한없는 고민이요, 샘솟는 연민(憐閔)의 눈물이요, 가슴이 저린 애수요…… 그 다음에 남는 것은 미치게 기쁜 통쾌요…… 3원 50전으로 삼층집을 짓고 유유자적하는 실신자(失神者)를——아니오, 아니오, 자유민을 이 눈앞에 놓고 볼 제 나는 놀라지 않을 수가 없었소. 현대의 모든 병적 다크사이드를 기름가마에 몰아 놓고 전축(煎縮)하여 최후에 가마 밑에 졸아붙은 오뇌의 환약이 바지직바지직 타는 것 같기도 하고 우리의 욕구를 홀로 구현한 승리자 같기도 하여 보입디다…… 나는 암만하여도 남의 일같이 생각할 수 없습디다.

나는 엽서 한 장에다가 깨알같이 써서 Y에게 보라고 주고, 다른 엽서 한 장에 다시 계속하였다.

P군!

지금 아무리 자세히 쓴다 하기로 충분한 설명은 못하겠기로 후일에 맡기지마는 그러나 이것만은 추측하여 주시오…… 지금 나는 얼마나 소리없는 눈물을 정거한 화차의 연통같이 가다가다 뛰노는 심장 밑으로 흘리며 앉았는가를…… 지금 나는 울고 있소. 심장을 압축할 만한 엄숙하고 경건한 사실에 하도 놀라고 슬퍼서…… 지금 나는 울고 있소. 모든 세포세포가 환희와 오뇌 사이에서 뛰놀다가 기절할 만큼 기뻐서…….

6

북국의 철인(哲人), 남포의 광인(狂人) 김창억은 아직 남포 해안에 증기선의 검은 구름이 보이지 않던 삼십여 년 전에 당시 굴지하는 객주(客主) 김건화(金健華)의 집 안방에서 고고(呱呱)의 첫소리를 울리었다. 그의 부친은 소시부터 몸에 녹이 슨 주색잡기를 숨이 넘어갈 때까지 놓지를 못한 서도(西道)에 소문난 외도객(外道客). 남편보다 네 살이나 위인 모친은 그가 14세 되던 해에 죽은 누이와 단 남매를 생산한 후에는 남에게 말 못할 수심과 지병(持病)으로 일생을 마친 박복한 여성이었다. 이러한 속에서 자라난 그는 잔열포류(孱劣浦柳)의 약질일망정 칠팔 세부터 신동이라 들으리만큼 영리하였다. 영업과 화류 이외에는 가정이라는 것을 모르는 그의 부친도 의외에 자식이 총명한 것은 기뻐할 줄 알았다. 더구나 자기의 무식함을 한탄하니만큼 자식의 교육은 투전장 다음쯤으로 생각하였다. 그 덕에 창억이도 남만큼 한학을 마친 후 16세 되던 해에 경성에 올라가서 한성 고등 사범학교에 입학하게 되었다.

그러나 삼년급 되던 해 봄에 부친이 장중풍(腸中風)으로 졸사(猝死)하기 때문에 유학(遊學)을 단념하고 내려오지 않으면 아니 되었다. 그때 숙부의 손으로 재산 정리를 하고 보니까 남은 것이라고는 몇 두락(斗落)의 전답하고 들어 있는 집 한 채뿐이었다. 유산이 있어도 선고(先考)의 유업을 계속할 수 없는 창억은 연래의 지병으로 나날이 수척하여 가는 모친과 일 년 열두 달 말 한 마디 건네 보지 않는 가속(家屬)을 데리고 절망에 싸여 쓸쓸한 큰 집 속에 들엎드렸을 수밖에 없었다. 그러나 모친도 그해 겨울을 넘기지 못하였다. 전 생명의 중심으로 믿고 살아가려던 모친을 잃은 그에게는 아직 어린 생각에도 자살 이외에는 아무 희망도 없었다.

백부의 지휘대로 집을 팔고 줄여 간 뒤로는 조석 이외에 자기 아내와 대면도 않고 종일 서재에 들엎드렸었다. 조석 상식(上食)에 어린 부부가 대성통곡을 하는 것은 차마 눈으로 볼 수 없었으나 그 설움은 각각 의미가 달랐다. 그것이 창억으로 하여금 더욱 불쾌하고 애통하게 하였다…… 이 세상에는 자기와 같은 설움을 가지고 울어 줄 사람은 없구나! 이런 생각이 날 때마다 5년 전에 15세를 일기로 하고 간 누이 생각이 새삼스럽게 간절한 동시에 자기 처가 상식마다 따라 우는 것이 미워서 혼자 지내겠다고까지 한 일이 있다…… 독서와 애곡…… 이것이 3년 전의 그의 한결같은 일과이었다.

그러나 부친의 삼년상을 마치던 해에 소학교가 비로소 설시(設施)되어 유지자의 강청으로 교편을 들게 된 뒤로부터는 다소 위안도 얻고 기력도 회복되었으며 가속에 대한 정의도 좀 나아졌다. 그러나 동시에 주연(酒煙)의 맛을 알기 시작하였다. 처음에는 의사의 주의로 반주(飯酒)를 얼굴을 찌푸려 가며 먹던 사람이 점점 양이 늘어 갈 뿐 아니라, 학교 동료와 추축(追逐)이 잦아 갈수록 자기 부친의 청년 시대를 생각하게 되었다. 그러나 그의 처는 내심으로 도리어 환영하였다.

그 이듬해에 식구가 하나 더 는 뒤부터는 가정다운 기분도 들게 되었다…… 이와 같이 하여 책과 눈물이 인제는 책과 술잔으로 변하였다. 그 동시에 그의 책상 위에는 신구약 전서 대신에 동경 어떠한 대학의 정경과 강의록이 놓이게 되었다. 그러나 기이한 운명은 창억의 일신을 용서치는 않았다. 처참한 검은 그림자는 어느 때까지 쫓아다니며 약한 그에게 휴식을 주지 않았다.

자기가 가르치던 이년생이 졸업하려던 해에 그의 아내는 겨우 젖떨어질 만하게 된 것을 두고 시부모의 뒤를 따라갔다. 부모를 잃었을 때 같지는 않았으나 자기 신세에 대한 비탄은 한층 더하였다. 어미없는 계집자식을 끼고 어쩔 줄 몰라 방황하였다. 친척들은 재취를 얻어 맡기려고 무수히 권하였으나 종내 듣지 않았다. 오직 술과 방랑만이 자기의 생명이라고 생각한 그는 마침내 서재에서 뛰어나왔다…… 학교의 졸업식을 마친 후 그는 표연히 유랑의 몸이 되었다. 그러나 멀리는 못 갔다. 반 년쯤 되어 훌쩍 돌아와서 못 알아볼 만큼 초췌한 몸을 역시 서재에 던졌다. 그리하여 수삭쯤 지나 건강이 다시 회복된 후 권하는 대로 다시 가정을 이루었다. 이번에는 나이도 자기보다 어리거니와 금실도 좋았다.

그러나 애처의 강렬한 사랑은 힘에 겨워서 충분한 만족을 줄 수가 없었다. 혈색 좋은 큼직하고 둥근 상에서 디굴디굴 구는 쌍꺼풀 눈썹 밑의 안광은 곱고 귀여우면서도 부시기도 하며 밉기도 하며 무서워서 바로 볼 수가 없었다…… 그는 될 수 있는 대로 피하였다.

이 같은 중에 재미있는 유쾌한 오륙 년간은 무사히 지냈다. 소학교는 제10회 창립 기념식을 거행하고 그는 10년 근속 축하를 받게 되었다.

그러나 운명은 역시 그의 호운을 시기하였다. 내월이면 명예로운 축하를 받게 되는 이때에 그는 불의의 사건으로 철창에 매달리어 신음치 않으면 아니 되게 되었다…… 앞서거니 뒤서거니 하며 그의 일생을 통하여 노려보며 앉았는 비운은 그가 4개월 만에 무죄 방면되어 사파에 발을 들여놓을 때까지 하품을 하며 기다리고 있었다.

4개월간의 옥중생활은 잔약한 그의 신경을 바늘 끝같이 예민하게 하였다. 그는 파리하고 하얗게 센 얼굴을 들고 감옥 지붕의 이슬이 아직 녹지 않은 새벽 아침에 옥문을 나섰다. 차입하던 집으로 찾아오리라고 생각하였던 자기 처는 그림자도 보이지 않고 육십이 가까운 백부만 왔다.

출옥하기 일 삭 전까지는 일이 있어도 하루가 멀다고 매일 면회하러 오던 아내가 근 일 개월 동안이나 발을 끊은 고로 의심이 없지 않았으나 가끔 백부가 올 때마다 영희가 앓아서 몸을 빼쳐나지 못한다기로 염려와 의혹 속에서도 다소 안심하고 있었다. 그러나 출옥하던 전날 면회하러 오던 인편에 갑갑증이 나서 내일은 꼭 맞으러 와 달라고 한 것이라서 뜻밖에 보이지 않는 고로 더욱 의심이 날 뿐 아니라 거의 낙심이 되었다. 백부에게 물어 볼까 하다가 이것이 자기의 신경과민이 아닌가 하는 생각도 나서 갑갑한 마음을 참고 집으로 발길을 재촉하였다. 도중에서 일부러 길을 돌아 백부의 집으로 가자는 데에도 의심이 나지 않는 것은 아니나 잠자코 따라갔다.

대문에 발을 들여놓자,

"아 아버지!"

하며 영희가 앞선 백부와 바꾸어 뛰어나오는 것을 보고 깜짝 놀랐다.

"너 탈이 났다더니 언제 일어났니?"

영희의 어깨에 손을 걸며 눈이 휘둥글해서 숨찬 듯이 물었다.

"예? 누가 탈은 무슨 탈이 났댔나요?"

하고 영희는 멈칫하며 둘러보았다.

"어머니는?"

그는 자기가 추측하며 무서워하던 사실이 점점 명백하여 오는 것을 깨달으며 소리를 낮춰서 물었다.

"어머니 어디 갔어……."

그에게 대한 이 한 마디가 억만 진리보다 더 명백하였다. 그 동시에 자기의 귀가 의심쩍었다.

온 식구가 다 뛰어나오며 웃음 속에서 맞으나 그는 얼빠진 사람처럼 인사도 변변히 하지 못하고 맥없이 얼굴이 새파래서 뜰 한 가운데에 섰다가,

"인제 가 보지요…… 희야!"

하며 그대로 뛰쳐나오려 했다.

뜰 아래서 여기저기 섰던 사람들은 그가 얼빠진 사람처럼 뚱그런 눈만 무섭게 뜨고 이 사람 저 사람을 쳐다보며 주저주저하는 것을 보고 아무도 입을 벌리지 못하고 피차에 물끄러미 눈치만 보다가,

"아, 아침이나 먹고 천천히……."

백모가 끌어당기듯이 만류하였다.

"아니오, 왜 영희 어미는…… 어디 갔어요?"

그는 입이 뻣뻣하여 말을 어우를 수 없는 것처럼 떠듬떠듬 겨우 입을 열었다.

"으응…… 일전에 평양에…… 어쨌든 올라오려무나."

평양이라는 것은 처가를 말하는 것이다. 그러나 백모가 말을 더듬는 것이 위선 이상히 보였다. 더구나 '어쨌든'이란 말은 웬 소리인가. 평시 같으면 귓가로 들을 말도 일일이 유심히 들리었다.

"흐흥…… 평양! 흐흥…… 평양!"

실성한 사람처럼 흐흥흐흥 코웃음을 치며 평양을 뇌고 섰는 그의 눈앞에는 금년 정초에 평양 정거장 문 밖 우체통 뒤에서 누구하고인지 수군거리다가 획 돌쳐서 캄캄한 밤길에 사라져 버리던 양복쟁이의 뒷모양이 환영같이 떠올랐다.

그는 차차 눈이 캄캄하여 오고 귀가 멀어 갔다…… 절망의 깊은 연못은 점점 깊고 가깝게 패어들어갔다.

그는 빈 집에라도 가서 형편도 보고 혼자 조용히 드러누워서 정신을 가다듬을까 하였으나 현기가 나서 금시로 졸도할 듯하여 권하는 대로 올라가서 안방으로 들어가 픽 쓰러졌다.

피로, 앙분, 분노, 낙심, 비탄, 미가지(未可知)의 운명에 대한 공포, 불안…… 인간의 고통이란 고통은 노도와 같이 일시에 치밀어 와서 껍질만 남은 그를 삶아 죽이려는 듯이 덤벼들었다. 옴폭 팬 눈을 감고 벽을 향하여 드러누운 그의 조막만한 얼굴은 납으로 만든 데드마스크와 같았다. 죽은 듯이 숨소리도 들리지 않으나 격렬한 심장의 동기와 가다가다 부르르 떠는 근육의 마비는 위에 덮어 준 주의 위로도 분명히 보였다.

한 시간쯤 되어 깨었다. 잔 듯 만 듯한 불쾌한 기분으로 일어나 밥상을 받았다. 무엇이 입에 들어가는지 정신을 차릴 수가 없었다. 그 속에 들어앉았을 때에는 나가면 이것도 먹어 보리라 저것도 하여 보리라고 벼르고 별렀으나 이렇게 되고 보니까 차라리 삼사 년 후에 나오는 것이 좋았겠다고 생각하였다.

밥술을 뜨자마자 그는 허둥지둥 뛰어나왔다.

"아버지!"

하며 쫓아나오는 영희를 험상스러운 눈으로 노려보며 들어가라고 턱짓을 하고 나섰다. 머리를 비슷이 숙이고 동구까지 기어 나오다가 돌쳐설 때 백부의 손에 매달려 나오는 딸을 힐끗 보고 별안간 눈물이 앞을 가리며 낳은 어미없이 길러 낸 딸자식이 불쌍히 생각되어 금시로 돌쳐가서 손을 잡고 오고 싶은 생각이 불쑥 나는 것을 억제하고 "야아 야아." 하며 부르는 백부의 소리도 못 들은 체하고 앞서서 왔다.

……범죄자의 누명을 쓰고 처자까지 잃은 이내 신세일망정 십여 년이나 정을 들이고 살던 4개월 전의 내 집조차 나를 배반하고 고리에 쇠를 비스듬히 차고 있는 것을 볼 때 그는 그대로 매달려서 울고 싶었다.

백부는 숨이 찬 듯이 씨근씨근하며 쫓아와서,

"열대가 예 있다."

하며 자기 손으로 열고 들어갔으나 그는 어느 때까지 우두커니 섰었다.

1개월 이상이나 손이 가지 않은 마당은 이삿짐을 나른 뒤 모양으로 새끼 부스러기, 종잇조각들이 즐비한 사이에 초하의 잡초가 수채 앞이며 담 밑에 푸릇푸릇하였다. 그의 백부도 역시 그럴 줄이야 몰랐다는 듯이 깜짝 놀라며 한번 휙 돌아보고 나서 신을 신은 채 툇마루에 올라섰다. 먼지가 뽀얗게 앉은 퇴 위에는 고양이 발자국이 여기저기 산국화 송이같이 박혀 있다. 뒤로 쫓아들어온 그는 뜰 한가운데에 서서 덧문을 첩첩이 닫은 대청을 멀거니 바라보고 섰다가 자기 서재로 쓰던 아랫방으로 들어가서 먼지 앉은 요 위에 엎드러지듯이 벌떡 드러누웠다.

"큰할아버지…… 여기…… 놓이!"

안방으로 들어온 영희는 깜짝 놀라며 큰 소리를 쳤다.

"옛?"

하며 어름어름하던 백부는 서창 덧문을 열어제치고 안방을 자세히 살펴보
더니 농장이 없어진 것을 보고 혀를 두세 번 차고 나서,

"망할 년의 새끼…… 어느 틈에 집어 갔노……."

하며 밖으로 나왔다.

아닌게아니라 창억이가 첫 장가들 때 서울서 사다가 십칠팔 년 동안이
나 놓아 두었던 화류농장 두 짝이 없어졌다.

백부가 간 뒤에 일꾼아이와 계집애년이 와서 대강대강 소제를 한 후 저
녁밥은 먹기 싫다는 것을 건네 왔다. 그 이튿날도 꼼짝 아니하고 들어앉
았었다.

백부의 주선으로 소년 과부로 오십이나 넘은 고모가 안방을 점령하기까
지 오륙 일 동안은 한 발짝도 방문 밖에 나오지 않았다. 백부가 보제(補
劑)를 복용하라고 돈푼 든 약첩을 지어다가 조석으로 달여다 놓아도 끝
끝내 손도 대지 않았다. 하루 이삼 차씩 백부가 동정을 살피러 와서 유리
구멍으로 들여다보면 앉았다가도 별안간 돌아누워서 자는 체도 하고 우릿
간에 든 곰 모양으로 빈 방 안을 빙빙 돌아다니다가 누가 들여다보는 기
척만 있으면 책상을 향하여 앉기도 하였다. 아침에 세수할 때와 간혹 변
소 출입 이외에는 더운 줄도 모르는지 창문을 꼭꼭 닫고 큰 기침소리 한
번없이 들어앉았었다. 그가 속에서 무엇을 하고 있는가는 아무도 몰랐다.
사실 그는 아무것도 하는 것이 없었다. 가다가다 몇 해 동안이나 손도 대
어 보지 않던 성경책을 꺼내 놓고 들여다보기도 하였으나 결코 한 페이지
를 계속하여 보는 법이 없었다.

이러한 모양으로 일 삭쯤 지내더니 매일 아침에 한 번씩 세수하러 나오
던 것도 폐하고 방으로 갖다 주는 조석만 먹으면 자는지 깨어서 누웠는지
하여간 목침을 들어 드러눕기만 위주하였다. 백부는 병세가 더 위중하여
그렇다고 약을 먹이지 못하여 달래도 보고 꾸짖어도 보았으나 약은 기어
코 입에 대지 않았다. 그러나 노인은 하루 삼사 차씩은 궐하지 않고 와서
방문도 열어 보고 위무하듯이 말도 붙여 보나 벙어리처럼 가만히 돌아앉

았다가 어서 가 달라고 걸인이나 쫓아 내듯이 언제든지 창문을 후닥닥 닫
았다.

　하루는 전과 같이 저녁때쯤 되어 가만가만 들어와서 유리 구멍으로 들
여다보려니까 방 한가운데에 눈을 감고 드러누웠다가 무엇에 놀란 듯이
깎아세운 기둥처럼 눈을 부릅뜨고 벌떡 일어나더니 창에다 대고,

　"이놈의 새끼! 내 댁내를 차 가고 인제는 나까지 죽이러 왔니?"

　주먹을 불끈 쥐고 소리를 버럭 질렀으나 감히 창문을 열지 못하고 얼어
붙은 장승같이 섰다.

　백부는 기가 막혀서 미닫이를 열며,

　"이거 와 이러니!"

하고 소리를 질렀다. 문만 열면 곧 때려죽이겠다는 듯이 딱 버티고 섰던
사람이 금시로 껄껄 웃으며,

　"나는…… 누구라고! 삼촌 올라오시소그래."

하고 이번에는 안방에다 대고,

　"여보, 영희 오마니! 삼촌이 왔는데 술 좀 받아 오시소그래."

하고 나서 경련적으로 켕기어 네 귀가 나는 입을 벌리고 히히히 웃었다.
그의 백부는 한참 쳐다보다가,

　"야…… 어서 자거라, 잠이 아직 깨이지 못한 게로구나…… 술은 이
따 먹지, 어서 어서."

　"그런데, 여보소 삼촌! 영희 오마니는 지금 어데 갔소? 술 받으러?
히히히…… 아하, 어젯밤에도 왔어! 그 사진을 살라 달라고…… 그
…… 어디 있던가?"

하며 고개를 쳐들고 방 안을 휙 둘러보다가 무슨 생각이 났던지 별안간에
책상 앞으로 가서 꿇어앉으며 무엇인지 부리나케 찾는다. 노인은 뒷모양
을 한참 들여다보다가 방문을 굳게 닫고 안방으로 들어갔다. 그 뒤 방에
서는 히히히 웃는 소리가 흘러 나왔다. 그의 손에는 두 조각이 난 사진이
있었다.

그 이튿날 아침에 그는 무슨 생각이 났던지 어느 틈에 방을 뛰어나와서 부엌을 들여다보고 요사이는 왜 세숫물도 아니 주느냐고 볼멘소리를 하며 대야를 내밀고 물을 청하였다. 밥솥에 불을 때고 앉았던 고모가 깜짝 놀라 돌아다보니까 근 반 년이나 면도를 아니한 수염에는 먼지가 뿌옇게 앉았고 솟은 듯한 붉은 눈찌에는 이상한 영채가 돌면서도 무시무시하게 보였다. 고모는 무서운 증이 나서 아니 나오는 웃음을 띠고 달래듯이 온유한 목소리로,

"예예, 잘못하였쇠다. 처음 시집살이라 거행이 늦었쇠다. 히히히 ...."

웃으며 물을 퍼 주었다.

아침상을 차려다 디밀며 차차 좋아지는 듯한 신기를 위로삼아 무엇이든지 먹고 싶은 것이 있으면 말하라고 하니까,

"영희 오마니나 뭐든지 해 주시오."

하며 의논할 것이 있으니 들어오라고 간청을 하였다. 고모는 주저주저하다가 오늘은 맑은 정신이 난 듯하여 안심하고 방을 치워 줄 겸 걸레를 집어들고 들어갔다. 책상 위와 방구석을 엎드려서 훔치며,

"무슨 의논이야?"

하며 말을 꺼냈다.

"......어젯밤에 영희 오마니가 왔더랬는데, 오늘 낮에는 아주 짐을 지워 가지고 오겠다고......."

"무어? 지금은 어드메 있기에?"

고모는 역시 제정신이 아니 들어서 저러나 보다 하면서도 한편으로는 의아하여 눈이 휘둥그래지며 걸레 잡은 손을 멈추고 고개를 들었다.

"......지금? 히히히, 연옥(煉獄)에서 단련을 받는데 도망하여 올 터이니 전죄(前罪)를 용서하고 집에 두어 달라고 합니다."

단테의 《신곡(神曲)》에서 본 것이 생각나서 연옥이란 말을 썼으나 고모는 물론 무슨 소리인지 몰랐다. 다만 옥이라는 말에 지옥이라는 말인

줄 짐작하고 하도 어이가 없어서,

"냉면이나 한 그릇 받아다 주지."

하고 나오다가 아침에 세수하던 것을 생각하고 혼자 빙긋 웃었다.

날이 더워 갈수록 그의 병세는 나날이 더하여 갔다. 팔월 중순이 지나 심한 더위가 다 가고 뜰에 심은 백일홍이 누릇누릇하여 감을 따라 그에게는 없던 증이 또 생겼다. 축대 밑에 나오려던 풀이 폭열(暴熱)에 못 이기어서 비틀어져 버리던 육칠월 삼복에는 겨우 동창으로 바람을 들이면서 불같이 끓는 방 속에 문을 봉하고 있던 사람이 무슨 생각이 났던지 매일 아침만 먹으면 의관도 아니하고 뛰어나가기를 시작하였다. 무슨 짓을 하며 어디로 돌아다니는지 아무도 몰랐다. 대개는 어슬어슬하여 돌아오거나 혹은 자정이 넘어서 돌아올 때도 있었다. 그러나 별로 곤한 빛도 없었다. 안방에서 혹 변소에 가는 길에 들여다보면 그믐 달빛이 건넌방 지붕 끝에서 꼬리를 감추려 할 때에도 빈 방 속에 생불처럼 가만히 앉았었다.

너무 심하여서 삼촌이 며칠을 두고 찾으러 다녀 보아도 종적을 알 수 없었다. 집에서 나갈 때에 누가 뒤를 밟으려고 쫓아나가는 기색만 있어도 도로 들어와서 어떻게 하여서든지 틈을 타서 몰래 빠져 달아났다. 그러나 그는 별로 다른 데를 다니는 것은 아니었다. 다만 자기 집에서 동북으로 향하여 1마장쯤 떨어져 있는 유곽 뒤에 둘러싸인 조그마한 뫼 위에 종일 드러누웠을 뿐이었다. 무슨 까닭에 그곳이 좋은지는 자기도 몰랐다. 하여간 수풀 위에서 디굴디굴 구는 것이 자기 방 속보다 상쾌하다고 생각하였다. 아침에 햇발이 두텁지 않은 동안에 잠깐 드러누웠다가 오정 전후의 폭양에는 해안가로 방황한 후 다시 돌아와서 석양판에 가만히 누웠는 것이 얼마나 재미스러웠는지 몰랐다. 그것도 처음에는 동리 아이들이 덤벼들어서 괴로워 못 견디었으나 1주, 2주, 지나갈수록 자기의 신경을 침략하는 자도 점점 없어졌다. 그러나 김모가 미쳤다는 소문은 전시에 모르는 사람이 없게 되었다. 그가 매일 어디 가 있다는 것은 삼촌의 귀에 제일 먼저 들어왔다.

그후부터는 매일 감시를 엄중하게 하여 나가지 못하게 하였다. 그는 하는 수 없이 이삼 일 동안을 근신한 태도로 칩복(蟄伏)지 않을 수 없었다. 그러나 사오 일 동안 신용을 보여서 감시가 좀 누그러져 가는 기미를 챈 그는 또다시 방문 밖으로 나섰다. 이번에는 땅으로 꺼져 들어간 듯이 감쪽같이 종적을 감추었다.

7

반 달 동안을 두고 찾다 못하여 경찰서에 수색원을 제출한 지 사흘 되던 날 밤중에 연통 속으로 기어나온 것처럼 대가리부터 발끝까지 새까만 탈을 하고 훌쩍 돌아와서 불문곡직하고 자기 방으로 들어가 코를 골며 잤다. 이튿날 아침에는 조반을 걸신들린 사람처럼 그릇마다 핥듯이 하여 먹고 삼촌이 건너오기 전에 뛰어나갔다.

삼사 시간 뒤에 쫓아간 그의 백부는 유정(柳町) 유곽 산 뒤에서 용이히 그를 발견하였다.

그가 처음 감시의 비상선을 끊고 나올 때는 맑은 정신이 들어서 그리하였는지, 하여간 자기의 고향을 영원히 이별할 작정으로 나섰었다. 위선 시가를 떠나 촌리로 나와서 별장 이전의 상지(詳地)를 복(卜)하려고 이산 저 산으로 헤매었다. 가가호호로 돌아다니며 연명을 하여 가며 오륙일 만에 평양 부근까지 갔었다. 그러나 평양이 가까워 오는 데에 정신이 난 그는 무슨 생각이 났던지 뒤도 돌아보지 않고 남포로 향하였다. 그 중에 다소 마음에 드는 곳이 없지는 않았으나 무엇보다도 불만족한 것은 바다가 보이지 않는 것이었다. 그는 하는 수 없이 자기 서재로 자기를 위하여 영원히 안도하라고 하느님이 택정하신바 유정 뒷산 밑으로 기어든 것이었다.

인간에게 허락된 이외의 감각을 하나 더 가지고 인간의 침입을 허락지 않는 유수미려한 신비의 세계에 들어갈 초대장을 가진 하느님의 총아 김

창억은 침식 이외에는 인간계와 모든 연락을 끊고 매일 같은 꿈을 반복하며 대지 위에 자유롭게 드러누워서 무애무변(無涯無變)한 창공을 쳐다보며 대자연의 거룩함과 하느님의 은총 많음을 홀로 찬양하고 있었다.

이러한 상태가 달포나 되어 시월 하순이 가까워 초상(初霜)이 누른 풀잎 끝에 엷게 맺을 때가 되었다.

하루는 어두워서야 들어오리라고 생각한 그가 의외로 점심때도 채 아니되어서 꼭 닫은 중문을 소리없이 열고 자취를 감추며 들어와서 자기 방으로 들어갔다. 안방에서 일을 하고 있던 고모는 도둑이나 아닌가 하며 두근거리는 가슴을 억제하고 문틈으로 지키고 앉았으려니까 한식경이나 무엇인지 부스럭부스럭하더니 금침인 듯한 보따리를 들고 나온다. 가슴이 덜렁하던 고모는 문을 박차며 내다보고,

"그건 어디로 가져가니?"

소리를 버럭 질렀다. 도망꾼처럼 한숨에 뛰어나려던 그는 보따리를 진 채 어색한 듯이 히히히 웃으면서,

"새집 들레…… 히히히, 영회 어머니를 데려오려고 저기 한 채 지었어……."

또 히히히 웃고 획 돌아서서 나갔다. 고모는 삼촌집에 곧 기별을 하려도 마침 아이가 없어서 걱정만 하고 앉았었다. 조금 있다가 또 발소리가 살금살금 난다. 이번에는 안방으로 향하여 어정어정 들어오더니 부엌간으로 들어가서 시렁 위에 얹어 놓은 병풍을 끌어 내려다가 아랫방 앞에 놓고 퇴로 올라서서,

"아지먼네, 그 농 좀 갖다 놓게 좀 주시소그래."

하고 성큼 뛰어들어와서 웃간에 놓았던 붉은 농짝을 번쩍 들고 나갔다. 다행히 영희의 계모가 갈 때에 그의 의복이며 빨래들을 모아서 농짝 속에 넣어 두었기 때문에 고모는 걱정을 하면서도 안심하였다. 낙지(落地) 이래로 이때껏 비 한번 들어 보지 못하던 그가 그 무거운 농짝에다가 병풍을 껴서 새끼로 비끄러매어 가지고 나가는 것을 방문에 기대어 보고 섰던

고모는 입을 딱 벌리고 놀랐다.

　기지이전(基地移轉)에 실패한 그는 유정에 돌아와서 일이 주간이나 언덕에 드러누워 여러 가지로 생각하였다. 답답한 방을 면하려면 위선 여기다가 집을 한 채 지어야 하는데 단층으로는 좁기도 하거니와 제일 바다가 보이지 않은 것이다.

　"……그러면 이층? 삼층만 하면 예서도 보이겠지?"

하고 일어나서 발돋움을 하고 남쪽을 바라보았다. 그러나 인가에 가리어서 사오 정이나 상거가 있는 해면이 보일 까닭이 없다.

　"삼층이면 그래도 내`키의 삼사 배나 될 터이니까…… 되겠지."

하며 곁에 떨어진 나뭇가지를 들고 차차 햇발이 멀어 가는 산비탈에 앉아서 건축의 설계도를 그리기 시작하였다. 누렇게 된 잔디 위에 정처없이 이리저리 줄을 쓱쓱 그으면서 가다가다 혼자 고개를 끄떡끄떡하며 해가 저물어 가는 것도 모르고 앉았었다.

　그날 밤에 돌아와서는 책궤 속에서 학생시대에 쓰던 때묻은 양척(洋尺)과 사기(四機)가 물러난 삼각정규를 꺼내 가지고 동이 트도록 책상머리에 앉았었다.

　도안을 얻은 그는 동이 트기도 전에 산으로 달아났다. 위선 기지(基地)의 검분을 마친 후 그는 그 길로 돌을 주워들이기 시작하였다. 반나절쯤 걸리어서 두세 삼태기나 모아 놓은 후, 허기진 줄도 모르고 제일 가까운 유곽 속으로 헤매이며 새끼 오라기, 멍석 조각이며 장작개비, 비어 궤짝, 깨진 사기 그릇 나부랑이…… 손에 걸리는 대로 모아들이기 시작하였다. 돌아다니는 동안에 유곽 속에서 먹다 남은 청요리 부스러기를 좀 얻어먹었으나 해질 무렵쯤 되어서는 맥이 풀려서 하는 수 없이 엉기어 들어와 저녁을 먹고 곧 자빠졌다.

　그 이튿날은 건축장에 나가는 길에 헛간에 들어가서 괭이를 몰래 집어 숨겨 가지고 도망하여 나왔다. 오전에 위선 한 간통쯤 터를 닦아서 다져 놓고 산을 내려와 물을 얻어다가 흙을 이겨 놓고 오후부터는 담을 쌓기 시작하였다. 그러나 한모퉁이에서부터 쌓아 나와 기역자로 고불릴 때에 비로소 기둥이 없는 데에 생각이 나서 일을 중지하고 산등에 올라앉아서 이 궁리 저 궁리 하여 보았다…… 자기 집에는 물론 없지마는 삼촌집에 가면 서까래 같은 것이라도 서너 개 있을 터이나, 꺼낼 계책이 없었다. 지금의 그로서 무엇보다도 제일 기외(忌畏)하는 것은 자기의 계획이 완성되기 전에 가족의 눈에 띄거나 탄로되는 것인 동시에 이것을 계획하는 것, 더욱이 이 계획을 절대 비밀리에 완성하는 것이 유일의 재미요 자랑거리이며 또한 생명이었다. 만일 이때에 누가 와서 '너의 계획은 이러저러하고 너의 포부는 약차약차히 고대(高大)하나 가엾은 일이지만 그것은 한 꿈에 불과하다.'고 설파하는 사람이 있다 하면 그는 경악 실망한 나머지 자살을 하거나 살인을 하였을지도 모를 것이다. '……어떻게 하였으면 아무도 모르게, 아무도 모르는 동안에 하루 바삐 이 신식 삼층 양옥을 지어서 세상 사람들을 놀래 보일까!' 침식을 잊고 주소(晝宵)로 노심초사(勞心焦思)하는 것이 오직 이것이었다. 그는 삼촌집의 재목을 가져올 궁리를 하였다. '밤에나 새벽에 가서 집어 와? 그것도 아니 될 것이다……, 그러면 어느 재목상에나 가서? 응응 옳지옳지!' 하며 그는 흙묻은 손을 비벼 털며 뛰어내려와서 정거장으로 향하여 달아나왔다. 그는 '재목상에나!'라는 생각이 날 제 십여 년 전에 자기가 가르치던 A라는 청년이 재목상을 경영하고 있는 것을 생각하고 뛰어나온 것이었다. 삼거리로 갈리는 데 와서 잠깐 멈칫하다가 서로 고불뜨려서 또다시 뛰었다. 〈Y재목상회〉라는 기단 간판이 달린 목책(木柵)으로 돌라막은 문전에 다다라 우뚝 서며 안을 들여다보고 멈칫거리다가 문 안으로 썩 들어섰다. 그는 무엇이나 도둑질하러 온 사람처럼 황황히 사방을 돌아보다가 사무실에서 누가 내다보는 것을 눈치채고 곧 그리로 향하였다.

　"재목 있소?"
　발을 들여놓으며 한마디 부르짖었다.

"그런데 이게 웬일이오?…… 재목이야 있지요. 하하하……."

테이블 앞에 앉아서 사무원들과 잡담을 하고 있던 주인은 바로 앉아서 그를 마주 쳐다보며 웃었다.

그는 얼이 빠진 사람처럼 이 사람 저 사람 사무원들을 차례차례로 쳐다보다가 마치 취한이나 광인이 스스러운 사람과 대할 때에 특별한 주의나 긴장을 가지는 거와 같이 뿌연 눈을 똑바로 뜨고 서서 한 마디 한 마디씩 애를 써 분명한 어조로,

"아니 좀 자질구레한 기둥 있거든 몇 개 주시소고래. 지금 집을 짓다가……."

"그건 해 무엇 하시랴오? 그러나 돈을 가져오셔야지요…… 하하하."

사소한 대금을 관계하는 것은 아니나 그가 광증이 있다는 소문을 들은 주인은 그대로 내주는 것이 어떨까 하여 물어 보았다.

"응응! 옳지! 돈이 있어야지 응응! 돈이 있어야지……."

돈이란 말에 비로소 깨달은 듯이 연해 고개를 끄덕거리며 멀거니 섰다가 아무 말도 없이 도로 뛰어나갔다. 처음부터 서로 눈짓을 하며 빙긋빙긋 웃고 앉았던 사무원들은 참았던 웃음을 왓하하하 하며 웃었다. 그는 눈을 부릅뜨고 유리창을 흘겨다보며 급히 달아나왔다.

그 길로 자기 집으로 뛰어갔다. 방에 뚝 들어서면서 흙이 말라서 뒤발을 한 손으로 책상 위에 놓인 물건을 뒤적거리며 한참 찾더니 돈지갑을 들고서 선 채 열어 보았다. 손에는 일 원짜리 지폐가 석 장하고 은전 백동전을 합하여 구십여 전쯤 들어 있었다…… 옥중에서 차입하여 쓰고 남은 것이었다. 그는 혼자 히이 웃으며 지갑을 단단히 닫아서 바지춤에다 넣고 다시 뜰로 내려섰다. 대문을 막 나서렬 때 삼촌과 마주쳤다. 그는 마치 못된 장난을 하다가 어른에게 들킨 어린아이처럼 깜짝 놀라며 꽁무니를 슬슬 빼며 급히 방 안으로 뛰어들어가서 자는 체하고 드러누워 버렸다. 그날 밤에는 종내 나가지 못하게 되었다.

이튿날 아침에는 위선 재목상을 찾아갔다.

마침 나와 앉았던 주인은 아무 말 없이 들어와서 훔척훔척하다가 삼 원 오십 전을 꺼내 놓고 "얼마든지 좀 주시고래." 하고 벙벙히 섰는 그의 태도를 한참 쳐다보다가,

"얼마나 드리리까?"

하며 웃었다.

"기둥 여섯하고……."

"기둥 여섯만 하여도 본전도 안 됩니다."

주인은 하하 웃으며 그의 말을 자르고 사무원을 돌아다보고 무엇이라고 하였다. 그는 사무원을 따라 나가서 서까래만한 기둥 여섯 개와 널빤지 두 개를 얻어서 짊어지고 나섰다. 재목을 얻은 그는 생기가 더 나서 위선 네 귀에 기둥을 세우고 두 편만은 중간에다 마주 대하여 두 개를 세운 뒤에 삼등분하여 새끼로 두 층을 돌라매어 놓고 담을 쌓기 시작하였다. 담 쌓기는 쉬우나 돌멩이 모아들이기에 날짜가 많이 걸렸다. 약 3주간이나 되어 동편으로 드나들 구멍을 터 놓고는 사방으로 삼사 척의 벽을 쌓았다. 위선 하층은 되었는 고로 널빤지를 절반하여 한편에 기대어서 걸쳐 놓고 나머지 길이를 이등분하여 어긋매어서 삼층을 꾸렸다. 그 다음에는 이층만 사면에 멍석 조각을 둘러막고 삼층은 그대로 두었다. 이것도 물론 그의 설계에 한 조목 든 것이었다. 그의 이상으로 말하면 지붕까지라도 없어야 할 것이지만 우로(雨露)를 피하기 위하여 부득이 역시 멍석을 이어서 덮었다.

이같이 하여 이렁저렁 일 개월 이상이나 걸린 역사는 대강대강 끝이 나서 위선 손을 떼던 날 석양에 그는 삼층 위에 올라앉아서 저물어 가는 산 경치를 내다보고 혼자 기꺼움을 이기지 못하였다. 인생의 모든 행복이 일시에 모여든 것 같았다. 금시에라도 이사를 하려다가 집에 들어가면 또 잡히어서 나오지 못할 것을 생각하고 어둡기까지 그대로 드러누웠다. 드러누워서도 여러 가지 생각이 많았다. 위선 세계 평화 유지 사업으로 회를 하나 조직하여야 할 터인데……

"회명은 무어라고 할까? 국제연맹이란 것은 있으니까 국제 평화협회? 세계 평화회? 그것도 아니 되었어. 동서양이 제일에 친목하여야 할 것인 즉 '동서 친목회'라 하지! 옳지! 동서 친목회…… 되었어."

그 다음에 그는 삼층 양옥을 어떻게 하면 거처에 편리하게 방세(房勢)를 정할까 생각하였다. 위선 급한 것은 응접실이다. 그 다음에는 사무실, 침실, 식당, 서재…… 차례차례로 서양사람 집 본새를 생각하여 가며 속으로 정하여 놓고 어슬어슬한 때에 뛰어내려왔다. 일단 집으로 향하였다가 무슨 생각이 났는지 다시 돌쳐서서 유곽으로 들어갔다. 헌등(軒燈) 아래로 슬금슬금 기어가듯하며 이 집 저 집 기웃기웃하다가 어떤 상점 앞에 서더니 저고리 고름 끝에 매인 매듭을 힘을 들여서 풀고 섰다. 한 사람 두 사람 모여드는 것도 모르는 것같이 시치미를 떼고 풀더니 은전 네 잎을 꺼내서 던지고 일본주 2홉 병을 받았다. 낙성연을 베풀려는 작정이었다.

공복에 들어간 두 홉 술의 힘은 강렬하였다. 유정의 사람 자취가 그칠 때까지 이 집 저 집 돌아다니며 동서회 친목회장이 너희들을 감독하려고 내일이면 또 나오신다고 도지개를 틀며 앉았는 여회원들을 웃기며 비틀거리고 돌아다닌 것도 그날 밤이었다.

8

세간을 나르노라고 중문 대문을 훨씬 열어제쳐 놓은 것을 지치려고 뒤를 쫓아나간 고모는 이맛살을 찌푸리고 그의 가는 방향을 한참 건너다보다가 긴 한숨을 쉬고 돌아와서 큰집에 갈 영희만 기다리고 앉았으려니까 15분쯤 되어 삐이걱 하는 소리가 나더니 또 들어와서 이번에는 부엌으로 들어가서 한참 동안 홈척홈척하다가 석유통으로 만든 화덕 위의 남비를 들고 나왔다. 그 속에는 사기그릇이며 수저 나부랑이를 손에 잡히는 대로 듬뿍 넣었다. 그는 안에서 무엇이라고 소리나 칠까 보아서 힐끗힐끗 돌아다보며 뺑소니를 쳐서 나왔다…… 십수 년 동안 기거하던 자기 집을 영원히 이별하였다.

그날 석양에 고모는 영희를 데리고 동리 사람들이 가르쳐 주는 대로 그의 신가정을 찾아갔다. 고모에게 대하여는 가장 불행하고 비통한 집안이었다. 엿과 성냥 대신에 저녁 밥을 싸 가지고 갔었다. 물론 가자고 하여야 다시 집에 돌아올 그가 아니었다. 영희가 울면서 가자고 하니까 그는 무슨 정신이 났던지 측은하여하는 듯한 슬픈 안색으로 목소리를 떨며,

"어서 가거라. 어서 가거라…… 아아 춥겠다. 눈이 저렇게 왔는데 어서 가거라."

혼잣말처럼 꼭 한 마디 하고 아랫간에 늘어놓은 부엌 세간을 정돈하며 있었다.

고모는 하는 수 없이 돌아와서 남았던 시량(柴糧)과 찬을 그에게로 보내 주고 나서 어둑어둑할 때 문을 잠그고 영희와 같이 큰집으로 건너갔다. 근 보름이나 앓아 누운 그의 백부는 눈물을 흘리며 깊은 한숨만 쉬고 아무 말도 없었다…… 소년 과부로 오십이 넘은 그의 고모는 건넌방에 영희를 끼고 누워서 밤이 이슥하도록 훌쩍거렸다. 영희의 흑흑 느끼는 소리도 간간이 안방에까지 들렸다.

아랫목에 누웠던 영감이,

"여보 마누라, 좀 가 보시구려."

하는 소리에 잠이 들려던 노마님이 건너갔다. 조금 있다가 이 마누라까지 훌쩍훌쩍 하며 안방으로 건너왔다. 미선을 가슴에 대고 반듯이 드러누운 노인의 눈에도 눈물이 글썽글썽하였다.

십칠 야의 교교한 가을 달빛은 앞창 유리 구멍으로 소리없이 고요히 흘러들어와서 할머니의 가슴에 안기어 누운 영희의 젖은 베개 밑을 들여다보고 있었다.

9

평양으로 나온 우리 일행은 그 이튿날 아침에 남북으로 뿔뿔이 헤어졌다. 그후 이 개월쯤 되어 나는 백설이 애애한 북국 어떠한 한촌 진흙방 속에서 이러한 Y의 편지를 받았다.

형식에 빠진 모든 것은 우리에게 있어 벌써 아무 의미도 없는 것이 아니오? 어느 때든지 자기의 생활에 새로운 그림자(그것은 보다 더 선한 것이거나 혹은 보다 더 악한 것이거나 하여간)가 비쳐 올 때나 혹은 잠든 나의 영(靈)이 뛰놀 만한 무슨 위대한 힘이 강렬히 자극하여 오거나 그렇지 않으면 군에게 무엇이든지 기별하고 싶은 사건이 있기 전에는 같은 공기 속에서 같은 타임 속에서 동면상태로 겨우 서식하는 지금의 나로는 절(絶)하고 대적(對的)으로 누구에게든지 또는 무엇에든지 붓을 들지 않으려고 결심하였소. 자기의 침체한 처분, 꿈 꾸는 감정을 아무리 과장한들 그것이 결국 무엇이오…….

그러나 지금 펜을 들어 이 페이퍼를 더럽히는 것이 현재의 내가 무슨 새로운 의의를 발견하고 혹은 새로운 공기를 호흡하게 된 까닭은 아니요, 다만 내가 오래간만에 집을 방문하였다는 것과 그외에 군이 어떠한 호기심을 가지고 심방하였던 삼 원 오십 전에 삼층 양옥을 건축한 철인의 철저한 예술적 또한 신비적 최후를 군에게 알리려는 까닭이오.

여기까지 읽은 나는 깜짝 놀랐다. 손에 들었던 편지를 책상 위에 놓고 바로 앉아서 한 자 한 자 세듯이 하여 가며 계속하여 보았다.

……사실은 지극히 간단하나, 이 소식은 군에게 비상한 만족을 줄 줄로 믿소. 하느님이 천사를 보내시어 꾸며 놓으신 옥좌에 올라앉아서 자기

의 이상을 실현치 않으면 아니 될 시기라고 생각한 그는 신의(神意)로써 만든 삼 원 오십 전짜리 궁전을 이 오탁(五濁)에 싸인 속계에 두고 가기 어려웠을 것이요, 신의 물(物)은 신에게 돌리리라. 처치하기 어려운 삼 층집을 맡길 곳이 신 이외에 없었을 것도 괴이치 않은 것이겠소. 유곽 뒤에 지어 놓았던 원두막 한 채가 간밤 바람에 실화하여 먼지가 되어 날아간 뒤에 집주인은 종적을 감추었다——라고 하면서 사실은 지극히 간단할 것이오. 그러나 불은 왜 놓았나?

나는 이하를 더 읽을 기운이 없다는 것같이 가만히 지면을 내려다보고 앉았었다. 의외의 사실에 대한 큰 경이도 아니려니와 예측한 사실이 실현됨에 대한 만족의 정도 아닌 일종의 형용할 수 없는 감정이 다대한 호기심과 기대에 긴장하였던 마음을 일시에 느즈러지게 한 상태였다. 나는 또다시 읽기 시작하였다.

추위에 못 견디어서——라고 세상 사람들은 웃고 말 것이오. 그리고 군더러 말하라면 예의 현실폭로라는 넉 자로 설명할 것이오. 그러나 그가 삼층집에서 내려와 자기 집 서재로 들어가기 전에는 불을 놓았다고도 못할 것이오. 또 현실폭로의 비애를 감하여 그리하였다 하면 방화까지 할 필요는 없었을 것이오. 신의에 따라서만 살 수 있다는 신념을 확집(確執)한 그는 인제는 금강산으로 들어갈 때가 되었다고 삼층 위에서 뛰어 내려온 것이오. 그리고 그 건축물은 신에게 돌린 것이오…… 아아, 그 위대한 건물이 홍염의 광란 속에서 구름 탄 선인같이 찬란히 떠오를 제 그의 환회는 어떠하였을까. 그의 입에서는 반드시 할렐루야가 연발되었을 것이오. 그리고 일 편의 시가 흘러 나왔을 것이오. 마치 네로가 홍염 가운데의 로마 대도를 바라보며 하프에 맞춰서 시를 읊듯이. 아아, 그는 얼마나 위대한 철인이며 얼마나 행복스러운가…… 반열반온의 자기를 돌아볼 제 진심으로 자기 자신을 매도(罵倒)치 않을 수 없소……

10

기뻐하리라고 한 Y의 편지는 오직 잿빛의 납덩어리를 내 가슴에 던져 주었을 따름이었다. 나는 여기저기 골라 가며 또 한 번 읽은 뒤에 편지장을 책상 위에 펼쳐 놓은 채 드러누웠었다. 음산한 방 속은 무겁고 울적한 나의 가슴을 더욱더욱 질식게 하는 것 같았다. 까닭없이 울고 싶은 증이 나서 가만히 누웠을 수가 없었다…… 나는 뛰어일어나서 방 밖으로 나섰다. 아침부터 햇발을 조금도 보이지 않던 하늘에 뽀얀 구름이 건너다보이는 앞산 위까지 처져서 방금 눈이 퍼불 것 같았다. 나는 얼어붙은 눈 위를 짚신발로 바삭바삭 소리를 내며 R동 고개로 나서서 항상 소요하던 절벽 위로 향하였다.

사람 하나가 간신히 통행할 만한 길 오른편 언덕에 거무스름하게 썩어서 문정문정하는 짚으로 에워싼 한 간 집이 있고, 그 아래에는 비스듬하게 짓다가 둔 헛간 같은 것이 있다. 나는 늘 보았건만 그것의 본체가 무엇인지 아직껏 물어도 보지 않았다. 그러나 삼층 양옥의 실화사건의 통지를 받고는 새삼스럽게 눈여겨보았다. 나는 두세 걸음 지나가다가 다시 돌쳐서서 언덕으로 내려와서 사면팔방을 멍석으로 꼭 틀어막은 괴물 앞에 섰다.

나는 무슨 무서운 물건이나 만지듯이 입구에 드리운 멍석 조각을 가만히 쳐들고 컴컴한 속을 들여다보았다. 광선 한 줄기 들어오지 않는 속에서는 쌀쌀한 바람이 휙 끼칠 뿐이요, 아무것도 보이지 않았다. 공연히 마음이 선뜻하여 손에 쥐었던 거적문을 놓으려다가 다시 자세자세히 검사를 하여 보았다. 그러나 무엇인지는 알 수 없었다…… 기둥 두 개를 나란히 늘어놓은 위에 나무관 같은 것을 놓고 그 위에는 언젠지 대동강변에서 본 봉황선 대가리 같은 단청한 목판짝이 얹혀 있었다. 나는 보지 못할 것을 본 것같이 꺼림하여 마른침을 탁 뱉고 돌아서 동둑 위로 올라왔다. 나는 눈에 묻힌 절벽 위에 와서 고총(古塚) 앞에 놓인 석대에 걸터앉으려다가 곁에 새로 붉은 흙을 수북이 모아 논 것을 보고 외면을 하며 일어나왔다. 이것은 일전에 절골(寺洞)에선가 귀신이 씌어서 죽었다는, 무녀(巫女)가 온 식전 굿을 하던 떼도 안 입힌 새 무덤이다.

저녁 밥상을 받고 앉아서 주인더러 등너머의 일간두옥(一間斗屋)은 무엇이냐고 물으니까,

"그것이 이 촌에서 천당에 올라가는 정거장이라우."

하고 웃으며 동리에서 조직한 상계(喪契)의 소유자라고 설명하였다. 이 촌에서 난 사람은 누구나 조만간 그곳을 거쳐야만 한다는 묵계가 있다는 그의 말에는 무슨 엄숙한 의미가 있는 것같이 들리었다. 나는 밥을 씹으며 저를 손에 든 채로 그 내력을 설명하는 젊은 주인의 생기있는 얼굴을 물끄러미 쳐다보고 앉았었다. 그 순간에 나는 인생의 전 국면을 평면적으로 부감한 것 같은 생각이 머리에 떠오르는 동시에 무거운 공포가 머리를 누르는 것 같았다. 그날 밤에 나는 아무것도 할 용기가 없어서 몇몇 청년이 몰려와서는 떠드는 속에 가만히 드러누웠다. 어쩐지 공연히 울고 싶었다. 별로 김창억을 측은히 생각하여 그의 운명을 추측하여 보거나 삼층집 소화(燒火)한 후의 행동을 알려는 호기심은 없었으나 지금쯤은 어디로 돌아다니나 하는 생각이 나는 동시에 작년 가을에 대동강가에서 잠깐 본 장발객(長髮客)의 하얀 신경질적 얼굴이 머리에 떠올랐다.

과연 그가 그후에 어디로 간 것은 아무도 몰랐다. 더구나 뱀보다도 더 두려워하고 꺼리는 평양에 나와 있으리라고는 아무도 몽상 외였다. 그러나 그는 결국 평양에 왔다. 평양은 그의 후취의 본가가 있는 곳이다.

……일 년 열두 달 열어 보는 일이 없이 꼭 닫은 보통문 밖에 보금자리 같은 짚더미 속에서 우물우물하기도 하고 혹은 그 앞 보통강가로 돌아다니는 걸인은 오직 대동강의 장발객과 형제거나 다만 걸인으로 알 뿐이요 동리에서도 누구인지는 아무도 몰랐다.

두 파산

1

"어머니, 교장 또 오는군요."

학교가 파한 뒤다. 갑자기 조용해진 상점 앞 길을 열어 놓은 유리창 밖으로 내어다보고 등상에 앉았던 정례가 눈살을 찌푸리며 돌아다본다. 그렇지 않아도 돈 걱정에 팔려서 테이블 앞에 멀거니 앉았던 정례 모친도 저절로 양미간이 짜붓하여졌다. 점방 안에는 학교를 파해 가는 길에, 공짜 만화를 보느라고 아이들이 저편 구석 진열대에 옹기종기 몰려 섰다가 교장이라는 말에 귀가 반짝하였는지 조그만 얼굴들을 쳐든다. 그러나 모시두루마기 자락이 펄럭하며 우둥퉁한 중늙은이가 단장을 짚고 쑥 들어서는 것은 보고, 학생 아이들은 저희들끼리 눈짓을 하고 킥킥 웃어 버린다. 저희 학교 교장이 온다는 줄 알았던 모양이다.

"어째 이렇게 쓸쓸하우?"

영감은 언제나 오면 하는 버릇으로 상점 안을 휘휘 둘러보며 말을 건넨다.

"어서 웁쇼. 아침 한때와 점심 한나절이 한참 붐비죠. 지금쯤야 다 파해 가지 않았에요."

안주인은 일어나지도 않은 채 무관히 대꾸를 하였다. 교장은, 정례가 앉았던 등상을 내주니까 대신 걸터앉으며,

"딴은 그렇겠군요. 그래도 팔리는 거야 여전하겠죠?"

하고 눈이 저절로 테이블 위의 손금고로 갔다. 이 역시 올 때마다 늘 캐어묻는 말이지마는 또 무슨 딴 까닭이 있어서 붙이는 수작 같아서 정례 어머니는,

"그야 다소 들쭉날쭉이 있죠마는 온 요새 같아서는……."

하고 시들이 대답을 하여 준다.

"어쨌든 좌처가 좋으니까…… 하루에 두어 번쯤 바쁘고, 편히 앉아서 네다섯 식구가 뜯어먹고 살면야, 아낙네 소일루 그만 장사가 어디 있을까마는, 그래 그리구두 빚에 쫄리다니 알 수 없는 일이로군."

왜 그런지 이 영감이 싫고 멸시하는 정례는 '누가 해 달라는 걱정인감.' 하는 생각에 입이 빼쭉하여졌다.

"날마다 쑬쑬히 나가기야 하지만 원체 물건이 자(細)니까 남는 게 변변해야죠."

여주인은 마지못해 늘 하는 수작을 뇌었다. 그러나 오늘은 이 영감이 더 유난히 물건 쌓인 것이며 진열장에 늘어놓인 것을 눈여겨보는 것이었다. 정례 모녀는 그 뜻을 짐작하겠느니만큼 더욱 불쾌하였다.

여기는 여자 중학교와 국민학교가 길 건너로 마주 붙은 네거리에서 조금 외진 골목 안이기도 하나, 두 학교를 상대로 하고 벌인 학용품 상점으로 그야말로 좌처가 좋은 셈이다. 원체는 선술집이었다든가 하는 방 한 칸 달린 이 점방을 작년 봄에 팔천 원 월세로 얻어 가지고 이것을 벌이고 앉을 제, 국민학교 앞에는 벌써 매점(賣店)이 있어서 어떨까도 하였으나, 여학교만은 시작하기 전부터 아는 선생을 새에 넣고 선전도 하고 특약하다시피 하였던 관계인지, 이때껏 재미를 보는 편이지, 이 장삿속으로

만은 꿀리는 셈속은 아니다.

"이번에 두 달 셈을 한꺼번에 드리겠더니 또 역시 꿀립니다그려. 우선 밀린 거 한 달치만 받아 가시죠."

정례 어머니는 테이블 위에 놓인 손금고를 땡그렁 열고서 백 원짜리를 척척 센다.

"이번에는 본전까지 될 줄 알았는데 이자나마 또 밀리니…… 장사는 깔축없이 잘 되는데, 그 원 어째 그렇단 말씀유?"

하며, 영감은 혀를 찬다. 저편에서 만화를 보며 소곤거리던 아이들은 교장이라던 이 늙은이가 본전이니 변리니 하는 소리에 눈들이 휘둥그래져서 건너다본다.

"7천 5백 원입니다. 세 보십쇼. 그러니 댁 한 군델 세야 말이죠. 제일 무거운 짐이 아시다시피 김옥임이네 10만 원의 1할 5부, 1만 5천 원이죠, 은행 조건 30만 원의 이자가 또 있죠…… 기껏 벌어서 남 좋은 일 하는 거예요. 당신에게 이자 벌어 드리고 앉았는 셈이죠."

영감은 옆에서 주인댁이 하는 말은 귀담아 듣지도 않고 골똘히 돈을 세더니, 커다란 검정 헝겊 주머니를 허리춤에서 꺼내서 넣는다. 옆에 섰는 정례는 그 돈이 아깝고 영감의 푸둥푸둥한 넓적한 손까지 밉기도 하여 가만히 내려다보고 있으려니까,

"그래 이달치는 또 언제쯤 들르리까? 급히 내가 쓸 데가 있으니까 아무래도 본전까지 해 주어야 하겠는데……."

하고, 아까와는 딴판으로 퉁명스럽게 볼멘소리를 하였다. 만화를 들여다보던 아이들은 또 한 번 이편을 건너다본다.

부옇고 점잖게 생긴 신수가 딴은 교장 선생 같고, 저기다가 양복이나 입고 운동장의 교단에 올라서면 저희들도 꿈질하려니 싶은 생각이 드는데, 이잣돈을 받아 넣고 나서도 또 조르고 두덜대는 소리를 들으니, 설마 저런 교장이 어디 있으랴 싶어서 저희들끼리 또 눈짓을 하였다.

"되는 대로 갖다 드리죠. 허지만 본전은 조금만 더 참아 주십쇼. 선생

님 같으신 어른이 돈 5만 원쯤에 무얼 그렇게 시급히 구십니까."

정례 어머니는 본전을 해내라는 데에 얼레발을 치며 설설 기는 수작을 한다.

"아니, 이자 안 물구 어서 갚는 게 수가 아니겠나요?"

"선생님두 속시원하신 말씀두 하십니다."

정례 어머니는 기가 막혀 웃어 보인다.

"참, 그런데 김옥임 여사가 무어라지 않습디까?"

그만 일어설 줄 알았던 교장은 담배를 붙이어 새판으로 말을 꺼낸다.

"왜, 무어라구 해요?"

정례 모녀는 무슨 말이 나오려는지 벌써 알아채고 입이 삐쭉들 하여졌다.

"글쎄, 그 20만 원 조건을 대지루구 날더러 예서 받아 가라니 그래 어떻게들 이야기가 귀정이 났지요?"

영감의 말이 떨어지기가 무섭게 정례는 잔뜩 벼르고 있었던 듯이 모친의 앞장을 서서 가로 탄한다.

"교장 선생님! 그 따위 경위없는 말이 어디 있에요? 그건 요나마 우리 가게를 판들어먹게 하구 말겠단 말이지 뭐예요!"

하고, 얼굴이 빨끈해지며 눈을 세로 뜬다.

"응? 교장이라니? 교장은 별안간 무슨 교장…… 허허허……."

영감은 허청 나오는 웃음을 터뜨리며 저편 아이들을 잠깐 거들떠보고 나서,

"글쎄, 그러니 빤히 사정을 아는 터에 이럴 수도 없고 저럴 수도 없고……."

하며 말끝을 어물어물해 버린다. 이 영감이 해방 전까지 어느 시골선지 오랫동안 보통학교 교장 노릇을 하였다는 말을 옥임에게서 들었기에 이 집에서는 이름은 자세 모르고 하여 교장 교장 하고 불러 왔던 것이 입버릇으로 급히 튀어나온 말이나, 고리대금업의 패를 차고 나선 지금에는 그

것을 내세우기도 싫고, 더구나 저런 소학교 아이들 앞에서는 창피한 생각
도 드는 눈치였다.

"교장 선생님이 이럴 수도 없구 저럴 수도 없으실 게 뭐예요. 그 아주
머니한테 받으실 건 그 아주머니한테 받으십쇼그려."

정례는 또 모친이 입을 벌릴 새도 없이 풍풍 쏘아 준다.

"앤 왜 이러니."

모친은 딸을 나무라 놓고,

"그렇겐 못하겠다구 벌써 끝낸 말인데 또 왜 그럴꾸."

하며, 말을 잘라 버린다.

"아, 그런데 김씨 편에서는 댁에서 승낙한 듯이 말하던데요?"

영감의 말눈치는 김옥임이 편을 들어서 20만 원 조건인가를 여기서 받
아 내려는 생각인 모양이다.

"딴소리! 내가 아무리 어수룩하기루 제 사폐만 봐 주구 제 춤에만 놀
까요?"

정례 어머니는 코웃음을 쳤다.

김옥임이의 20만 원 조건이라는 것이, 요사이 이 두 모녀의 자나깨나
큰 걱정거리요, 그것을 생각하면 밥맛이 다 없을 지경이지마는 자초(自
初)는 정례 모녀가 이 상점을 벌이고 나자, 장사가 잘 될성부르니까 김
옥임이가 저도 한몫 끼우자고 자청을 하여 10만 원을 들여놓고 들어왔던
것이다. 그리고 그 가지고 들어온 동사 밑천 10만 원의 두 곱을 빼 가
도 또 새끼를 쳐서 오늘에 와서는 20만 원까지 달라는 것이다.

2

정례 모친은 남편을 졸라서 집문서를 은행에 넣고 천신만고하여 30만
원을 얻어 가지고, 부비 쓰고 당장 급한 것 가리고 한 나머지 이십이삼만
원을 들고 이 가게를 벌였던 것이었다. 8천 원 월세의 보증금 8만 원은

말고라도 점방 꾸미고 탁자 들이고 진열대 세 채 들여놓고 하기만도 육칠만 원 들었으니, 갖다 놓은 물건이라야 10만 원어치도 못 되는 것이었다. 그러나 학생 아이들이 차츰 꾀게 될수록 찾는 것은 많아 가고 점심때에 찾는 빵이며 과자라도 벌여 놓고 싶고, 수(繡)실이니 수틀이니 여학교의 수예(手藝) 재료들도 갖추갖추 갖다 놓고는 싶은데, 매일 시내로 팔리는 것을 가지고는 미처 무더기 돈을 돌려 빼내는 수도 없는데, 쫄끔쫄끔 들어오는 그 돈 중에서 조금씩 뜯어서 당장 그날그날 살아가야는 하겠으니, 자연 쫄리는 판에 김옥임이가 한 다리 걸치자고 덤비니, 동사란 애초에 재미없는 일이거니와 요 조그만 구멍가게를 동사로 해서 뜯어먹을 것이 무에 있겠느냐는 생각도 없지 않았으나, 당장에 아쉬우니 5만 원씩 두 번에 질러서 10만 원 밑천을 받아들였던 것이었다. 그러나 말이 동사지 2할(二割) 넘어의 고리(高利)로 10만 원 빚을 쓴 거나 다름없었다. 빚놀이에 눈이 벌개 다니는 옥임이는 제 벌이가 바빠서도 그렇겠지마는, 하루 한 번이고 이틀에 한 번 저녁때 슬쩍 들러서 물건 판 치부장이나 떠들어 보고 가는 것밖에는 별로 거드는 일도 없었다. 실상은 그것이 쌩이질이나 하고 부라퀴같이 덤비는 것보다는 정례 모녀에게는 편하기도 하였던 것이다. 하여튼 그러면서도 월말이 되면 이익의 3분의 1가량은 되는 2만 원 돈을 또박또박 따 가곤 하였다.

　담보물이 있으면 1할, 신용대부로 1할 5부 변(邊)인데 동사란 말만 걸고 2할──2할이 안 될 때도 있었지마는 셈속 좋은 때면 2할 이상의 배당도 차례에 오니 옥임이 생각에는 실사고로는 이익이 좀더 되려니 하는 의심도 없지 않았으나, 그래도 별로 힘드는 일을 하는 것도 아니요, 가만히 앉아서 2할이면, 하고한 날 삘삘거리고 싸지르면서 긁어들이는 변릿돈보다는 나은 셈이라고 생각하였던 것이다. 하여간 올 들어서 밑천을 빼어 가겠다고 하기까지 아홉 달 동안에 20만 원 가까운 돈을 벌어 갔던 것이다.

　그러나 정례 부친이 만날 요 구멍가게서 용돈을 얻어다 쓰는 것도 못할 일이라고, 작년 겨울에 들어서 마지막 남은 땅뙈기를, 그야 예전과 달라서 삼칠제(三七制)인데다가 세금이니 비료니 하고 부담에 얽매이니까 그렇겠지마는——하여간 아버지 전장으로 물려받은 것의 마지막으로 남은 것을 팔아 가지고 전래에 없는 눈(降雪)이라고 하여, 서울 시내에서 전차가 사흘을 못 통할 동안에, 택시를 부리면 땅 짚고 기기라 하여, 하이어를 한 대 사 들여 놓고 택시를 부려 보았던 것이라서 이것이 사흘 돌이로 말썽을 부려 고장이요 수선이요 하고, 나중에는 이 상점의 돈까지 하루만 돌려라, 이틀만 참아라 하고, 만 원 2만 원 빼내고는 시치미를 떼기 시작하니 점방의 타격은 의외로 큰 것이었다. 이 꼴을 본 옥임이는 에그머니나 하는 생각이 들었던지, 올 들어서면서부터 제 밑천은 빼내 가겠다는 것이었다. 사실 잘못하다가는 자동차가 이 저자터까지 들어먹을 판인데, 별안간 옥임이가 빠져 나간다니 한편으로는 시원하나 10만 원을 모개로 빼내 주는 도리가 없었다.

"이렇게 거덜거덜할 바에야 집어치우지."

겨울방학 때라, 더구나 팔리는 것은 없고 쓸쓸하기도 하였지마는, 옥임이는 날마다 10만 원 재촉을 하러 와서는 이런 소리도 하는 것이었다.

남은 집문서를 잡혀서 이거나마 시작해 놓고 다섯 식구의 입을 매달고 있는 터인데 제 발만 쓱 빼놓았다고 이런 야멸찬 소리를 할 제, 정례 모녀는 얼굴을 빤히 쳐다보곤 하였다.

"세전 보증금이나 빼내구 뉘께 넘겨 버리지? 설비한 것하구 물건 남은 것 얼러서 한 10만 원은 받을까? 그렇다면 내 누구 하나 지시해 줄까?"

이렇게 권하기도 하는 것이었다. 뉘께 넘기게 해서라도 자기가 10만 원만 어서 뽑아 가려는 말이겠지마는, 어떻게 보면 10만 원에 이 점방을 자기가 맡아 잡겠다는 말눈치인 듯도 싶었다.

"내가 바쁘지만 않으면 도틀어 맡아 가지고 훨씬 화장을 해 놓으면 이꼴은 안 되겠지만, 어디 내가 틈이 있는 몸이야지……."

이렇게 운자를 떼는 것을 들으면 한 발 들여놓고 한 발 내놓는 수작 같기도 하였다. 자동차 동티로 밑천을 홀짝 집어먹힐까 보아서 발을 뺀다는 수작이다. 한편으로는 이렇게 한참 꿀리고, 학교들은 방학을 하여 흥정이 없는 이 판에 번히 나올 구멍이 없는 10만 원을 해내라고 못살게 굴면 성이 가시니 상점을 맡아 가라는 말이 나오고 말리라는 배짱같이 보이는 것이었다. 모녀는 그것이 더 분하였다.

"저의 자수로는 엄두두 안 나구 남이 해 놓으니까 괜 듯싶어서, 솔개미가 까치집 채어들듯이 이거나마 뺏어 가지고 저의 판을 만들어 보겠다는 것이지만 첫째 이런 좋은 좌처를 왜 내놓을라구."

누구보다도 정례가 바르르 떨었다.

"매사가 그렇게 될성부르니까 뺏어 차구 앉았지. 거덜거덜하면 누가 눈이나 떠본다든!"

정례 모친은 코웃음을 치기만 하였다.

하여간 이렇게 쫄리기를 반 달쯤이나 하다가, 급기야 8만 원 보증금의 영수증을 옥임에게 담보로 내주고, 출자금 10만 원은 1할 5부 변의 빚으로 돌라매고 말았다. 옥임으로서는 매삭 2할 배당의 맛도 잊을 수 없었으나, 기위 상점을 제 손으로 못 휘두를 바에는 이편이 든든은 하였던 것이다.

그리고도 정례 모친은 옥임이와 가끔 함께 들러서 알게 된 교장 선생님의 돈 5만 원을 얻어 가지고, 개학 초부터 찌부러져 가던 상점의 만회책(挽回策)을 다시 세웠던 것이다. 그러나 땅뙈기는 자동차 바람에 날려 보내고, 자동차는 수선비로 녹여 버리고 나니, 상점에서 흘려 내간 칠팔만 원이라는 돈은 고스란히 떼 버렸고 그 보충으로 짊어진 것이 교장의 빚 5만 원이었다.

점점 더 심해 가는 물가에, 뜯어먹고 살아야는 하겠고, 내남없이 종이 한 장, 연필 한 자루라도 덜 사겠지 더 팔리지는 않으니, 매삭 두 자국 세 자국의 변리만 꺼 가기도 극단이었다. 그러고 보니 자연 좋지 못한 감정으로 헤어진 옥임이한테 보낼 변리가 한두 달 밀리기 시작했던 것이다.

8만 원 증서가 집문서만큼 믿음직하지 못하다고 기어이 1할 5부로 떼를 써서 제멋대로 매놓은 것이 얄미워서, 어디 네가 그 이자를 긁어다가 먹나, 내가 안 내고 배기나 해 보자는 뱃심도 정례 모친에게는 없지 않았다. 옥임이 역시 제가 좀 과하게 하였다고 뉘우쳤던지, 또 혹은 8만원 증서를 가졌느니만큼 마음이 놓여서 그런지, 별로 들르지도 않으려니와, 들러서도 변리 재촉은 그리 아니하였다. 도리어 정례 어머니 편에서 변리가 밀려 미안하다는 말을 꺼내고 그 끝에,

"이 여름방학이나 지내고 개학초에 한몫 보면 모개 내리다마는 원체 1할 5부야 과한 것이오. 그래 형편에는 한 달 후면 자동차를 팔아서라두 곧 갚겠거니 해서 아무려나 해둔 것이지만 벌써 2월서부터 여덟 달이 됐으니 무슨 수로 그걸 다 내우. 1할씩만 해두 8만 원이구려. 어이구······ 한 반만 깎읍시다."

하고 슬쩍 비쳐 보면 옥임이도 그럴싸한 듯이,

"아무려나 좋도록 합시다그려."

하고 웃어 버리곤 하였다. 그러던 것이 개학이 되자, 이 달 들어서 부쩍 잦히면서 1할 5부 여덟 달치 변리 12만 원 어울러서 20만 원을 이 교장 영감에게 치러 달라는 것이다. 급한 사정으로 이 영감에게 20만 원을 돌려 썼는데 한 달 변리 1할 2만 원을 얹으면 22만 원 부리가 맞으니, 셈치기도 좋고 마침 잘 되었다고 생글생글 웃어 가며 조르는 옥임이의 늙어 가는 얼굴이, 더 모질어 보이고 얄밉상스러워 보였다.

마치 22만 원 부리를 채우느라고 그 동안 여덟 달을 모른 체하고 내버려두었던 것 같다. 정례 어머니는 기가 막혀 말이 아니 나왔다. 옥임이에게 속아넘어간 것 같아서 분하였다. 그러나 분한 것은 고사하고 이러다가 이 구멍가게나마 들어먹고 집 한 채 남은 것마저 까불리지나 않을까 하는 생각을 곰곰하면 가슴이 더럭 내려앉는 것이었다. 소학교 적부터 한 반에서 콧물을 흘리며 같이 자라났고 도쿄에 가서 여자대학을 다닐 때도 함께 고생하던 옥임이다. 더구나 제가 내놓은 10만 원은 한푼 깔축을 안 내고

20만 원 가까운 돈을 벌어 주었으니, 아무리 눈에 돈동녹이 슬었기로 제가 설마 내게 1할 5부 변을 다 받으려 들기야 하랴! 한 반절 얹어서 16만 원쯤 해 주면 되려니 하는 속셈만 치고 있던 자기가 어리보기라는, 혼자 어이가 없는 실소를 하였다.

그러나 십오륙만 원이기로 한꺼번에 빼내는 수는 없으니 이번에 변리 6만 원만 마감을 하고서 본전을 5만 원씩 두 번을 갚자는 요량이었다. 집안 식구는 조밥에 새우젓 꽁댕이를 우거대더라도 어떻든지 이 겨울방학이 돌아오기 전에 그 아니꼬운 옥임이 조건만이라도 끝을 내고야 말겠다고 이를 악무는 판인데, 이렇게 둘러대고 보니 살겠다고 기를 쓰고 기어 올라가는 놈의 발목을 아래에서 붙들고 늘어지는 것 같아서, 맥이 풀리고 사는 것이 귀찮은 생각만 드는 것이었다. 평생에 빚이라고는 모르고 지냈는데 편편히 노는 남편만 바라보고 있을 수가 없어서 시작한 노릇이라서 은행에 30만 원이 그대로 있고 옥임에게 22만 원, 교장 영감에게 5만 원 도합 57만 원 빚을 어느덧 걸머지고 앉은 생각을 하면 밤에 잠이 아니 오고 앞이 캄캄하여 양잿물이라도 먹고 싶은 요사이의 정례 어머니다.

"하여간 제게 10만 원 썼으면 썼지, 그걸 못 받을까 봐 선생님을 팔구 선생님더러 받아 오라는 것이지만, 내가 아무리 죽게 돼두 제 돈 떼먹지 않을 거니 염려 말라구 하셔요."

정례 어머니는 화를 바락 내었다. 해방 덕에 빚놀이를 시작해 가지고 돈 백만 원이나 착실히 잡았고, 깔려 있는 것만도 백만 원 이상은 되리라는 소문인데 이 영감에게 20만 원 빚을 쓰다니 말이 되는 소린가. 못 받을까 애도 쓰겠지마는, 12만 원 변리를 본전으로 돌라매어 놓고 변리의 새끼 변리, 손자 변리까지 우려먹자는 수단인 것이 뻔한 노릇이었다. 10만 원에 1할 5분이면 만 5천 원밖에 안 되나, 22만 원으로 돌라매 놓으면 1할 변만 해도 매삭 2만 2천 원이니 7천 원이 더 붙는 것이다.

"그야, 내 돈 안 쓴 것을 썼다겠소. 깔려만 있고 회수가 안 되면 피차 돌려두 쓰는 것이지마는 나 역시, 한 자국에 20만 원씩 모개 내놓고 오래 둘 수는 없으니까 이렇게 하면 어떻겠소······."

영감은 무척 생색을 내고, 이편 사폐를 보아서 석 달 기한하고 자기 조카의 돈 20만 원을 1할로 얻어 쓸 터이니, 우수리 2만 원만 현금으로 내놓고 표를 한 장 써내라는 것이다. 옥임이는 이 영감에게로 미루고 영감은 또 조카의 돈을 돌려 쓴다고 표를 받겠다는 꼴이, 저희끼리 무슨 꿍꿍이속인지 알 수가 없으나, 요컨대 석 달 기한의 표를 받아 놓자는 것이요, 그 사품에 7천 원 변리를 더 받겠다는 수작이다. 특별히 1할 변인 대신에 석 달 기한이라는 조건을 붙이는 것도 무슨 계교 속인지 알 수가 없다. 석 달 동안에 20만 원을 만드는 재주도 없지마는 석 달 후면 마침 겨울방학이 될 때니 차차 꿀려들어가는 제일 어려운 고비인 것이다.

정례 어머니는 이 연놈들이 무슨 원수를 졌다고 이렇게 짜고서들 못살게 구는 것인가 하는 생각에 한바탕 들이대고 싶은 것을 꾹 참으며,

"선생님께 쓴 돈 아니니, 교장 선생은 아랑곳 마세요. 옥임이더러 와서 조르든, 이 상점을 떼메어 가든 마음대로 하라죠."

하고 딱 잘라 말을 하여 쫓아 보냈다.

3

그후 근 일 주일은 옥임이의 그림자도 보이지 않았다. 정례 모녀는 맞닥뜨리면 말수도 부족하거니와 아귀다툼하는 것이 싫어서 그날그날 소리 없이 넘어가는 것만 다행하나, 어느 때 달려들어서 무슨 조건을 내놓고 졸라 댈지 불안은 한층 더하였다.

"응, 마침 잘 만났군. 그런데 그만하면 얘기는 끝났을 텐데, 웬 세도가 그리 좋아서 누구를 오너라 가너라 허구 아니꼽게 야단야······."

정례 모친이 황토현 정류장에서 차를 기다리며 열 틈에 섰으려니까, 이리로 향하여 오던 옥임이가 옆에 와서 딱 서며 시비를 건다.

"바쁘기야 하겠지만 좀 못 들를 건 뭐구."

정례 모친은 옥임이의 기색이 좋지는 않아 보이나 실없는 말이거니 하고 대꾸를 하며 열에서 빠져 나서려니까,

"그래 그 돈은 갚는다는 거야 안 갚을 작정야? 세도 좋은 젊은 서방을 믿고 그 떠세루 남의 돈을 무쪽같이 떼먹으려 드나 부다마는 김옥임이두 그렇게 호락호락하지는 않어……."

원체 예쁘장한 상판이기는 하면서도 쌀쌀한 편이지마는 눈을 곤두세우고 대드는 품이 어려서부터 30년 동안을 보던 옥임이는 아니다. 전부터 '네 영감은 어째 점점 더 젊어 가니? 거기다 대면 넌 어머니 같구나.' 하고, 새룽새룽 놀리기도 하고, 육십이 넘은 아버지 같은 영감 밑에 쓸쓸히 사는 옥임이는 은근히 부러워도 하는 눈치였지마는, 밑도끝도없이 길바닥에서 '젊은 서방'을 들추어 내는 것을 보고 정례 어머니는 어이가 없었다.

"늙은 영감에 넌더리가 나거든 젊은 서방 하나 또 얻으려무나."

하고, 정례 모친도 비꼬아 주고 싶었으나 열을 지어 섰는 사람들이 쳐다보며 픽픽 웃는 바람에,

"이거, 미쳐 나려나? 이건 무슨 객설야."

하고, 달래며 나무라며 끌고 가려 하였다.

"그래 내 돈을 곱게 먹겠는가 생각을 해 보렴. 매달린 식솔은 많구, 병들어 누운 늙은 영감의 약값이라두 뜯어 쓰랴구, 이렇게 쩔쩔거리구 다니는 이년의 돈을 먹겠다는 너 같은 의리가 없는 년은 욕을 좀 단단히 뵈야 정신이 날 거다마는, 제 사정 보아서 싼 변리에 좋은 자국을 지시해 바친 밖에! 그것두 마다니 남의 돈 생으루 먹자는 도둑년 같은 배짱 아니구 뭐야?"

오고 가는 사람이 우중우중 서며 구경났다고 바라보는데, 원체 히스테리증이 있는 줄은 짐작하지마는 창피한 줄도 모르고 기가 나서 대든다. 히스테리는 고사하고, 이것도 빚쟁이의 돈 받는 상투수단인가 싶었다.

"누가 안 갚는대나? 돈두 중하지만 이게 무슨 꼴락서니냔 말야."

정례 어머니는 그래도 달래서 뒷골목으로 끌고 들어가려 하였다.

"난 돈밖에 몰라. 내일 모레면 거리로 나앉게 된 년이 체면은 뭐구, 우정은 다 뭐냐? 어쨌든 내 돈만 내놓으면 이러니저러니 너 같은 장래 대신 부인께 나 같은 년야 감히 말이나 부쳐 보려 들겠다든!"

하고, 허청 나오는 코웃음을 친다. 구경꾼은 자꾸 꾀어드는데, 정례 모친은 생전에 처음 당하는 이런 봉욕에 눈앞이 아찔하여지고 가슴이 꼭 메어 올랐으나, 언제까지 이러고 섰다가는 예서 더 무슨 창피한 꼴을 볼까 무서워서 선뜻 몸을 빼쳐 옆골목으로 줄달음질을 쳐 들어갔다. 뒤에서 발소리가 없으니 옥임이는 제대로 간 모양이다.

정례 모친은 눈물이 핑 돌았다.

스물예닐곱까지 도쿄 바닥에서 신여성 운동이네, 연애네, 어쩌네 하고 제멋대로 놀다가, 지금 영감의 후실로 들어앉아서 세상 고생을 알까, 아이를 한번 낳아 보았을까, 사십 전의 젊은 한때를 도지사 대감의 실내 마님으로 떠받들려 제멋대로 호강도 하여 본 옥임이다. 지금도 어디가 사십이 훨씬 넘은 중늙은이로 보이랴.

머리를 곱게 지지고 엷은 얼굴 단장에, 번질거리는 미국제 핸드백을 착 끼고 나선 맵시가 어느 댁 유한마담으로 알 것이지, 설마 1할, 1할 5부로 아귀다툼을 하고, 어려운 예전 동무를 쫓아다니며 울리는 고리대금업자로야 누가 짐작이나 할까? 해방이 되자, 고리대금이 전당국 대신으로 터놓고 하는 큰 생화가 되었지마는, 옥임이는 반민자(反民者)의 아내가 되리라는 것을 도리어 간판으로 내세우고 부랴퀴같이 덤빈 것이다. 증경(曾經) 도지사요, 전쟁 말기에는 무슨 군수품 회사의 취체역인가 감사역을 지냈으니, 반민법이 국회에서 통과되는 날이면, 중풍으로 3년째나 누웠는 영감이, 어서 돌아가 주기나 하기 전에야 으레 걸리고 말 것이요, 걸리는 날이면 떠메어다 징역은 시키지 않을지 모르되, 지니고 있는 집간이며 땅섬지기나마 몰수를 당할 것이니, 비록 자식은 없을망정 자기는 자기대로 살 길을 차려야 하겠다고 나선 길이 이 길이었다.

상하 식솔을 혼자 떠맡고 영감의 약값을 제 손으로 벌어야 될 가련한 신세같이 우는 소리를 하지마는 그래야 남의 욕을 덜 먹는 발뺌이 되는 것이다.

옥임이는 정례 모친이 혼쭐이 나서 달아나는 꼴을 그것보라는 듯이 곁눈으로 흘겨보고 입귀를 샐룩하여 비웃으며 버젓이 사람 틈을 헤치고 종로 편으로 내려갔다. 의기양양할 것도 없지마는, 가슴속이 후련하니 머릿속이고 가슴속이고 무언지 뭉치고 비비꼬이고 하던 것이 확 풀어져 스러지고 화가 제대로 도는 것 같아서 기분이 시원하다. 그러나 그 뭉치고 비비꼬인 것이라는 것이 반드시 정례 어머니에게 대한 악감정은 아니었다. 옥임이가 그 오랜 동무에게 이렇다 할 감정이 있을 까닭은 없었다. 다만 아무리 요새 돈이라도 이십여만 원이라는 대금을 받아 내려면은 한번 혼을 단단히 내고 제독을 주어야 하겠다고 벼르기는 하였지마는, 얼떨결에 나온다는 말이 젊은 서방을 둔 떠세냐 무어냐고 한 것은 구석없는 말이었고, 지금 생각하니 우스웠다. 그러나 자기보다도 훨씬 늙어 보이고 살림에 찌든 정례 모친에게는 과분한 남편이라는 생각은 늘 하는 옥임이기는 하였다. 남의 남편을 보고 부럽다거나 샘이 나거나 하는 그런 몰상식한 옥임이도 아니지마는 자식도 없이 군식구들만 들썩거리는 집에 들어가서 몸도 제대로 가누지 못하는 늙은 영감의 방을 들여다보면 공연히 짜증이 나고, 정례 어머니가 자식들을 공부시키느라고 어려운 살림에 얽매고 고생은 하나, 자기보다 팔자가 좋다는 생각도 나는 것이었다. 내년이면 공과대학을 나오는 맏아들에, 중학교에 다니는 어머니보다도 키가 큰 둘째 아들이 있고, 딸은 지금이라도 사위를 보게 다 길러 놓았고, 남편은 편둥편둥 놀며 마누라가 조리차를 하는 용돈이나 받아 쓰고, 자동차로 땅뙈기는 까불렀을망정 신수가 멀쩡한 호남자가 무슨 정당이라나 하는 데 조직부장이니 훈련부장이니 하고 돌아다니니, 때를 만나면 아닌게아니라 장래 대신이 되지 말라는 법도 없을 것이다. 팔구 삭 동안 동사를 하느라고 매일 들러서 보면, 젊은 영감을 등이라도 두드리고 머리를 쓰다듬어 줄

듯이 지성으로 고이는 꼴이란 아닌게아니라 옆에서 보기에도 부러운 생각
이 들 때가 없지 않았지마는, 결혼들을 처음 했을 예전 시절이나, 도지사
(道知事) 관사에 들어서 드날릴 때에야 어디 존재나 있던 위인들인가?
그것이 처지가 뒤바뀌어서 관 속에 한 발을 들여놓은 영감이나마 반민자
로 지목이 가다니, 이런 것 저런 것을 생각하면 쭉쭉 뽑아 놓은 자식들
과, 한참 활동적인 허우대 좋은 남편에 둘러싸여 재미있고 기운꼴 차게
사는 양이 역시 부럽고 저희만 잘된다는 것이 시기도 나는 것이었다. 보
기 좋게 이년 저년을 붙이며 한바탕 해대고 나서 속이 후련한 것도 그러
한 은연중의 시기였고, 공연한 자기 화풀이였는지 모른다.

　옥임이는 그 길로 교장 영감 집에 들러서,

　"혼을 단단히 내주었으니까 인제는 딴소리 안할 거외다. 내일 가서 표
라두 받아다 주슈."

하고 일러 놓았다.

　　4

　"오늘은 아퀴를 지어 주시렵니까? 언제 갚으나 갚고 말 것인데 그걸루
의 상할 거야 있나요?"

　이튿날 교장이 슬쩍 들러서 매우 점잖은 수작을 하는 것이다.

　"이렇게 말씀하면 교장 선생님부터가 어떻게 들으실지 모르지만 김옥
임가 그렇게 되다니 불쌍해 못 견디겠어요. 예전에 셰익스피어의 원서를
끼구 다니구 《인형의 집》에 신이 나 하구, 엘렌 케이의 숭배자요 하던
그런 옥임이가, 동냥 자루 같은 돈 전대를 차구 나서면 세상이 모두 노랑
돈닢으로 보이는지? 어린애 코묻은 돈푼이나 바라고 이런 구멍가게에 나
와 앉았는 나두 불쌍한 신세이지마는 난 옥임이가 가엾어서 어제 울었습
니다. 난 살림이나 파산지경이지 옥임이는 성격 파산인가 보드군
요……."

정례 어머니는 분하다 할지, 딱하다 할지, 속에 맺히고 서린 불쾌한 감
정을 스스로 풀어 버리려는 듯이 웃으며 하소연을 하는 것이었다.

"그런 말씀을 하시니 나두 듣기에 좀 괴란쩍습니다마는 다 어려운 세
상에 살자니까 그런 거죠. 별 수 있나요. 그래도 제 돈 내놓고 싸든 비싸
든 이자라고 명토있는 돈을 어엿이 받아먹는 것은 아직도 양심이 있는 생
활입니다. 입만 가지고 속여 먹고, 등쳐 먹고, 알로 먹고, 꿩으로 먹는
허울 좋은 불한당 아니고는 밥알이 올곧게 들어가지 못하는 지금 세상 아
닙니까…… 허허허."

하고 교장은 자기 변명인지 옥임이 역성인지를 하는 것이었다.

이날 정례 어머니는 딸이 옆에서 한사코 말리며,

"그 따위 돈은 안 갚아도 좋으니 정장을 하든 어쩌든 마음대로 하라구
내버려두세요."

하며 팔팔 뛰는 것을 모른 체하고, 20만 원표에 2만 원 현금을 얹어서
옥임이 갖다가 주라고 내놓았다.

정례 모친은 그후 두 달 걸려서 교장 영감의 5만 원 빚은 갚았으나, 석
달째 가서는 이 상점 주인이 바뀌어 들고야 말았다. 정말 교장 영감의 조
카가 나서나 하였더니 교장의 딸 내외가 들어앉았다. 상점을 내놓고 만
바에는 자질구레한 셈속을 따진대야 죽은 아이 귀 만져 보기지 별 수 없
지마는, 하여튼 20만 원의 석 달 변리 6만 원이 또 늘어서 26만 원인데
정례 모녀가 사글세의 보증금 8만 원마저 못 찾고 두 손 털고 나선 것을
보면, 그 8만 원을 에끼고 남은 18만 원이 점방의 설비와 남은 물건값으
로 치운 것이다. 물론 옥임이가 뒤에 앉아 맡은 것이나, 권리 값으로 5
만 원 더 얹어서 교장 영감에게 팔아넘긴 것이었다. 옥임이는 좀더 남겨
먹었을 것이로되, 교장 영감이 그 빚 받아 내는 데에 공로가 있었기 때문
에 5만 원만 얹어먹고 말았다. 또 교장은 이북에서 내려온 딸 내외에게
는 똑 알맞은 장사라고 생각이 있어서 애초부터 침을 삼키고 눈독을 들이
던 것이라, 이 상점을 손에 넣으려고 애도 썼지마는, 매득하였다고 좋아

하였다.

정례 모녀는 1년 반 동안이나 죽도록 벌어서 죽 쑤어 개 좋은 일 한 셈이라고 절통을 하였으나 그보다도 정례 모친은 오래간만에 몸 편해져서 그렇기도 하였겠지마는 몸살 감기에 울화가 터져서 그만 누운 것이 반 달이나 끌었다.

"마누라, 염려 말아요. 김옥임이 돈쯤 먹자만 들면 삼사십만 원쯤 금세루 녹여 내지. 가만 있어요."

정례 부친은 앓는 마누라 앞에 앉아서 이렇게 위로하였다.

"옥임이 돈을 먹자는 것도 아니지마는 무슨 재주루."

마누라는 말리는 것도 아니요 부채질하는 것도 아닌 소리를 하였다.

"김옥임이도 요새 자동차를 놀려 보구 싶어하는데 마침 어수룩한 자동차 한 대가 나섰단 말이지. 조금만 참어요, 우리 집 문서는 아무래도 김옥임 여사의 돈으로 찾아 놓고 말 것이니……."

하며 정례 부친은 앓는 아내를 위하여 뱃속 유하게 껄껄 웃었다.

만세전

1

조선에 '만세'가 일어나던 전해 겨울이다. 세계 대전이 막 끝나고 휴전 조약(休戰條約)이 성립되어서, 세상은 비로소 번해진 듯싶고, 세계개조 (世界改造)의 소리가 동양 천지에도 떠들썩한 때이다. 일본은 참전국(參 戰國)이라 하여도 이번 전쟁 덕에 단단히 한밑천 잡아서, 소위 나리긴 (成金), 나리긴 하고 졸부(猝富)가 된 터이라, 전쟁이 끝났다고 별로 어 깻바람이 날 일도 없지마는, 그래도 또 한몫 보겠다고 발버둥질을 치는 판이다.

동경 W대학 문과(文科)에 재학중인 나는, 때마침 반쯤이나 보던 연 종시험을 중도에 내던지고, 급작스레 귀국하지 않으면 안 될 일이 생겼 다. 그것은 다름아니라, 그해 가을부터 해산 후더침으로 시름시름 앓던 아내가, 위독하다는 급전(急電)을 받았기 때문이었다.

내가 동경에서 떠나오던 날은 마침 시험을 시작한 지 둘쨋날이었다. 그 날 나는 네 시간 동안이나 시험장에서 추운 데 휘달리다가, 새로 한시가

지나자 겨우 하숙으로 허덕지덕 내달아오려니까, 시퍼렇게 언 찬밥덩이 (생기기도 그렇게 생겼지마는, 밤낮 찬밥덩이만 갖다가 주는 하녀이기에, 내가 지어 준 별명이다)가, 두 손을 겨드랑이에다 찌르고 뛰어나오는 것하고, 동구 모퉁이에서 딱 마주쳤다.

"앗! 리상, 지금 오세요? 막 금방 댁에서 전보환이 왔던데요. 한턱 내셔야 합넨다. 하하하."

하고 지나쳐 간다.

그러지 않아도, 사오 일 전에 김천(金泉)의 큰형님이 부친 편지가 생각나서, 어쩌면 오늘 내일쯤 전보나 오지 않을까? 하는, 근심인지 기대인지 자기도 알 수 없는 막연한 생각을 하며 오던 차에 그런 소리를 듣고 보니, 가슴이 뜨끔하면서도 잘 되었든 못 되었든 하여간 일이 탁방이 난 것 같아서, 실없이 마음이 턱 가라앉는 듯도 싶었다.

'흥, 찬밥덩이를 만났으니 무에 되겠니? 기예 나오라는 게로구나!'

나는 속으로 이렇게 생각을 하며, 그래도 총총걸음으로 들어갔다. 채 문지방에 발을 들여놓기도 전에, 주인여편네가 곁방에서 앉은 채 미닫이를 열고 생글 웃어 보이며,

"인제 오십니까? 춥지요? 댁에서 전보가 왔는데요."

하고 전보환(電報換) 봉투와 함께 하얀 종이 조각을 내어민다.

일전에 김천 형님이 서울 올라가서 편지를 부치시며, 집에서 시급하다는 통지가 왔기로 자기 집 동리의 명의(名醫)라는 자를 데리고 어제 올라왔는데, 아직은 그만하거니와 수일간 차도를 보아서 정 급한 경우면 전보를 놓겠노라고 한 세세한 사연을 볼 때에는 전보는 쳐서 무얼하누? 하던 나도 전보를 받고 보니 암만해두 죽으려나? 하는 생각이 나서 손에 든 책보를 내려놓을 새도 없이 당황히 펴보았다. 그러나 일전에 온 편지의 말대로 위독하다는 말은 없고, 다만 어서 나오라는 명령과 전보환을 보낸다는 통지뿐인 것을 보면, 언제라고 그리 걱정을 해 본 일이 있었던 것은 아니지마는,

'아직 죽지는 않은 게로군!'
하고 안심이 되면서도, 도리어 좀 의아한 생각도 떠올랐다.

'그리 시급히 턱을 까부는 것은 아니라도, 죽기 전에 한번 대면이라도 시키려구 그러는 것인지? 죽었다고 하기가 안되어서, 이러니저러니 잔사 설할 것 없이 그저 나오라고만 한 것인지?……'

나는 구두를 벗으면서 이런 생각을 하고는, 죽었으면 나 안 가기로 장사지낼 사람이 없어서, 시험 보는 사람더러 나오라는 것인가? 하고, 공연히 불뚝하는 심사가 일어나는 것이었다.

돈은 그달 학비까지 얼러서 백 원이나 보내 왔다. 병인은 죽었든 살았든 하여간에 돈 백 원은 반가웠다. 시험 때는 당하여 오고 미구에 과세(過歲)를 하려면 돈 쓸 일은 한두 가지가 아닌데, 우환이 있는 집에다 대고 철없이 돈청구만 할 수도 없어 걱정인 판에 마침 생광스럽다. 사실 돈 아�010서 생각을 하면, 시험 본다는 핑계로 귀국은 그만두고 노자를 잘라 써 버리고도 싶으나, 아버님 꾸지람이나 집안의 시비도 시비려니와, 실상 묵은 돈을 얻어 오려면 나가는 것이 상책이기도 한 것이다. 시험도 성이 가신 판에 두 번에 질러 보는 것이 유리하였다.

"아주 일어나실 가망이 없으신 게로군요? 얼마나 걱정이 되시구 그립겠습니까?"

내 내자가 앓는 것을 전부터 아는 주부는 정중한 인사가 아니라, 방 안에서 농인지 인사인지 알 수 없는 소리를 하며 해해 웃는다.

"걱정이나마나 요새 밥맛이 다 제쳐졌는데!"

나는 코대답을 하고 자기 방으로 들어가서, 책보퉁이를 내어던지고, 서랍에서 도장을 꺼내 넣고 다시 나왔다. 주부는 내가 문간으로 나오는 기척에, 다시 내어다보며 역시 농담 진담 반으로,

"아, 점심도 아니 잡숫구 왜 이리 급하슈? 돌아가시기두 전에 진지를 못 잡숫도록 그렇게 설으셔야 몸이 축가지 않나요?"
하며 점심을 먹고 나가라고 권한다. 천생 밥장수란 돈푼 생긴 것을 보면,

까닭없이 금시로 대접이 다른 것이 배냇병 같은 제 버릇이다.

"암, 실상은 그래야 할 거요, 좀 그래 봤으면 좋겠는데, 주머니 밑천이 든든해지면 계집애한테 문안 갈 생각부터 드니 걱정이지!"

"왜 안 그렇겠어요! 다다미(疊)하구 계집은 새롤수록 좋다구, 벌써부터 장가 가실 궁리부터 바쁘신 게로군?"

주부는 심심파적으로 이런 실없는 소리도 하고 새새 웃는다.

"세상 남자가 다 그렇대도 나만은 예외니까!"

나는 구두끈을 매고 일어서며, 혼자 웃었다.

"하아, 서방님이 그러실 제야, 돌아가는 아씨 마음은 어떨라구?"

주부는 또다시 이렇게 감탄도 한다.

나는 거리로 나오면서, 주부의 지금 말이, 딴은 옳은 말일지도 모른다고 생각하여 보았다. 자식이나 줄줄이 달린 중년 상처군이면 모르겠지마는, 그렇지 않은 젊은 놈이면 계집이 죽어 간대도 눈 하나 깜짝 안하고 제물 이혼이라고 은근히 잘 된 듯시피 장가 들 궁리부터나 하는 것이 십상팔구일지 모를 것이다. 그렇게 생각하면 나부터도 어려서 정이 들지 않기 때문이지마는, 아무 통양(痛痒)을 느끼지 않는 것은 아직 젊기 때문이다. 나는 이런 생각을 하며, 큰길로 빠져 나와서 우편국으로 향하였다.

십 원짜리 지폐 열 장을 양쪽 주머니에 든든히 집어넣고, 우편국에서 나온 나는 우선 W대학 정문을 향하여 총총걸음을 걸었다.

교수실에는 마침 H주임교수가, 서류 가방을 만지작거리면서 나오려고 머뭇거리며 있었다. 나는 H교수가 모자까지 쓰고 나오기를 기다려서, 쫓아 나오면서 전보를 내보이고 급자기 귀국하여야 할 사정을 말하였다. H교수는,

"응, 응, 옳지! 그래서?"

하며 듣고 나서 고개를 한참 기울이고 섰더니,

"사정이, 그렇다면 하는 수 없겠지. 그러나 추후 시험은 좀 귀찮을걸! 삼사 일간쯤 어떻게 연기할 수 없을까?"

"글쎄요…… 그러나 사정도 딱하고, 기위 이렇게 되고 보니 좀처럼 착심이 될 것 같지도 않고 해서 갔다가 곧 오려는데요……?"

"응! 그도 그래! 그러면 정식으로 수속을 하게그려."

H교수는 이같이 허가를 하여 준 후에 몇 가지 주의와 인사를 남겨 놓고, 교무실로 분별을 하여 주러 들어간다. 나도 뒤따라 섰다.

의외에 얼른 승낙을 하여 주기 때문에, 나는 할인권까지 얻어 가지고 나오기는 나왔으나 시험치르기가 귀치않아서 하는 공연한 구실이라고, 오해나 하지 아니할까 하는 자곡지심이 처음부터 앞을 서서, 좀 쭈뼛쭈뼛한 것이 암만하여도 불유쾌하였다. 전차 종점으로 나와서 K정으로 향하는 전차에 올라앉아서도, 아까 선생더러 얼떨결에 한다는 소리가,

'어머님 병환이……'라고 한 것을, 다시 생각하여 보고 혼자 더욱이 찌뿌드드한 생각을 이기지 못하였었다.

"왜 하필 왈 어머님의 병환이라 했누? 내 계집이 죽게 되어서 가겠다면, 어디가 어때서 어머니를 팔았더람?"

이같이 뇌고 뇌었으나 공연한 신경질로 그러는 것이었다.

그럭저럭 시간은 벌써 세시가 넘었었다. 어차피에 네시 차로는 떠날 꿈도 아니 꾸었지마는, 인젠 열한시의 야행으로나 출발할 수밖에 없다고 결심을 하고, 나는 K정에서 전차를 내리는 길로 '쓰까다니야'로 들어갔다.

반 시간 남짓하게나 돌아다니면서 이것저것 뒤적거리다가 위선 급한 재킷 한 벌을 사 가지고 그 자리에서 양복저고리 밑에 두둑이 입고 나서 몇 가지 여행제구를 사 들고 거리로 나왔다.

그러나 그 외에는 또 별로 긴급히 갈 데는 없었다. 인제는 그 카페로 가서 점심이나 먹을까 하다가, 돈푼 가진 바람에 그랬던지 아직 그리 급하지도 않건마는 머리치장이 하고 싶은 생각이 나서 근처의 이발소로 찾아 들어갔다.

"다 깎으세요? 아직 괜찮은데요. 면도나 하시지요?"

한 손에 가위를 든 이발장이는 왼손으로 머리 뒤를 살금살금 빗기면서 이렇게 묻는다.

"그럼 면도나 할까!"

나는 이같이 대답을 하고 나서 깎지 않아도 좋을 머리까지 깎으려는 지금의 자기가 별안간 야비하게 생각되는 것을 깨닫고, 앞에 붙은 체경 속을 멀거니 들여다보다가 혼자 픽 웃어 버렸다…… 가만히 눈을 감고 자빠져서도, 이처럼 여유있고 늘어진 자기의 심리를 의심스러운 눈으로 들여다보지 않을 수 없었다.

"싫든 좋든 하여간 근 육칠 년간이나, 소위 부부란 이름을 띠고 지내왔는데…… 당장 숨을 몬다는 지급전보를 받고 나서도, 아무 생각도 머리에 떠오르지 않고 무사태평인 것은 마음이 악독해 그러하단 말인가. 속담의 상말로 기가 하두 막혀서 막힌 둥 만 둥해서 그런가?…… 아니, 그러면 누구에게 반해서나 그런다 할까? 그럼 누구에게?……"

그러나 '그러면 누구에게?……'라고 물을 제, 나는 감히 대답할 수가 없었다. 그럴 용기가 나지 않았다. 다만 뱃속 저 뒤에서는 정자! 정자! 하는 것 같았으나 죽을 힘을 다 들여서 '정자'라고 대답하여 본 뒤에는, 또다시 질색을 하며 머리를 내둘렀다. 실상 말하면 정자가 아니라는 것도 정자라고 대답하려니만큼 본심에서 나온 대답이었다. 그러면서도 자기가 지금 머리를 깎으려고 들어온 동기가 애초에 어디 있었더냐는 것은 분명히 의식도 하고 부인하지도 않았다.

'과연 지금 나는 정자를, 내 아내에게 대하는 것처럼 냉연히 내버려둘 수는 없으나, 내 아내를 사랑하지 않으니만큼 또 다른 의미로 정자를 사랑할 수는 없다. 결국 나는 한 여자도 사랑하지 못할 위인이다.'

이 같은 생각을 할 제 나는 급작스레 고독을 느끼지 않을 수 없었다. 생활의 목표가 스러져 버리는 것 같았다.

'그러나저러나 지금 이다지 시급히 떠나려는 것은 무슨 때문인가. 내가 가기로 죽을 사람이 살아날 리도 없고, 기위 죽었다 할 지경이면 내가 아니 간다고 감장할 사람이야 없을까? 육칠 년이나 같이 살아온 정으로? 참 정말 정이 들었다 할까? 입에 붙은 말이다. 그러면 의리로나 인사치 레로? 그렇지 않으면 일가에게 대한 체면에 그럴 수가 없다거나, 남편된 책임상 피할 수 없어서 나가 봐야 한다는 말인가. 흥! 그런 생각은 염두 에도 없거니와 그런 마음에도 없는 짓을 하지 않으면 안 될 이유는 어디 있는가?'

여기까지 와서는 더 생각을 이어 할 용기가 없었다. 만일에 어디까지든 지 캐어물을 것 같으면 자기 자신의 명답을 얻었을지 모르나 그것은 잇몸 이 근질근질하는 것 같아서 다시 건드리지도 않고 자기 마음을 살짝 덮어 두었다.

면도를 하고 세수를 하고 치장을 차린 뒤에 어디로 가리라는 결심도 채 하지 못하고, 이발소에서 뛰어나왔다.

'바로 하숙으로 돌아갈까? 정자에게로 가 보나?'

혼자 이렇게 또 망설이면서도 머릿속으로는 미치지 못할 어떠한 그림자 를 쫓으면서 길 밖에서 머뭇거리다가 잡지권이나 살까 하고 동경당을 들 여다보았다. 공연히 이 책 저 책을 한참 뒤적거리다가, 손에 잡히는 대로 잡지 한 권을 사 들고 나와서도 우두커니 길거리를 내다보며 섰다가 아래 로 향하고 발길을 떼어 놓았다——어느덧 X정 삼거리로 나와 발끝을 M헌(軒) 문전에 와서 뚝 섰다.

아직 손님이 듬성긋한 홀 속은, 길거리보다도 음산하게 우중충하고, 한 가운데 놓인 난로에도 불기가 스러져 가는 모양이었다.

"에그 잊어버리게 되었습니다그려! 왜 그리 한 번도 안 오셨에요."

밖에서 들어온 사람의 눈에는 그림자만 얼쑹덜쑹하는 컴컴스레한 주방 (廚房)문 곁에 서서 탁자를 훔치던 손을 쉬고, 하얀 둥근 상만 이리로 돌 리며 인사를 하는 것은 P자이었다.

나는 난로 앞으로 의자를 끌어당겨 놓고 앉으면서,

"그럼 시험 안 보고 술 먹으러 다닐까? 그러나 오늘은 P자가 보구 싶어 책이 어디 눈에 들어가던가! 허허허."

"왜 안 그러시겠어요. 흥! 하지만 시험 문제를 내어걸은 칠판 위에 시즈코 상(靜子樣)의 얼굴이 왔다갔다했겠죠? 하하하."
하고 P자는 걸레를 내던지고 이리로 오며 웃는다.

"응, 잘 알았어! 그리구 그 뒤에서는, P꼬 상의 이런 눈이 반짝이구……."
하며 나는 눈을 흘기는 흉내를 지어 보였다.

"그런 애매한 소린 마세요. 두 분이 보따리를 싸시거나 정사를 하시거나 내게 무슨 상관이나 있게요? 시즈코 상!"

P자는 반쯤 웃으면서도 호젓한 표정으로 목청을 돋아 길게 빼어 부른다.

아직까지도 조선 유학생이라면 돈있는 집 자질이요, 인물좋다고 동경 바닥서 평판이 좋은데, 문과 대학생이 이런 데에서는 장을 치는 태평시대다. 나는 동창생들에게 끌려 우연히 와 본 뒤로 벌써 반 년 가까이 드나드는 동안에 이만큼 친숙하여졌다. 이런 자유의 세계에서만도 얼마쯤 무차별이요 노골적 멸시를 안 받는 데에 감정이 눅어지고 마음이 솔깃하여 내 발길은 자연 잦았던 것이다.

여우(女優) 머리를 어푸수수하게 쪽찌고, 새로 빨아 다린 에이프런을 뒤로 매며, 살금살금 나오는 정자는 위선 시선을 P자에다가 보내며,

"이거 웬 야단야?"

이렇게 한마디 하고 나서, 그 신경질적인 똥그란 눈을 이리로 향하고 공손히 인사를 한다.

나는 고개만 끄덕 하고 잠자코 말았다.

"시즈코 상! 이번에 '이상'이 성적이 좋지 못하시다면 그 죄는 시즈코 상에 있습넨다."

둘의 거동을 한참 건너다보던 P자는 이같이 한마디를 내던지듯이 하고 저리로 다시 가서 탁자를 정돈하고 섰다. 정자는 거기에는 대꾸도 아니하

고,

"참 요새 시험중예요?"

하며 나에게 묻는다. 얼마쯤 반가운 기색이나, 그러한 자기의 감정을 감추는 정자다.

"그럼 시험 보다가 말구 보러 왔길래 정성이 놀랍다구 P자 상이 놀리는 게 아닌가? 그러나 P자 상을 찾아왔는지, 시즈코 상을 보러 왔는지, 술이 그리워 왔는지, 그것은 내 염통이나 쪼개 보기 전에야 알 수 없는 일이지. P자! 일이 끝나건 올러와요."

나는 P자에게 일러 놓고 정자를 따라서 위층으로 올라갔다.

이맘때쯤은 제일 한산한 개시머리지마는 이층은 아무도 없다.

난로 앞에 자리를 만들어 나를 앉혀 놓고, 정자는 저편에 가 서서 영채가 도는 똥그란 눈으로 무슨 기미를 찾아 내려는 듯이 얼굴을 똑바로 치어다보다가 눈이 마주치니까 생긋 웃는다. 이 계집의 정기가 모두 그 눈에 모였다고도 할 만하지마는 항상 모든 것을 경계하는 눈치가 역력하다. 혹간은 무심코 고개를 돌릴 만큼 차디차고 매정스러울 때도 있다. 그러나 어느 때든지 생긋 웃는 그 입술에는 젊은 생명이 욕구하는 모든 것을 아무리 하여도 감출 수가 없었다. 그러면서도 결코 소리를 내지 않고 웃는 호젓한 미소에서 침정(沈靜)과 애수(哀愁)의 그림자를 어느 때든지 볼 수 있었다. 남성이란 남성을 못 믿고 저주(詛呪)하면서도, 그래도 내버리고 단념할 수 없는 인간다운 애착이며 성적 요구에서 일어나는 답답한 심정을 그대로 상징한 것이 이 계집애의 그 시선과 미소(微笑)이었다.

"왜 그리 풀이 죽으셨에요? 너무 공부를 하시느라고 얼이 빠지셨습니다그려!"

정자는 남자가 잠자코 있으니까 좀 어색한 듯이 체경 있는 쪽으로 잠깐 고개를 돌리고 머리를 만지작거리며 입을 벌렸다. 이 계집애의 나직나직한 목소리에도 좀더 크게 하였으면 좋겠다 하는 생각이 날 만큼 절제하고 압축된 탄력(彈力)이 있었다. 이 계집은 자기의 목소리에서까지 자기를 억제하고 숨기려 하는가 싶었다.

"왜 누가 얼이 빠져? 어서 가서 술이나 갖다 주구려. 벌써 거진 네시나 되었을걸?"

나는 시계를 꺼내 보며 재촉을 하였다. 정자는 나가려다가 돌쳐서며,

"왜 어딜 가세요?"

하고 물으며 가까이 온다. 내가 앉았는 안락의자의 등덜미에 한 손을 걸쳐 놓으며 무릎이 맞닿도록 다가서며 생글하는 것은 언제나 같은 애무(愛撫)를 바라는 표정이다.

"가긴 어델 가!"

"뭘, 인제 시험을 마쳐 놓고 어데든지 조용한 데루 여행을 하시는 게지! 어디 두구 보면 알겠지!"

하며 저쪽 체경 탁자로 가서 그 위에 놓은 내가 들고 들어온 봉지를 두 손으로 만적거리며 건너다보고 서 있다. 그 속에는 내가 아까 쓰까다니야에서 사 가지고 온 풍침과 여행용 물잔이며, 부친을 위한 여송연 상자, 과자 상자, 비단 여편네 목도리를 넣은 종이갑…… 이것저것이 들어 있었다.

장난꾸러기처럼 먼 산을 치어다보며 한참 만적하던 정자는,

"웬 선사품이 이렇게 많은구? 댁에 가시나 보군요?"

하며 체경 속을 들여다보고 생글 웃으며,

"어디 좀 펴 봐야! 뭘 이렇게 많이 무역을 해 가시나?"

하고 제멋대로 풀기를 시작한다. 나는 웃으며, 하는 대로 내버려두었다.

풍침·곱뿌·왜비누·담뱃갑·과자 상자…… 탁자 위에다가, 진열대처럼 벌여 놓더니 맨 밑에 있는 술갑을 펴들고 생글생글 웃다가 난로 앞으로 와서 서며,

"이건 아씨 것이군요?"

하며 내민다. 그때의 그의 눈과 그 입술에는 시기에 가까운 막연한 감정을 감추려고 애를 써 웃는 빛이 살짝 지나갔다.

"잘 알았소!"

하며 나는 홱 뺏으며 정자를 껴안듯이 부둥켜안다가 목도리를 다시 개킨다.

"잘못했습니다. 누가 줄 사람을 주지 말라고 했습니까. 하하하."

하고 정자는 좀 어색한 듯이 웃고 섰다. 그러나 기회가 마침 좋다고 생각한 나는 벌떡 일어나는 길로, 손에 든 자주 바탕에 흰 안을 받친 목도리를 눈 깜짝 새에 둘둘 말아 가지고 정자의 앞으로 덤벼들며 목을 끼어안으면서 소매 속에 쑥 넣으면서 술 취한 사람처럼 장난 비슷이······ 하였다. 불의에 난폭한 습격을 받은 정자는 어쩔 줄을 모르면서도 생글 웃는 낯을 본 법하였다. 일 분쯤 지났을까 정자는 나의 팔을 뿌리치고 얼굴이 발개서 내려가 버렸다. 뒷모양을 가만히 노려보고 섰던 나는 두세 걸음을 쫓아나가며,

"노하지 말아요. 그리구 어서 가져와!"

하고 곱게 일렀다.

나의 한 일은 점잖지는 못하였으나, 다른 손이 올라가기 전에 주고 싶고, P꾜에게 알리기 싫으니 그 외의 수단을 모르는 나는 그리하는 수밖에 없었다.

나는 멀거니 섰다가 여기저기 흐트러 놓은 물건을 빈 갑까지 싸서 놓고 자기 자리로 와서 앉았다.

위스키 병을 들고 올라온 정자는 한잔 따라 놓고, 뾰로통하여 섰다가 체경 앞으로 가서 머리를 고치고 다시 와서도 멈춧멈춧하며 바로 앉지를 않았다. 나의 눈에는 부끄러워하는 그 기색이 도리어 기뻤다. 더구나 노기가 있는 것은 인격적 자각의 반영(反映)이라고 생각할 때, 미안하기도 하고 위로하여 주고 싶은 생각이 들었었다.

"왜 그래? 오늘 밤에 어딜 갈 텐데 섭섭하기에 변변치 않은 것이나마 사 가지고 온 것이야. 조곰이라도 어떻게 생각지는 않겠지? 남의 눈에 띄는 것이 재미없겠기에 그런 거야."

그것도 객기로 산 것이지마는 참닿게 주지 못한 것을 나는 후회하였다.

"천만에요! 되레 미안합니다. 그러나 댁에를 가세요? 지금 떠나실 테에요?"

정자는 될 수 있는 대로 냉연히 물었으나 흥분한 마음을 무리로 억제하는 양이 역력히 보이었다.

"글쎄. 집엘 좀 가야 할 일이 있는데 밤에 떠날지? 아직 시험이 끝나지 않아서……."

나는 어느 틈에 익숙한 말씨로 변하였다.

"무슨 볼일이 계시기에 시험을 보시다가 말구 가세요?"

하며 정자는 비로소 고개를 들고 치어다본다. 그때에 마침 요리가 승강기로 올라오기 때문에 정자는 일어섰다. 나는 그 길에 P자를 부르라고 일렀다. 정자는,

"예예?"

하고 한참 나를 돌아다보고 섰다가 다시 돌아서서 P자를 소리쳐 부른 뒤에 요리접시를 들어다 놓는다. P자도 뒤따라 들어왔다.

"재미있게 노시는데, 난데없이 폐올시다그려. 하하하하."

하며 P자는 내가 가리키는 교의에 털썩 앉으며 식탁에 놓였던 잡지를 들어서 뒤적거리기 시작한다. P자의 푸근푸근한 얼굴은 언제 보아도 반가웠다.

명상적(瞑想的)이요 신경질일 뿐 아니라 아직 순결한 맛이 남아 있는 정자에게 비하면, P자는 이러한 생애에 닳고 닳아서, 되지 않게 약은 체를 하면서도 상스럽고 천한 구석이 있지마는 그래도 나는 이러한 여자에게 흥미를 느꼈다.

"올러오라니까 왜 그리 우자스러운 거야? 꼭 모시러 가야만 하나?"

나는 잡지를 뺏어서 손을 내미는 정자에게 넘겨 주고 P자의 포동포동한 손을 잡아서 만적거리며 시비를 걸었다.

"우자하긴 누가 우자해요? 이런 문학가 양반네들만 노시는 데에는 감

히 올 수가 없으니까 그렇지요."

하며 P자는 손을 슬며시 빼고 정자를 살짝 건너다보고는 나를 다시 향하여 방긋 웃었다.

P자에게 대한 정자는, 어떠한 때든지 눈엣가시이었다. 비단 나뿐 아니라 어떠한 손님이든지, P자와 친숙한 사람도 나중에는 정자에게로 빼앗기는 모양이었다. 그러나 정자가 고등학교를 졸업하였을 뿐 아니라 문학 서적과 소설을 탐독한다는 것이 P자로서는 경앙(景仰)하는 동시에 한 손 접히는 것이다. 그러나저러나 나는 어느 때든지 두 계집애를 다 데리고 이야기하지 않는 때가 없었다. P자나 정자가 다른 손님을 맡은 때에라도 밤이 늦도록 기다려서 만나 보고야 나왔다. 더욱이 P자가 없을 때에 그리 하였다. 이것이 정자에게는 눈치를 채이면서도 의문인 모양이었다.

"참, 그런데 언제 떠나세요?"

정자는 보던 책을 식탁 위에다가 놓으며 나를 치어다보고 물었다.

"글세……."

나는 어정쩡한 대답을 하며 정자의 기색을 유쾌한 듯이 건너다보고 앉았었다.

"왜 어델 가세요?"

P자는 일어나서 정자가 앉은 교의 뒤로 가며 물었다.

"오늘 밤에 떠나세요?"

또다시 잼처 정자가 묻는다. 나는 지금 막 들어온 전등불을 치어다보며 앉았다가,

"실상은 내 마누라가 앓는 모양인데, 턱을 까부니 어서 오라고 야단은 야단이지만 아직도 갈까 말까다."

"네, 그래요? 그럼 어서 가 보세야죠. 그 동안에 돌아가셨으면 어떡하나요!"

P자는 나를 책망하듯이, 눈을 똑바로 뜨고 치어다본다.

"죽으면 죽었지, 어떡하긴 무얼 어떡해."

나는 잠자코 앉았는 정자를 건너다보며 웃었다.

"사내는 다 저래! 저런 남편을 믿고 어떻게 사누?"

P자는 기가 막힌다는 듯이 혼자 탄식을 하며, 정자의 교의 뒤에 매달려서 정자의 얼굴을 들여다보며 동의를 구한다.

"누가 믿구 살라는 것을 사나?……"

하고 나는 실없이 한마디 하다가 다시 정색으로 말을 이었다.

"부부간에 서루 믿는다는 것은 결국 사랑한다는 말이지만, 사랑한다는 것도 극단에 가서는 남이 나를 사랑하거나 말거나 저 혼자의 일이다. 저 사람이 받지 않드라도 자기가 사랑하고 싶으면, 자기가 만족할 때까지, 사랑할 것이다. 외기러기 짝사랑이라고 흉을 본다기로 그거야 알 배 아니거던. 그와 반대로 사랑치 않는 것도 자유다. 사람에게는 사랑할 자유도 있거니와 사랑을 하지 않을 자유도 있다. 부부간이라고 반드시 사랑하여야 한다는 법이 어디 있을까. 없는 사랑을 의무적으로 짜낼 수야 있나? 하하하……."

나는 문학청년의 버릇으로 이런 논리를 캐고 깔깔 웃었다.

정자와 P자는 나의 입을 똑바로 노려보고 앉아서 들으며 정자는 무엇을 생각하는 것처럼 가끔가끔 고개를 끄떡거리고 있었다. 나는 따라 놓았던 술 한잔을 들어 마시고 나서 또다시 말을 꺼냈다.

"그러나 문제는 선(善)도 아니요 악(惡)도 아닌 그 어름에다가 발을 걸치고 있는 것이다. 죽거나 살거나 눈 하나 깜짝거리지도 않으면서 하는 공부를 내던지고 보러 간다는 것이 위선(僞善)이다. 더구나 여기 술 먹으러 오는 것을 무슨 큰 죄나 짓는 것같이 망설이는 것부터 큰 모순이다. 목숨 하나가 없어진다는 것과 내가 술 먹는다는 것과는 별개 문제다. 그러면서도 '내 처'가 죽어가는데 술을 먹다니? 하는 오죽지 않은 '양심'이 머리를 들지만, 그것이 진정한 양심이라기보다도 관념(觀念)이란 가면(假面)이 목을 매서 끄는 것이다. 사람은 관념의 노예가 되는 수가 많다. 가식의 도덕적 관념에서 해방되는 거기에서 참된 생명을 찾는 것이다. 사랑치 않으면 눈도 떠보지 않을 것이요, 사랑하고 싶으면 이렇게 해도 상관이 없는 것이란다!"

하며 나는 벌떡 일어나서, 정자의 어깨를 짚고 꾸부리고 섰던 P자를 껴안으며 키스를 하려는 흥내를 내었다. 무심코 섰던 P자는 질겁을 하며,

"에그머니, 사람을 죽이네!"

하고, 깔깔대며 뛰어 달아나가서 저만큼 가서 앉는다. 그 사품에 나는 웃으면서 일어나는 정자와 맞장구를 쳤다. 그대로 얼싸안았다.

술이 얼쩡하게 취하여 문간으로 나오는 나를 앞질러서 따라 나오며 정자는 거진 입이 닿도록 내 귀에다 대고,

"정말 밤차로 가세요?"

하며 수군거린다.

"생각나는 대로 하지…… 그런데 왜?"

"글쎄요……."

하고 나서 정자는 무슨 말을 할 듯 할 듯하다가, P자가 쫓아 나오는 것을 보고 한 걸음 물러섰다.

"하여간 갈 길이니까 어서 가야지. 그럼 한 달쯤 있다가 올 테니까 그때 또 만납시다."

나는 이같이 한마디 남겨 놓고 길거리로 나왔다.

거리는 아직 초저녁이지마는 첫추위인데다가 낮부터 음산하였던 일기는 마치 눈이나 오려는 듯이 밤이 들어갈수록 쌀쌀하여졌다. 사람 자취도 점점 성기어 가고 길바닥에 부딪는 나막신 소리는 한층 더 요란히 들린다. 점두에 매달린 전등불빛까지 졸리운 듯 살얼음이 잡히어 가는 듯 보유스름하게 비치는 것이 더욱 쓸쓸하여 보였다.

나는 곧 차에 뛰어오르려다가, 사람이 붐비는 갑갑한 찻속으로 기어들어갈 생각을 하니 얼근한 김에 차마 올라설 용기가 나지를 않아서 그대로 돌쳐서서 O교 방향으로 꼽들었다.

화끈화끈 다는 뺨뺨, 살금살금 훑고 달아나는 저녁 바람에 정신이 반짝 날 듯하면서도, 마음은 어찌하여 그렇다고 꼭 집어 말할 수 없이 조비비듯 조바심이 나서 못 견딜 지경이다. 자기 자신에게 대한 반항인지, 자기 이외의 무엇에 대한 반항인지, 그것조차 뚜렷이 알 수 없으면서, 덮어놓고 앞에 닥치는 대로 무엇이든지 해내려는 듯한 터무니없는 울분이 가슴 속에서 용심지같이 치밀어 올라왔다. 컴컴한 속에서 열병에나 띄운 놈 모양으로 포켓에 찔렀던 두 손을 꺼내 가지고 뿌리쳐 보기도 하고, 입었던 외투나 웃저고리를 벗어서 O교 다리 밑으로 보기좋게 던져 버렸으면 하는 객기도 머릿속에 떠오르면서 발은 기계적으로 움직이어 O교 정거장을 지나 S교를 향하고 돌쳐서서 여전히 컴컴한 천변가로 헤매며 내려갔다.

이러한 공상이 한참 계속된 뒤에는 별안간에 눈물이 비집어 나올 만큼 지향할 수 없는 애처로운 생각이 물밀듯하고 참을 수 없이 허전하고 외로운 생각에 긴 한숨을 뿜어 냈다. 그러나 그 다음 순간에는,

'무슨 때문에 눈물이 필요하단 말이냐. 실상 완전한 자유(自由)는 고독(孤獨)에 있고 공허(空虛)에 있지 않은가?'

나는 속으로 이같이 변명하여 보았다.

그것은 마치 종로에서 뺨맞은 놈이 행랑 뒷골에서 눈을 흘기다가 자기의 약한 것을 분개하여 보기도 하고, 혼자 변명하기도 하여 보는 셈이었다. 그러나 이렇게 겁겁증이 나서 몸부림을 하는 일종의 발작적 상태는 자기의 내면에 깊게 파고들어앉은 '결박된 자기'를 해방하려는 요구가 맹렬하면 맹렬할수록 그 발작의 정도가 한층 더하였다. 말하자면 유형무형한 모든 기반, 모든 계루에서 자기를 구원하여 내지 않으면 질식하겠다는 자각이 분명하면서도, 그것을 실행할 수 없는 자기의 약점에 대한 불만과 연민과 변명이었다.

나는 참을 수 없어서 포병 공창 앞으로 달아나는 전차에 뛰어올랐다. 이러한 때에 미인의 얼굴이라도 치어다보면 캠플 주사만한 효과가 있으리라 생각하기 때문이었으나 나의 이지(理智)는 그것조차 조소하였다.

　그러나저러나, 노역과 기한에 오그라진 피부가 뒤틀린 얼굴밖에 내 눈에는 비치지 않았다. 그들은 시든 얼굴을 서로 쳐들고 물끄럼말끄럼 마주 건너다보기도 하고 곁의 사람을 기웃이 들여다보기도 하고 앉았다. 나는 그들의 얼굴을 이 사람 저 사람 치어다보다가,

　'여러분 장히 점잖구 무섭소이다그려!'

　이렇게 한마디 하고 일부러 허허허 하며 웃어 보면 좋겠다는 생각을 하고 나서 나 혼자 제풀에 빙긋하여 버렸다.

　이렇게 안 나오는 거드름을 빼고, 될 수 있는 대로 우자한 태도로 좌우를 돌려다보는 것은 비단 일본사람이 조선사람에게만 한한 무의식한 습관이 아니라 사람의 공통한 성질인 동시에 사람이란 동물이 얼마나 약한가를 유감없이 말하는 것이다. 약하기 때문에 조그만 승리와 조그만 자랑을 얻으려 애쓰고 약하기 때문에 성세(聲勢)를 허장(虛張)하며, 약하기 때문에 자기의 주위에 경계망을 쳐놓고 다른 사람을 주시(注視)할 필요가 있는 것이다. 상대자의 용모나 옷 입은 것, 행동거지(行動擧止), 말씨…… 이런 것을 가만히 바라보고 음미(吟味)함으로써 자기의 비열한 호기심을 만족시키려는 본능적 요구가 있는 것도 물론이겠지마는 저편을 엿보는 데는 여러 가지 의미가 있는 것 같다.

　우선은 자기 방어상(自己防禦上) 저편의 강약과 빈부의 정도를 감정할 필요를 느끼고, 그 다음에는 의복과 말씨와 행동거지가 남에 빠지면 도회생활에 있어서는 큰 고통이요 수치이기 때문에 신경이 여기에 집중된다. 또한 그들에게는 피차에 구하는 것이 있으니 아첨하고 농락하려는 한편에 농락되지 않으려는 우월감(優越感)과 경계와 추세(追勢)라는 등 잡념으로 말미암아 자연히 저편의 표정이나 비식(鼻息)을 엿보는데 명민한 것을 서로 자랑한다. 또 여자는 여자대로 자기의 목숨인 사랑을 얻기에 목이 말라서 그 불순(不純)의 도(度)가 한층 더하다. 이런 점으로 보면 제일 순진하고 아름다운 것은 전차 속에서나 거리에서 청춘남녀가 본능적으로 이성의 미(美)를 부산히 찾으면서도 담담히 지나치는 것일지 모른다.

이성(異性)을 꿈 꾸는 순진한 청춘남녀에게는 불순한 욕심이 없다. 적어
도 물질적 욕심이 없다. 아첨할 필요도 없고 우월감이나 농락하려는 야심
도 없고 방어하고 반발하려는 적대심이란 손톱만큼도 없다. 다만 미를 동
경(憧憬)하고 감상(鑑賞)하며 이에 도취하고 감격한다. 더구나 그러한
생명의 연소가 영원히 흐르는 물결에 뿌려지는 월광의 은박(銀箔) 같이
아무 더러운 집착없이 순간순간에 반짝이며 스러져 버리는 것이 더욱이
향기롭고 깨끗하다. 그러나 위선없이 살지 못하리라는 것이 오늘날 우리
의 운명이다. 그리하여 인생의 움〔芽〕 같은 그들도 미인의 얼굴을 똑바
로 보는 법이 없다. 도둑질을 해서 본다. 그것이 무엇보다도 고약한 버릇
이다. 그러나 그보다도 순박하고 순진한 것은 소위 하층 사회의 기습(氣
習)일 것이다. 노동자에 이르러서는, 자랑할 것도 없고 숨길 것도 없고
부끄러울 것도 없는 대신에 적나라한 자기와, 이웃에 대한 동정과, 방위
적 단결이 있을 따름이다. 생활의 실질이나, 양식이나, 제일 진실되고 본
질적이다. 그들은 사람과 사람끼리 만날 때에 결코 노려보거나 음미하거
나 탐색하지는 않는다. 가식(假飾)도 필요없고 자기네끼리 아유구용(阿
諛苟容)할 필요도 없다. 그러나 그들의 병은 무지일 따름이다. 무질서일
따름이다.

하고 보면 결국 사람은 제 소위 영리하고 교양이 있으면 있을수록(정도
의 차는 있을지 모르나) 허위(虛僞)를 되풀이하여 가면서 비굴한 타협(妥
協)이 아니면 옆사람을 자기에게 동화(同化)시키지 않고는 살 수 없는
이기적 동물이다. 구구한 타협도, 남의 동화도 강요하려 들지 않는 전아
(全我)의 생활, 자유로운 생활을 꿈 꾼다면 우선 세속적으로는 낙오자
(落伍者)에 자적(自適)하겠다는 각오를 필요조건으로 한다…….

나는 어느덧 이러한 난데없는 생각에 팔려, 역시 이 사람 저 사람 치어
다보고 앉았다가 정자의 지금의 생활을 생각하여 보았다.

정자는 저의 집에서 뛰어나왔다 한다. 사정을 들어 보면 그도 그럴 것
이다.

나는 그애가 반역자라는 점은 찬성이다. 그러나 자기의 생활을 자율(自律)하며 나갈 길이 있을까 의문이다. 자기 생활의 중류(中流)에 뛰어들어갈 용기가 있을까? 자각도 있고 영리는 하지만…… 그러나 허영심이 앞을 서기 때문에 믿을 수 없는 것이다…….

전차는 종일 노역에 기진하여 허덕허덕 다리를 끌면서 잠이 들어가는 집집의 적막을 깨뜨리려는 듯이, 빽빽 기를 쓰는 듯한 외마디 소리를 치며, '에도가와' 가도(街道)의 컴컴한 길을 겨우 기어 나와서 대낮같이 전등이 환한 차고(車庫) 앞에 와서 한숨을 휘 쉬며 우뚝 선다. 졸음 졸듯이 고요하던 찻간 안은 급작스레 와자하여지면서 우중우중 내린다.

나도 검은 양복바지에 푸른 저고리를 입고 벤토갑을 든 사오 인의 직공 뒤를 따라 내려왔다. 쌀쌀한 바람이 휙 끼쳤었다.

"아, 요새도 밤일을 하슈? 오늘은 제법 춥지요?"

"예, 인제 참 겨울인데요."

"이리 들어와, 좀 녹여 가시구려."

차고(車庫) 문간에 섰던 차장과 이런 수작을 하며, 따뜻하여 보이는 차장 휴게실로 끌려 들어가는 직공들의 뒤를 부러운 듯이 건너다보며 나는 그 샛골짜기로 들어섰다.

하숙으로 휘돌아 들어가는 길에 뒷집 있는 X군을 들여다볼까 하며 망설이다가, 결국 들어가 보았다. 알리면 정거장에를 나와 주고 하여 폐가 되겠기 때문에 망설인 것이다. X군은 내가 이 밤으로 귀국하게 되었다는 말을 듣고, 당자인 나보다도 놀라며 진정으로 가엾어하는 모양이었다. 나는 사람 좋은 X군을 도리어 웃으면서 하숙으로 함께 돌아왔다.

X군과 같이 짐을 수습하여 주인에게를 맡긴 뒤에 인사 받을 새도 없이 총총히 가방을 들고 우리 둘이서 동경역으로 향한 것은 그럭저럭 역시 가까웠다. X군이 재촉을 하는 대로 나는,

"늦으면 내일 떠났지, 하는 수 없나!"

하면서도 허둥허둥 동경역에 나와 보니까, 내 시계가 틀렸던지 그래도

십 분 가량이나 여유가 있었다.

가방을 뒤에 섰는 X군에게 맡겨 놓고, 차표를 사려고 출찰구 앞에 가서 섰으려니까 곁에서 누가 살짝 건드리며,

"리상!"

하고 귀에 익은 소리가 들린다. 나는 깜짝 놀라서 돌아다보았다. 역시 정자다. 노르끄레한 곱다란 보자에다가 네모진 것을 싸서 들고 옆에 선 X군의 시선을 꺼리는 듯이, 힐끔힐끔 흘겨보고 섰다.

"웬일이냐? 이 춘 밤에."

나는 의외인 데에 놀라며, 나무라듯 위무(慰撫)하는 듯이 한마디 하였다.

"난 안 가시는 줄 알았지."

"한참 기대렸어?"

"아뇨, 난 늦을까 봐 허둥지둥 나왔더니……."

"미안하구려, 어서 들어가지. 그럼……."

정자는 거기에는 대답도 아니하고, 맞은편 출찰구로 입장권을 사러 총총걸음으로 걸어갔다…….

X군이 자리를 잡으려고 앞서 들어간 뒤에 정자와 맨끝으로 둘이 나란히 서서 걸으며 입을 벌렸다.

"오래 되실 모양이에요?"

"뭘 고작해야 이 주일쯤이지."

"오래 되시건 편지라도 해 주세요. 그 동안에 나는 어떻게 될지 모르지만……."

"왜, 어델 가겠기에?"

"글쎄 봐야 하겠지마는…… 밤낮 이 모양으로만 하고 있을 수도 없으니까……."

정자는 말을 끊고 잠깐 고개를 기울이고 걷다가 가까이 와서 매달리듯이 몸을 살짝 실리며,

"이렇게 급하지만 않았더면, 나두 같이 경도(京都)까지라도 가는 것을……."

하며 나를 치어다보고 호젓이 웃는다. 나는 잼처 무엇을 물으려다가 X군이 황망히 손짓을 하며 부르는 바람에, 정자와는 총총히 인사를 하고 차에 올라서 X군과 바꾸어 앉았다.

친구에게 전송을 받거나 물건을 받는 일은 별로이 없기도 하려니와 도리어 귀치않은 일이지만, 정자가 무엇인지 보자에 싼 채 창으로 디밀며 지금 펴 볼 것 없다 하기에, 나는 그대로 받아서 선반에 얹을 새도 없이 차는 움직이기 시작하였다.

반간통쯤 떨어져서, 오도카니 섰던 정자의 똑바로 뜬 방울 같은 두 눈이 힐끔하더니 몰려나가는 전송인 틈에 사라져 버렸다.

2

반찬 찬합같이 각다구니를 여기저기 함부로 벌여 놓고 꼭꼭 끼여 앉았는 틈에서 겨우 잠이랍시고 눈을 붙였다가 깨니까, 아직 동이 트려면 한두 시간이나 있어야 할 모양. 찻간은 야기에 선선하면서도 입김과 담배 연기에 흐렸다. 다시 눈을 감아 보았으나 좀처럼 잠이 들 것 같지도 않고 외툿자락을 걸친 어깨가 으스스하여, 일어나 앉으며 담배를 피워 물고 나서 선반에 얹힌 정자가 준 보자를 끌어 내렸다. 아까 받아 얹을 때에 잠간 보니까 과자 상자 위에 술병 같은 것이 두두룩이 얹혀 있는 것 같아서 긴하게 생각이 든 것이다. 네 귀를 살짝 접어서 싼 보자의 귀를 들치고 보니까 과연 갑에 넣은 위스키 병이 얹히어 있다. 어한으로 한잔 할 작정으로 병을 쑥 빼려니까 갸름한 연보랏빛 양봉투가 끌리어 나왔다.

'별안간에 편지는 무슨 편지인구?'

그래서 나중에 펴 보라고 한 것이라고 나는 혼자 속으로 생각하며 그래도 반갑지 않을 수 없었다. 편지는 포켓에 집어넣고 술부터 따라서 한숨에 켰다.

영리한 계집애요 동정할 만한, 카페의 웨이트레스로는 아까운 계집애다라고 생각은 하였어도 그 이상으로 어떻게 해 보겠다는 정열을 느낀 것은 아니었다. 같은 값이면 정자를 찾아가서 술을 먹는 것이요, 만나면 귀여워해 줄 뿐이다. 원래가 이지적·타산적(打算的)으로 생긴 나는 일시 손을 대었다가 옴칠 수도 없고 내칠 수도 없게 되는 때는 그 머릿살 아픈 것을 어떻게 조처를 하나? 하는 생각이 앞을 서는 동시에, 무슨 민족적 감정의 구덩이가 사이에 가로놓인 것은 아니라도 이왕 외국 계집애를 얻어 가지고 아깝게 스러져 가려는 청춘을 향락하려면 자기에게 맞는 타입을 구하겠다는 몽롱한 생각도 없지 않아서 그리하였다. 그러나 오늘은 무슨 생기가 났다느니보다도 세찬 삼아서 사다 준 숄 한 개가 인연이 되어, 편지까지 받게 되고 보니 막연히 반갑다는 정도를 지나서 좀 실답게 자기 태도를 생각해 보아야 하겠다는 책임감 비슷한 것을 느끼는 것이다. 귀엽다고는 생각하였지마는 연애를 해 보려는 열정이 있는 것도 아니요, 물론 목도리 한 개로 환심을 사려는 더러운 야심이 있었던 것도 아니었다. 진정한 애욕이 타오르면 그런 것을 사 주거나 하지는 않았을 것이다. 하여간 젊은 여자와 어울려 노는 것은 좋으나 그 이상 깊게 끌려 들어갔다가 자기 생활에 파탄을 일으키고, 공연한 고생을 사서 할까 보아 경계를 하는 자기다.

나는 이런 생각을 하며 두어 잔 술을 마신 뒤에 비로소 편지를 꺼내서 피봉을 들여다보았다. 침착하고도 생기있는 정돈된 필적은 그애의 모습과 같이 재기가 발리어 보였다. 나는, 앞사람은 졸고 앉았지만 누가 보지나 않을까 하고 좌우를 돌려다보며 그래도 궁금증이 나서 쭉 뜯어 보았다.

지금은 이런 편지를 올릴 기회가 아닌지도 모릅니다. 왜 그러냐 하면, 아무리 이 지경이기로 물질로 좌우되는 천착한 계집이라고 생각하실 것이, 너무도 창피하고, 원통해서 말입니다. 그러나 그러할수록에…….

　이렇게 허두를 내어놓고 나의 실답지 않은 태도에 대한 불만과 공격이 있은 다음에, 자기의 지금 처지와 장래에 대한 희망 등을 요령만 간단히 쓴 뒤에, 형편 따라서는 세말쯤, 혹은 경도의 고모집으로 갈지 모르겠다고 하였다.

　나는 한번 쭉 보고 나서 혼자 웃었다. 그러나 그것은 조소거나 나에게 대한 이 여자의 신뢰에 대하여 만족한 미소는 아니었다. 애를 써 설명하자면, 그 계집애의 조리가 정연한 이론과 이지적이요 명민한 그애의 머리에 만족을 느꼈다 할까?

　나는 곧 답장을 써 볼까 하다가, 하나둘씩 일어나 앉는 사람들의 시선이 귀치않아서 그만두어 버렸다.

　"왜, 우롱을 하세요? 무슨 까닭에 농락을 하세요? P자와 저를 놓고 희롱하시는 것은 유쾌하시겠지요. 그러나 너무 참혹하지 않습니까? 물론 당신 말씀과 같이 사랑은 유희가 아니라는 것은 아시겠지요."

　"……누가 당신께서 손톱만큼이라도 나를 사랑하신다는 것은 아니지만 나에게는 견딜 수 없는 고통입니다. 혹시는 모욕입니다. 당신의 태도가 그밖에도 어떻게 할 수 없으시면 우리는 이 이상 교제를 끊는 것이 옳은 일이겠지요……."

　이것이 정자의 제일 큰 불평이었다. 정자는 자기의 과거를 한만히 이야기하지는 않으나, 흔히 있는 계모 시하의 불화와 부친의 몰이해에다가, 실연이 한꺼번에 왔던 모양이다. 그러나 좀체 거기에 휘어 넘어가지 않고, 앙바티고 현재의 경우에서 제 손으로 헤어나려고 허비적대는 그 심보가 취할 점이요 동정이 가는 것이다. 지금도 책을 보는 모양이지마는 문학에 대한 감상력(鑑賞力)이 호락호락히 볼 것이 아닌 데에 나는 귀엽고 경애를 느끼는 것이다. 될 수 있으면 어떻게 붙들어 주고 싶었다. 그러나 그것은 역시 공상이다.

'계집애하고 키스를 하면서도 침맛을 아는 놈에게 사랑이 있다는 것부터 틀린 수작이다.'

이런 생각을 하며, 아까 M헌(軒) 이층의 광경을 머리에 그려 보았다. 모욕이란 의식부터 머리에 떠올랐다는 말이나, 제 말마따나, 이때껏 한 남자의 입밖에는 몰랐었다는 말이 정말이라면 정자는 그래도 아직은 행복하다. 침맛을 알아내지 않는 것만도 행복하다…… 이런 생각을 할 제 사람의 행복은 사람다운 정조(情操)를 잃지 않는 데 있는가도 싶다.

"그러나 자기는 이때껏 연애다운 연애를 하여 본 일도 없으면서 청춘의 자랑이요 왕일한 생명력(生命力)인 정열(情熱)이 말라 버린 것은 웬 까닭인가. 하여간 성격(性格)이 기형적(畸形的)으로 성장하였다는 것은 사실일지 모른다. 이것은 정열을 식히는 첫째 원인이지만 동시에 인간성의 타락이다. 하지만 자기를 살리기 위하여 어떠한 경우에는 정열을 억제하여야 할 필요도 있으니까, 반드시 성격이 뒤틀렸다거나, 인간성이 타락하여 그렇다고만도 할 수 없지……."

그러나 자기를 살린다는 것이 자기의 비열한 쾌락을 만족시킨다는 것이 아닌 이상 사람을 우롱한다는 것은 죄악이다. 정열이 없으면 없을 뿐이지, 그렇다고 사람을 우롱하라는 것은 아니다. 사람을 우롱한다는 것은 몰염치한 이야기다. 사람을 우롱하는 것은, 인생을 유희함이라는 의미로서 결국에 자기 자신을 우롱하고 유희함이다.

무슨 까닭에, 자기는 굳세고 높게 살리겠다면서 가련한 저 갈 길을 찾겠다고 발버둥질치는 불쌍한 여성을 농락하려는가? 사실 말하자면 오늘까지 나의 정자에게 대한 태도는 실없었다. 저편이 나를 범연히 생각지 않았다면 더욱 불쾌하고 모욕이라고 생각하는 것은 당연한 책망일 것이다. 그러나 정자 자신이 얼마나 실답고 자기 자신에게 충실(忠實)한가는 누가 알 일인가? 사랑이니 무어니 머릿살 아픈 노릇이다마는 세상이 경멸하는 조선 청년에게 그런 호소를 하고 오는 것은 실연을 한 일본 남성에게 대한 반항이라는 것인가?…… 나는 이런 생각을 하며 누웠다가 숨이 괴로워서 벌떡 일어나서 데크로 나왔다.

차 안의 전등은 아직 아니 나갔으나, 젖빛(乳色) 같은 하늘이 허어져가며, 인기척없이 꼭꼭 닫은 촌가가, 가끔가끔 눈앞으로 날아가는 것을 보면, 동은 벌써 튼 모양이었다. 아침 바람이 너무도 세어서 나는 무심코 외툇깃을 올리우며 머리를 식히고 섰다가, 그래도 견딜 수가 없어서 다시 들어와 자기 자리에 드러누웠다.

한 두어 시간이나 잤을지 사람이 너무 덤비는 바람에 잠이 깨어서 눈을 뜨고 내다보니 기차는 플랫폼에서 어슬렁어슬렁 기어 나가는 모양. 나는 일어나기가 싫기에 지금 바꾸어 들어와 앉은 앞자리의 사람더러, 예가 어디냐고 물어 보니까, 명고옥(名古屋)이라 한다.

"에? 인제야 나고야?"

나는 이같이 놀란 듯이 반문을 하고, 암만하여도 중도에서 하루 묵어야 하겠다는 생각을 채 결심도 못하고 또 잠이 들어 버렸다.

한참 늘어지게 자고 나서 보니, 기차는 아직도 기내지방(畿內地方) 어귀에서 헤매는 모양. 시간표를 들쳐 보니 경도에서 내리려면 아직도 세 시간, 신호(神戶)에서 묵어 간다면 다섯 시간 가량이나 있어야 할 터이다.

"을라(乙羅)나 가서 볼까?"

내년 신학기에는 동경음악학교로 전학을 하겠다고 규칙서를 얻어 보내라고 한 을라의 부탁을 이때껏 월여나 되도록 답장도 아니한 것을 생각하여 보았다. 그것은 나의 태만도 태만이어니와 만 일 년간이나 음신이 끊였었던 오늘에, 불쑥 편지를 하는 것도 이상하고, 또다시 서신을 왕복하는 것은 피차에 머릿살 아픈 일이기 때문이었다.

"지금 만나면 어떤 얼굴로 볼꾸?"

창턱에 기대어 앉아서 방울방울 방울을 지어 올라가는 담배 연기를 물끄러미 치어다보며 가장 정숙한 듯이 가장 부끄러운 듯이 꾸미는 을라의 팔초한 하얀 얼굴을 머릿속에 그려 보았다.

'요샌 히스테리가 좀 낫나? 병화하고는 어떻게 되었누? 그러나 내게
또 불쑥 규칙서를 얻어 보내란 핑계로 편지를 한 것을 보면, 어쩌면 별일
은 없이 흐지부지되었는지도 모를 일이다.'

이런 생각을 하고 보니 별안간에 이왕 고단해서 내릴 바에는 신호에서
내려서, 을라를 찾아보려는 객기가 와락 나서 또다시 시간표를 뒤적거리
며 누웠었다.

도지개를 틀면서 그럭저럭 또 네 시간 동안을 덜미를 내고, 겨우 감방
에서 풀려나오듯이 삼등 찻간에서 해방이 되어 신호역두에 내려선 것은,
은빛같이 비치는 저녁해가 육갑산 산둥성이에 걸리었을 때이었다. 큰 가
방은 역에다가 맡겨 두고 오근오근 끓는 정거장에서 빠져나와, 한숨을 돌
리니 사람이 살 것 같았다.

동무의 반연으로 중학교를 이 지방에서 마친 나는 을라를 만나는 것보
다도 이 지방이 반갑기도 한 것이다. 전차에 올라탈까 하다가 저녁이나
먹고 나서 을라에게 찾아가리라 하고, 원정통으로 향하였다. 작년 방학에
들렀을 때 놀던 생각을 하고, A카페의 아래층으로 들어가서 여기저기
옹기옹기 앉았는 다른 손들을 피하여, 한구석에 자리를 잡았다. 두세 접
시나 다 먹도록 두 팔을 옥여쥐고 아기죽아기죽거리며 돌아다니던 그때의
그 계집애는 보이지 않았다. 차를 가지고 온 계집애더러 물어 보니까,

"왜요?"
하고 의미있는 듯이 웃을 뿐이다.

"왜, 어딜 갔나? 그저 여기 있긴 있겠지?"

"흥! 언제 만나 보셨어요? 아세요?"

"글쎄 말이야!"

"벌써 극락 갔답니다!"

나는 다소 실망이라느니보다도 놀랐다. 작년 여름방학에, 올 적 갈 적
두 번이나 들른 것은 을라 때문도 있고, 고등상업에 있는 중학 동창과 노
는 맛에 그랬지마는, 그 계집애가 끄는 힘이 더 많았던 것이다. 별일 있

었던 것은 아니요, 그저 만나서 마시고 먹고 노닥거리는 재미로이었지마는 퍽 인상에 남았던 것이다.

"웅? 무슨 병으로?"

"폭발탄 정사라는 파천황의 죽음을 하였답니다."

하며 계집애는 깔깔 웃다가, 다른 손이 부르니까 뛰어 달아난다.

폭발탄 정사라는 말에 귀가 번쩍해서, 그 계집애가 다시 오기만 어느때까지 기다려도 돌아본 체도 아니하고 분주히 돌아다닌다. 기다리다 못하여 불러 가지고 셈을 하면서,

"어쩌다가 그랬어?"

하며 물어 보았으나, 내 얼굴만 말끄러미 치어다보다가 알아보는 점이 있었던지 생글 웃으며,

"사람이 너무 좋아 그랬죠! 또 오세요. 이야기를 할게요."

하고 바쁜 듯이 팔딱팔딱 신 소리를 내며 가 버렸다.

'사실, 그것은 알아 무얼 하나!'

나는 이렇게 혼자 웃으면서, 그 상냥하고 원만한 성격에 홀짝 반한 놈이, 사업에 실패나 하고 자살하려는 길에 무리정사를 하는 것은 일본에 얼마든지 있는 일이라고 생각해 보았다. 나는 정자 생각이 났다. 그러나 정자는 현대 여성이다. 그런 어리보기는 아니다.

레스토랑에서 나온 나는 하여간 갈 데가 없으니 C음악학교로 향하였다. 실상은 완행이 하도 지루해서 내렸을 뿐이지 을라를 꼭 찾아보고 싶은 생각은 그다지 없었다.

시간은 아직 늦지 않았으나 밤은 들어가는 것 같았다. 저녁 뒤의 연습인지 아래층 저 구석에서 은근하고도 화려하게 울리어 나오는 피아노 소리에 귀를 기울이며, 기숙사 문간에 섰으려니까, 을라는, 기별하러 들어간 여하인의 앞을 서서, 발을 벗은 채 통통거리며 이층에서 내려왔다.

"이게 웬일예요. 소식두 없이! 어서 올러오세요."

인사할 말을 미리 생각하였던 사람처럼 이렇게 한마디 한 을라는 미소

가 어린 그 옴폭한 눈으로 힐끔 나를 치어다보고는 부끄럽다는 듯이 눈을
내리깔며, 태연히 문설주에 기대어 섰다. 나는 빨간 끈이 달린 발 째진
짚신 위에 가벼이 얹어 놓은 하얀 조그만 발을 들여다보며, 구두끈을 풀
고 올라서서 을라의 뒤를 따라섰다.

"응접실은 추니까 내 방으로 가시지요?"

을라는 이렇게 한마디 하고 아까 내려오던 층계를 지나서 끌고 들어가
다가, 잠깐 섰으라고 하고 사감의 방인지 들어갔다. 방문을 열어 놓은 채
꿇어앉아서, 무어라고 한참 재껄재껄하더니, 생글생글 웃으며 나와서 이
층으로 나를 데리고 올라갔다.

"사내를 함부로 끌어들여도 상관없나요?"

나는 자리를 한구석으로 뚤뚤 말아서 밀어 놓은 것을 돌려다보며 이렇
게 말을 붙였다.

"걱정 마세요, ……그렇지만, 혹시 있다가, 사감이 들어오드라도, 서
울서 오는 오빠라구 하세요."

"그런 꾸어다 박은 오빠 노릇은 어려운데……."

이런 실없는 소리를 정색으로 하며, 을라가 권하는 대로 책상 앞에 앉
았다.

"그래, 지금 조선 나가시는 길예요? 방학 때두 되긴 했지만."

을라는 방 안에 늘어놓인 것을 부산히 치운다.

"송장을 치러 나가는지? 또 한 번 사모 쓸 일이 있어 좋아서 나가는
셈인지?……"

하고 나는 코웃음을 쳐 보았다.

"왜?…… 아씨가 앓으시는군? 그 안됐군요."

하고 을라는 놀라는 소리로 인사를 하고 나서, 그 윤광있는 쌍꺼풀진 눈
귀를 처뜨리며,

"그래 그런 급한 길에 여기를 왜 내리셨에요?"

하며 좀 나무라는 어조다.

"당신두 만날 겸, 후보자도 선을 볼 겸…… 허허허."

만나면 어떠한 태도로 대하게 될지 작년 일을 생각하면 어금니에 무엇 끼인 것같이 거북하고 근질근질한 것 같더니 마주앉고 보니 의외로 소탈 하게 이런 실없는 소리도 나왔다.

"기가 막혀! 아씨가 운명도 하기 전에 선보러 다니는 사람이 어디 있 단 말예요? 그래 선을 보셨에요?"

"선을 보러 왔더니, 폭발탄 정사를 했다니 기가 막히지 않소!"

"그건 또 무슨 소리예요? 이 냥반이 일 년 동안에 이렇게두 변했을 까!"

작년 여름 일을 생각하면 그렇게 수줍던 내가 이런 실없는 소리를 탕탕 하는 것이 올라의 눈에는 이상히 보였을 것이다.

"나도 이번 방학에는 나갔다가 들려 올려는데, 같이 가셨더면!"

"심심한데 그거 좋지! 그러나 이 밤으루 준비되시겠소?"

"이 밤으룬 좀 어려운데……."

올라는 곧 따라서고 싶은 듯이 눈에 영채가 돌며 생긋 웃다가,

"정말 병환이 급하지 않거던 내일 하루만 더 묵어 주시구려."

하고 아양스럽고 의논성스럽게 조른다.

"무어 할 일이 있어야지. 모처럼 만나려던 사람은 정사를 해 버렸구! 나두 정사라두 하겠다는 사람이나 있으면 묵을지 모르겠지만 허허 허……."

"참 변한다 변한다 하니 인화 씨같이 변하신 양반이 어디 계셔요. 아 ──아, 참……."

올라는 급작스레 무엇에 충격을 받은 듯이 얕은 한숨을 쉬며, 고개를 숙인다. 그것이 무엇을 의미하느냐는 것을 직각한 나는, 얄밉기도 하고 일종의 모욕 같은 생각도 나서,

"왜, 실연한 남자의 타락한 꼴을 보는 듯싶소?"

하고 나는 커닿게 웃다가,

"나보다는 을라 씨야 참 변했구려?"

하며 비꼬아 보았다.

"무엇 땜에?…… 어디가 어때요?"

"세상물이 들어가느라구! 혹은 예술가로 대성(大成)하느라구 그런지
는 모르지마는."

"세속물도 들겠지만, 그렇다면 예술가로 대성하는 것과는 정반대 아닌
가요?"

"그리게 말씀이죠! 연애도 예술적으로 청고(淸高)하게는 안 되는 것
인지?"

"매우 로맨틱하시군!"

하고 을라는 냉소를 하다가,

"어쨌든 참 정말 모레쯤 나하구 같이 가세요. 같이 못 가시드래두 내
일 오후부터는 자유니까 이야기할 것도 있고 구경도 시켜 드릴게……."

외로운 객지에서 단조하고 이성이 그립던 그때의 을라에게는, 나의 불
시의 방문이 의외일 뿐 아니라 마음으로 반가웠던 모양이다.

"글쎄 그래두 좋지만, 작년과도 달라서 여기에는 인제는 친구가 없으
니……."

나는 을라를 위하여 이틀씩 묵기는 싫었다.

"아, 참, 내일은 어차피 대판 공회당 음악회에도 갈까 하는데요. 거기
에라도 가시지. 내일은 학생들이 죄다 제 집에 가 버릴 텐데……."

을라가 왜 이렇게 지성껏 붙들려는지 알 수가 없다고 생각하면서, 언젠
가 기숙사에 들어가기 전에 어떤 절간에 있을 제 일본 중놈하고라든지 향
기롭지 못한 소문이 퍼졌다는 말이 머리에 떠올라와서 불쾌한 연상이 일
어났다.

"그럼 내일 함께 떠나십시다그려…… 한데 요새 병화 군 소식 들으
슈?"

나는 을라의 얼굴을 한참 치어다보다가 이렇게 말을 돌렸다.

"별루 소식 없에요. 내가 그 언니한테 편지를 하면 답장이 올 뿐이지, 사실은 이번에두 그 언니 답장을 기다리구 있는 판인데……."

조금도 거리낌없는 이런 대답을 올라에게서 듣는 것은 좀 의외였다.

"왜? 학비라두 대어 오는 거요?"

저편이 노골적으로 수작을 붙이기에 나도 직통 대고 쏘아 보았다. 작년 여름에 만났을 때 그런 말눈치를 귓결에 들었기 때문에 말이다.

"학비는 무슨 학비! 하두 꿀릴 때면 몇 십 원씩 올 일 년내 두세 번 꾸어다 쓴 일두 있구 방학에 나갔다가 들어올 제 노잣냥 언니가 보태 주기에 받아 가지고 왔을 뿐이지! 인화 씨부터두 그런데 무슨 오해가 있는지 모르지만, 그밖에야 오해받을 일이라군 손톱만큼도 없에요!"

이 말을 하는 올라는 분연한 어조이었다. 내가 오해하는 듯한 것이 불쾌하여 이 사품에 변명을 하려는 말눈치거니와, 이번도 나갈 노자를 변통해 달라고 편지를 해 놓고 기다리는 모양 같다. 그 말을 듣고 보니 혹은 그럴지 모르겠고, 내일이면 방학이라는데 하루를 더 기다려서 같이 가고 애걸을 하는 것도 노자 때문인 듯싶었다. 그렇다면 조금 절약을 해서 서울까지 데려다 주고도 싶으나, 병화와의 교제가 그뿐이거나 말거나, 인제는 그런 친절까지 보여 주고 싶지는 않다고 돌려 생각하고 말았다.

올라가 신호로 온 것이, 내가 신호에서 중학을 졸업하고 동경으로 간 뒤기 때문에 작년 여름방학에 들렀을 때 만난 것이 처음이지마는, 올라의 이야기는 전부터 병화대에게 들었던 것이다. 올라가 병화대과의 한 반 아래인 동창생이요, 둘이 여학교에서부터 친한 새인 관계로 병화 집을 제집같이 드나들고, 학비가 부족한 때면 편지질을 해서 취해 쓰는지도 모르겠으나, 작년 여름방학에 신호에서 만나서 놀다가, 함께 서울로 나가서는 의외로 설면하여졌던 것이다. 그래도 처음에는 퍽 재미있게 지냈었다. 실상은 내가 너무 솔직했던 때문인지도 모르지마는 차차 눈치가 좀 다른 것을 보고는, 나는 일체 교제를 끊기로 결심하였던 것이다. 생각하면 내가 지나치게 신경과민한 지레짐작을 하였던 것인지도 모른다. 하여튼 오해이었거나 말거나, 지금 새삼스럽게 구의(舊誼)를 이어 보고자 여기 내린 것은 아니다. 다만 어째 내렸던간에 내린 바에는 을라를 안 만나고 간다는 것도 인사가 아니었다.

"어, 고단해서 어서 가서 눠야 하겠습니다."

병화 이야기가 나오니까, 피차에 흥이 빠지는 것 같아서 나는 일어서 버렸다.

"앨써 내려오셨다가 이렇게 섭섭하게 가셔서 어떻게 해요. 내일 아침에 못 떠나시거던 오정때까지 기다릴 테니 들러 주세요."

을라는 문간까지 나오면서도, 나를 이대로 놓치는 것을 섭섭해하였다.

"무얼! 서울 가서 만나 뵙죠."

구두를 신고 난 나는 정자나 카페 여자들에게 하던 버릇으로 악수하자고 손을 내밀었다. 을라는 얼굴이 살짝 발개지며 생긋 웃으며 주저주저하는 눈치더니, 손을 내밀어 꼭 붙든다.

장난이 아니라 을라를 이성으로 생각한다느니보다도 보통 친구나 동생 같은 뜻으로 악수를 청해 본 것이나, 그래도 컴컴한 거리로 나오도록 내 손바닥에는 여자의 따뜻한 살김이 남아 있는 것을 깨달았다.

3

그날 밤은 역(驛) 앞의 조그만 여관에서 노독을 풀고, 이튿날 아침차로 떠나서 저녁에는 연락선을 타게 되었다. 하관(下關)에 도착하니, 방죽이 터져나오듯 일시에 꾸역꾸역 쏟아져 나오는 시커먼 사람 떼에 섞이어서 나는 연락선 대합실 앞까지 왔다.

어디를 가나, 그 머릿살 아픈 형사 떼의 승강을 받기가 싫어서 배로 바로 들어가고 싶었으나, 배에는 아직 들이지 않기에, 나는 하는 수 없이 대합실로 들어갔다. 벤토나 살까 하고 매점 앞에 가서 섰으려니까 어느 틈에 벌써 알아챘는지 인버네스를 입은 낯 서투른 친구가 와서, 모자를 벗으며 끄덕하고 국적이 어디냐고 묻는다. 나는 아무 말 아니하고 한참 치어다보다가, 명함을 꺼내서 주고 훌쩍 가게로 돌아서 버렸다.

"본적은?"

내 명함을 받아들고 내가 흥정을 다 하기까지 기다리고 있던 인버네스는 또 괴롭게 군다. 나는 그래도 역시 잠자코 그 명함을 도로 빼앗아서 주소를 써서 주고는 사 놓았던 물건을 들고 짐 놓은 자리로 와서 앉았다. 그러나 궐자는 또 쫓아와서,

"나이는? 학교는? 무슨 일로? 어디까지?……"

하며 짓궂이 승강을 부린다. 나는 실없이 화가 나서 그까짓것 물어 무엇에 쓰려느냐고 소리를 지르고 싶었으나 꾹 참고 간단간단히 응대를 하여 주고 부리나케 짐을 들고 대합실 밖으로 나와 버렸다.

"미안합니다그려."

하며 좀 비웃는 듯이 인사를 하는 궐자의 흘겨뜨는 눈은 부리부리하고 험상궂었으나, 내 뱃속에서도 제게 지지 않게 바지랑대 같은 것이 치밀어오르는 것을 참는 판이었다.

승객들은 북적거리며 배에 걸쳐 놓은 층층다리 앞에 일렬로 늘어섰다. 나도 틈을 비집고 그 속에 끼였다.

아스팔트 칠(漆)을 담았던 통에 썩은 생선을 담고 석탄산수를 뿌려서 절이는 듯한 고약한 악취에 구역질이 날 듯한 것을 참으며 제각기 앞을 서려고 우당퉁탕대는 틈을 빠져서 겨우 삼등실로 들어갔다. 참외 원두막으로서는 너무도 몰풍경하고 더러운 침대 위에다가 짐을 얹어 놓고 옷을 갈아입은 뒤에 나는 우선 목욕탕으로 재빨리 뛰어갔다.

내가 제일착이려니 하였더니 벌써 사오 인의 욕객이 목욕탕 속에 들어앉아서 떠들어 댄다.

"오늘은 제법 까불릴걸!"

"뭘 이게 해변가이니까 그렇지, 그리 세찬 바람은 아니야."

시골서 갓 잡아 올라오는 농군인 듯한 자가 온유하여 보이는 커단 눈이

쉴 새 없이 디굴디굴하는 검고 우악한 상을 이 사람 저 사람에게 돌리면서 말을 꺼내니까 상인인지 회사원 같은 앞엣사람이 이렇게 대꾸를 하는 것이었다.

"조선은 지금쯤 꽤 출걸?"

"그렇지만 온돌이 있으니까, 방 안에만 들어 엎데었으면 십상이지."

조선 사정에 익은 듯한 상인 비슷한 위인이 받는다.

"응, 참 온돌이란 게 있다지."

촌뜨기가 이렇게 말을 하니까, 나하고 마주앉았는 자가 암상스러운 눈으로 그자를 말끔히 치어다보더니,

"당신 처음이슈?"

하며 말 참여를 하기 시작한다. 남을 멸시하고 위압하려는 듯한 어투며 뾰족한 조동아리가 물어 보지 않아도 빚놀이쟁이의 거간이거나 그 따위 종류라고 나는 생각하였다.

"이 추위에 어째 나섰소? 어딜 가슈?"

"대구에 형님이 계신데 어머님이 편찮으셔서 가는 길이죠."

"마침 잘되었소그려. 나두 대구까지 가는 길인데, 그래 백씨께서는 무얼 하슈?"

"헌병대에 계시죠."

"네? 바루 대구 분대(大邱分隊)에 계신가요? 네…… 그러면 실례입니다만 백씨께서는 누구신지? 뭘로 계세요?"

시골자의 형이 헌병대에 있다는 말에 나하고 마주앉은 자는 반색을 하면서 금시로 말씨가 달라진다. 나는 그자의 대추씨 같은 얼굴을 또 한 번 치어다보지 않을 수 없었다.

"네, 우리 형님은 아직 군조(軍曹)예요. 니시무라 군조(西村軍曹), 혹 형공도 아시는지? 그런데 형공은 조선에 오래 계신가요?"

"네. 난 십여 년래로 그저 내 집같이 드나드니까요."

하고 궐자는 시골자를 한참 말똥말똥 치어다보다가,

"암, 대구 헌병대의 그 양반이야 알구말구요. 그 양반은 나를 모르실지 모르지만……."

어째 그 말눈치가 안다는 것보다는 모른다는 말 같다.

"어쨌든 십 년이라면 한밑천 잡으셨겠구려."

이번에는 상인 비슷한 자가 입을 벌렸다.

"웬걸요. 이젠 조선도 밝아져서 좀처럼 한밑천 잡기는 어렵지만……."

"그러나 조선 사람들은 어때요?"

"'여보' 말씀요? 젊은놈들은 그래도 제법들이지마는, 촌에 들어가면 대만(臺灣)의 생번(生蕃)보다는 낫다면 나을까, 이제 가서 보슈…… 하하하."

'대만의 생번'이란 말에 그 욕탕 속에 들어앉았던 사람들은 나만 빼놓고는 모두 껄껄 웃었다. 그러나 나는 기가 막혀 입술을 악물고 치어다보았으나 더운 김이 서리어서 궐자들에게는 분명히 보이지 않은 모양이었다. 욕객은 차차 꾸역꾸역 쏟아져 들어온다.

사실 말이지 나는 그 소위 우국지사(憂國志士)는 아니나 자기가 망국(亡國) 백성이라는 것은 어느 때나 잊지 않고 있기는 하다. 학교나 하숙에서 지내는 데는 일본사람과 오히려 서로 통사정을 하느니만큼 좀 낫다. 그러나 그 외의 경우의 고통을 참을 수 없는 때가 많다.

그러나 또 한편으로 생각하면 망국 백성이 된 지 벌써 근 십 년 동안 인제는 무관심하도록 주위(周圍)가 관대하게 내버려두었었다. 도리어 소학교 시대에는 일본 교사와 충돌을 하여 퇴학을 하고 조선역사를 가르치는 사립학교로 전학을 한다는 둥, 솔직한 어린 마음에 애국심이 비교적 열렬하였지마는, 차차 지각이 나자마자 일본으로 건너간 뒤에는 간혹 심사 틀리는 일을 당하거나 일 년에 한 번씩 귀국하는 길에 하관에서나 부산, 경성에서 조사를 당하고 성이 가시게 할 때에는 귀치않기도 하고 분하기도 하지마는 그때뿐이요, 그리 적개심이나 반항심을 일으킬 기회가 적었었다. 적개심이나 반항심이란 것은 압박과 학대에 정비례하는 것이나, 기실 그것은 민족적으로 활로를 얻는 유일한 수단이다. 그러나 칠 년이나 가까이 일본에 있는 동안에, 경찰관 이외에는 나에게 그다지 민족관념을 굳게 의식게 하지 않았을 뿐 아니라 원래 정치 문제에 흥미가 없는 나는 그런 문제로 머리를 썩여 본 일이 거의 없었다 하여도 가할 만큼 정신이 마비되었었다. 그러나 요새로 와서 나의 신경은 점점 흥분하여 가지 않을 수가 없다. 이것을 보면 적개심이라든지 반항심이라는 것은 보통 경우에 자동적 이지적이라는 것보다는 피동적 감정적으로 유발(誘發)되는 것인 듯하다. 다시 말하면 일본사람은 지나치는 말 한 마디나 그 태도로 말미암아 조선사람의 억제할 수 없는 반감을 끓어오르게 하는 모양이다. 그러나 그것은 결국에 조선사람으로 하여금 민족적 타락에서 스스로를 구하여야 하겠다는 자각을 주는 가장 긴요한 원동력이 될 뿐이다.

지금도 목욕탕 속에서 듣는 말마다 귀에 거슬리지 않는 것이 없지마는, 그것은 될 수 있으면 많은 조선사람이 듣고 오랜 몽유병(夢遊病)에서 깨어날 기회를 주었으면 하는 생각을 자아낼 뿐이다.

그들은 여전히 이야기를 계속하고 있다.

"그래 촌에 들어가면 위험하진 않은가요?"

조선에 처음 간다는 시골자가 또다시 입을 벌렸다.

"뭘요. 어델 가든지 조금도 염려없쉐다. 생번(生蕃)이라 하여도 요보는 온순한데다가 가는 곳마다 순사요 헌병인데 손 하나 꼼짝할 수 있나요. 그걸 보면 데라우치(寺內) 상이 참 손아귀 힘도 세지만 인물은 인물이야!"

매우 감격한 모양이다.

"그래 촌에 들어가서 할 게 뭐예요?"

"할 것이야 많지요. 어델 가기로 굶어죽을 염려는 없지만, 요새 돈 몰 것이 똑 하나 있지요. 자본없이 힘 안 들고…… 하하하."

표독한 위인이 충동이는 수작이다.

"그런 벌이가 어디 있에요."

촌뜨기 선생은 그 큰 눈을 더 둥그렇게 뜨고 큰 기대와 호기심을 가지고 마주 치어다보는 모양이다.

"왜요? 한번 해 보시려우?"

그는 이렇게 한마디 충동이며 무슨 의미나 있는 듯이 그 악독하여 보이는 얼굴에 교활한 웃음을 띠고 한참 마주보다가,

"시골서 죽두록 땅이나 파 먹다가 거꾸러지는 것보다는 편하고 재미있습넨다. 게가다 돈을 쓰고 싶은 대루 쓸 수 있고……."

여전히 뱅글뱅글 웃으면서 이 순실한 어머니 뱃속에서 나온 그대로 있는 듯한 촌뜨기를 꾄다.

"그런 선반에서 떨어지는 떡 같은 장사가 있으면 하다뿐이겠나요."

촌뜨기는 차차 침이 고여 오는 수작이다.

"그러나 밑천이 아주 안 드는 것은 아니지요. 우선 얼마 안 되지만 보증금을 들여놓아야 하고, 양복이나 한 벌 장만하여야 할 터이니까…… 그러나 당신이야 형님이 헌병대에 계시다니까 신분은 염려없을 테니 보증금은 없어도 좋겠지."

제딴은 누구를 큰 직업이나 얻어 주는 듯싶이 더구나 보증금은 특별히 면제하여 주겠다는 듯이 오만한 태도로 어깨를 뒤틀며 호기만장이다. 일편 촌뜨기는 양복신사가 돼야 하는 직업이라는 데에 속으로 헤에 하는 기색이다. 그러나 정작 그 직업의 종류가 무엇인가는 좀처럼 가르쳐 주지 않는다. 실상 곁에서 엿듣고 앉았는 나 역시 궁금하지만 이러한 소리를 듣는 시골 궐자는 더한층 호기의 눈을 번쩍이며 앉았는 모양이다. 그러나 그것을 토설치 않는 것은 나와 그 외의 두세 사람이 들을까 꺼리어서 그리하는 것 같기도 하고 또는 그 시골뜨기가 좀더 몸이 달아 덤비며 자기의 부하가 되겠다는 다짐까지 받고서야 이야기하려는 수단 같기도 하다.

"그래 그런 훌륭한 직업이 무엇인데 어데 있단 말요?"

이번에는 그 시골자의 동행인 듯한 사람이 가만히 듣고 있다가 욕탕에

서 시뻘겋게 달은 몸뚱어리를 무거운 듯이 끌어 내며 물었다. 그자도 물속에서 불쑥 일어서서 수건을 등뒤로 넘겨서 가로잡고 문지르며 한번 목욕탕 속을 휘돌아다보고 다른 사람들이 자기네의 이야기에는 무심히 이구석 저 구석에서 멱을 감는 것을 살펴본 뒤에 안심한 듯이 비로소 목소리를 낮추며 입을 벌린다.

"실상은 누워 떡 먹기지. 나두 이번에 가서 해 오면 세 번째나 되우마는 내지의 각 회사와 연락해 가지고 요보들을 붙들어 오는 것인데……즉 조선 쿠리(苦力) 말씀요. 농촌 노동자를 빼내 오는 것이죠. 그런데 그것은 대개 경상남북도나, 그렇지 않으면 함경, 강원 그 다음에는 평안도에서 모집을 해 오는 것인데 그 중에도 경상남도가 제일 쉽습넨다. 하하하."

그자는 여기 와서 말을 끊고 교활한 웃음을 웃어 버렸다.

나는 여기까지 듣고 깜짝 놀랐다. 그 불쌍한 조선 노동자들이 속아서 지상의 지옥 같은 일본 각지의 공장과 광산(鑛山)으로 몸이 팔리어 가는 것이 모두 이런 도적놈 같은 협잡 부랑배의 술중(術中)에 빠져서 속아넘어가는구나 하는 생각을 하며 나는 다시 한 번 그자의 상판대기를 치어다 보지 않을 수 없었다.

'옳지! 그래서 이자의 형이 헌병 군조라는 것을 듣고 이용할 작정으로 반색을 한 게로군!'

나는 이런 생각도 하여 보며 가만히 귀를 기울이고 앉았었다.

궐자는 벙벙히 듣고 앉았는 그 두 사람의 얼굴을 이리저리 바라보고 빙긋 웃으며 또다시 말을 잇는다.

"왜 남선 지방에 응모자(應募者)가 많고 북으로 갈수록 적은고 하니 이 남쪽은 내지인이 제일 많이 들어가서 모든 세력을 잡았기 때문에, 북으로 쫓겨서 만주로 기어들어가거나 남으로 현해탄(玄海灘)을 건너서거나 두 가지 중에 한 가지 길밖에 없는데, 누구나 그늘보다는 양지가 좋으니까 요보들 생각에도 일 년 열두 달 죽도록 농사를 지어야 주린 배를 채

우기는 고사하고 보릿고개(麥嶺)에는 시래기죽으로 부증이 나서 뒈질 지
경인 바에야 번화한 동경 대판에 가서 흥청망청 살아 보겠다는 요량이거
던. 그러니 촌에 젊은애들은 말할 것도 없고 계집애들까지 나두나두 하고
나서거던. 뭐 모집야 쉽지."

"흥…… 그럴 거야!"

"아직 북선지방은 우리 내지인이 덜 들어갔기 때문에 비교적 편안히
사니까 응모자가 적지만 그것도 미구불원에 쪽박을 차고 나설 거라. 허허
허……."

이자는 자기 설명에 만족한 듯이 대단히 득의만면이다.

"그래 그렇게 모집을 해 가면 얼마나 생기나요?"

촌뜨기는 구수하다는 듯이 침을 흘리며 듣는다.

"얼마가 뭐요. 여비가 있지, 일당(日當)이 또 있지, 게다가 한 사람
모집하는 데에 일 원서부터 이 원이니까——그건 회사와 일의 종류에 따
라서 다르지만, 가령 방적회사의 여직공 같은 것은 임금도 싼데다가, 모
집원의 수수료도 헐하고 광부 같은 것은 지금 시세로도 일 원 오십 전으
로 이 원 오십 전까지라우. 가령 천 명만 맡아 가지고 와서 보구려. 이삼
삭 동안에 여비나 일당에서 남는 것은 그까짓건 다 그만두구라도 일천오
륙백 원 근 이천 원은 간데없는 것일 게니 그런 벌이가 이판에 어디 있
소! 하하하, 나도 맨 처음에——그건 제주도에서 모집하여 갔지만——
그때에 오백 명 모아다 주고 실살고로 남긴 것이 천 원이었고, 둘쨋번에
는 올가을에 팔백 명이나 북해도 족미탄광(足尾炭鑛)에 보내고, 이천 원
돈이 들어왔다우."

노동자 모집원이라는 자는 입의 침이 없이 천 원 이천 원을 신이 나서
뇌며 목욕탕 속에서 나왔다.

"에에, 에에, 그럴 거예요!"

하며, 일평생에 들어 보지도 못하던 천(千)자가 붙은 돈 액수에 눈을 휘
둥그렇게 뜨고 귀를 기울이고 앉았던 시골자는 때를 다 밀었는지 그 장대

한 구릿빛 나는 유착한 몸집을 벌떡 일으키어 다시 욕탕 속에 출렁 집어넣으면서 만족한 듯이 또다시 말을 붙이었다.

"그래 조선 농군들이 가서 그런 공사일을 잘들 하나요?"

"잘 하구 못하는 것은 내가 아랑곳있겠소마는 하여간 요보는 말을 잘 듣고 쿠리만은 못해도 힘드는 일을 잘 하는데다가 삯전이 헐하니까 안성맞춤이지…… 그야 처음 데려갈 때에는 품삯도 많고 일도 드러누워서 떡먹기라고 푹 삶아야 하긴 하지만 그래도 갈 노자며 처자까지 데리고 가게 하고, 게다가 빚까지 갚아 주는 데야, 제아무런 놈이기로 아니 따라나설 놈이 있겠소. 한번 따라나서기만 하면야 전차(前借)가 있는데 그야말로 독 안에 든 쥐지 일이 고되거나 품이 헐하긴 고사하고 굶어뒈진다기루 하는 수 있나, 하하하."

벌써 부하가 되었다는 듯이 득의만면하여 모집 방법으로 비책까지 도도히 설명을 하여 주고 앉았다.

나는 좀더 들으려고 일부러 머뭇머뭇하며 앉았으려니까 승객이 다 올라탔는지 별안간에 한 떼가 또 와자하고 들이밀려 오기에 나는 그만 듣고 몸을 훔치기 시작하였다.

스물두셋쯤 된 책상 도련님인 나로서는 이러한 이야기를 듣고 놀라지 않을 수 없었다. 인생이 어떠하니 인간성이 어떠하니, 사회가 어떠하니 하여야 다만 심심파적으로 하는 탁상의 공론에 불과한 것은 물론이다. 아버지나 조상의 덕택으로 글자나 얻어 배웠거나, 소설권이나 들춰보았다고, 인생이니 자연이니, 시(詩)니 소설이니 한대야 결국은 배가 불러서 투정질하는 수작이요, 실인생, 실사회의 이면의 이면, 진상의 진상과는 얼마한 관련이 있다는 것인가? 하고 보면 내가 지금 하는 것, 이로부터 하려는 일이 결국 무엇인가 하는 의문과 불안을 느끼지 않을 수가 없었다. 일 년 열두 달 죽도록 농사를 지어야 반 년짝은 시래기로 목숨을 이어나가지 않으면 안 되겠으니까…… 하는 말을 들을 제, 그것이 과연 사실일까 하는 의심이 날 만큼 나의 귀가 번쩍하리만큼 조선의 현실을 몰랐다. 나도 열 살 전까지는 부모의 고향인 충청도 촌 속에서 자라났고, 그 후에도 일 년에 한두 번씩은 촌락에 발을 들여놓아 보았지만, 설마 그렇게까지 소작인의 생활이 참혹하리라고는 꿈에도 생각해 본 일이 없었다.

'시(詩)를 짓는 것보다는 밭을 갈려고 한다. 그러나 밭을 가(耕)는 그것이 벌써 시(詩)가 아니냐…… 사람은 흙에서 나와서 흙에 돌아간다. 흙의 향기로운 냄새에 취할 수 있는 자의 행복이여! 흙의 북돋아오르는 생기야말로 너 인간의 끊임없는 새생명이니라…….'

언젠가 이 따위의 산문 싯줄이나 쓰던, 자기의 공상과 값싼 로맨티시즘이 도리어 부끄러웠다. 흙의 냄새가 향기롭지 않다는 것도 아니다. 그 향기에 취할 수 있는 자가 행복스럽지 않다는 것도 아니다. 조반 후의 낮잠은 위약(胃弱)이라는 고등유민의 유행병에나 걸릴까 보아서 대팻밥 모자에 연경이나 쓰고, 아침 저녁으로 호밋자루를 잡는 것이 행복스럽지 않고, 시적(詩的)이 아니라는 것이 아니다. 그러나저러나, 일 년 열두 달, 소나 말보다도 죽을 고역을 다하고도, 시래기죽에 얼굴이 붓는 것도 시(詩)일까? 그들이 삼복의 끓는 햇볕에, 손등을 데우면서 호밋자루를 놀릴 때, 그들은 행복을 느끼는가?…… 그들은 흙의 노예다. 자기 자신의 생명의 노예다. 그들에게 있는 것은 다만 땀과 피뿐이다. 그리고 주림뿐이다. 그들이 어머니의 뱃속에서 뛰어나오기 전에, 벌써 확정된 단 하나의 사실은 그들의 모공이 막히고 혈청이 마르기까지, 흙에 그 땀과 피를 쏟으라는 것이다. 그리하여 열 방울의 땀과 백 방울의 피는 한 톨(一粒)의 나락을 기른다. 그러나 그 한 톨의 나락은 누구의 입으로 들어가는가? 그에게 지불되는 보수는 무엇인가——주림만이 무엇보다도 확실한 그의 밭을 품삯이다.

나는 몸을 다 훔치고 옷 입는 터전으로 나왔다.

나는 사람, 드는 사람, 한참 복작대는 틈에서 부리나케 양복바지를 꿰며 섰으려니까, 어떤 보지 못하던 친구가 문을 반쯤 열고 중절모자를 쓴 대가리를 불쑥 디밀며, 황당한 안색으로 방 안을 휘휘 둘러보더니,

"실례올시다만, 여기 이인화란 이가 계십니까?"

하고 묻는다.

"네에, 나요. 왜 그러우?"

나는 궐자의 앞으로 두어 발자국 나서며 이렇게 대답을 하였다. 궐자는 한참 찾아다니다가 겨우 만난 것이 반갑다는 듯이 빙글빙글 웃으며, 문을 활짝 열어제치고 서서 이리 좀 나오라고 명령하듯이 소리를 친다. 학생복에 망토를 두른 체격이며, 제만은 유창하게 한답시는 일어의 어조가 묻지 않아도 조선사람이 분명하다. 그래도 짓궂이 일어를 사용하고 도리어 자기의 본색이 탄로될까 보아 염려하는 듯한 침착지 못한 행색이 나의 눈에 더욱 수상쩍기도 하고 마음이 근질근질하기도 하였다. 나의 성명과 그 사람의 어조를 듣고, 우리가 조선사람인 것을 짐작한 여러 일인의 시선은, 나에게서 그자에게, 그자에게서 나에게로 올지갈지하는 모양이었다. 말하자면 우리 두 사람은 일본사람 앞에서 희극을 연작하는 앵무새 모양이었다.

"무슨 이야긴지 할 말 있건 예서 하구려."

그래도 나는 기연가미연가하여 역시 일어로 대답하였다.

"하여간 이리 좀 나오슈."

말씨가 벌써 그러한 종류의 위인인 것을 의심할 여지가 없다고 생각한 나는, 그 언사의 교만한 것이 첫째 귀에 거슬리어서 다소 불쾌한 어조로,

"그럼 문을 닫고 나가서 기대류."

하며 소리를 지르고 다시 내 자리로 와서 주섬주섬 옷을 마저 입기 시작하였다. 여러 사람의 경멸하는 듯한 시선은 여전히 내 얼굴에 어리우는 것을 깨달았다. 더구나 아까 노동자를 모집할 의논을 하던 세 사람은, 힐끈힐끈 곁눈질을 하는 것이 분명하였으나, 나는 도리어 그 시선을 피하였다. 불쾌한 생각이 목구멍 밑까지 치밀어오는 것 같을 뿐 아니라, 어쩐지 기운이 줄고 어깨가 처지는 것 같았다.

옷을 다 입고 문 밖으로 나오니까, 궐자는 맞은편에 기대어 웅숭그리고

서서 기다리는 모양이다.

"미안합니다만, 나하고 짐을 가지고 저리 좀 나갑시다."

뒤를 쫓아오면서 애원하듯이 말을 붙이는 양이, 아까와는 태도가 일변하였다.

"댁이 누구길래, 어델 가잔 말요?"

"네에, 참 나는 서(署)에서 왔는데 잠깐 파출소로 가십시다."

자기의 직무도 명언하지 아니하고 덮어놓고 가자고 한 것이 잘못되었다는 듯도 하고, 한편으로는 자기가 일인 행세를 하는 것이 내심으로 부끄럽고, 또한 나에게 '노형이 조선사람이 아니오?' 하고, 탄로나 되지 않을까 하는 염려가 있어서 앞이 굽는다는 듯이, 언사와 태도는 점점 풀이 죽고 공손하여졌다. 이것을 본 나는 도리어 불쌍하고 가엾은 생각이 나서, 층계를 느럭히 서서 내려가다가, 궐자의 얼굴을 치어다보았다. 아무 의미 없이 빙글빙글 웃는 그 얼굴에는 어색하여지는 빛이 역력히 보였다. 나는 잠자코 자기 자리로 가서 순탄한 말로,

"나는 나갈 새도 없고, 짐이라곤 이것밖에 없으니, 혼자 가지고 가서 조사할 게 있건 조사하고 갖다 주슈."

하고 가방 두 개를 들어 내어주었다.

"안 돼요, 그건. 입회를 해 줘야 이걸 열죠. 이러지 마시고 잠깐만 나가 주세요. 이건 내가 들고 갈 테니."

선실 내의 수백의 눈은, 모두 내게로 모여들었다. 여기저기서 수군거리는 소리도 들리었다. 나는 얼굴이 화끈화끈하여 더 섰을 수가 없었다.

"내가 도적질이나 한 혐의가 있단 말이오? 가지고 가서 마음대로 하라는데야, 또 어쩌란 말이오. 정 그럴 테면, 이리로 들어와서 조사를 하고 하구려. 배는 떠나게 되었는데 나가자는 사람도 염치가 있지……."

나는 분이 치밀어올라와서 이렇게 볼멘소리를 질렀다.

"그러지 마시고 오늘 이 배로 꼭 떠나시게 할 테니, 제발 잠깐만 나가 주세요. 시간만 갑니다…… 여기선 창피하실까 봐 그리는 것 아닙니

까?"

"창피하다? 흥 창피? 얼마나 창피하면 예서 더 창피할꾸. 그런 사폐 볼것없이 마음대로 하슈."

홧김에 이렇게 소리는 질렀으나, 그 애절하는 양이 밉살스런 중에도 가엾어 보이지 않는 것도 아니요, 어느 때까지 승강만 하다가는 궐자 말마따나, 이로울 것도 없고 시간만 바락바락 가겠기에 나가기로 결심하고 웃저고리를 집어 입고서, 어떻게 될지 사람의 일을 몰라서 아까 사 가지고 들어온 벤토 그릇까지 가지고 가방을 들고 앞서 나가는 형사의 뒤를 따랐다. 형사가 큰 성공이나 할 듯이 만면하여,

"진작 그리시지요. 별일은 없을 거예요."

하며 웃는 그 얼굴에는, 달래는 듯하기도 하고 빈정대듯한 빛이 보였다. 나는 무심중에 주먹이 부르르 떨리는 것을 깨달았다.

갑판으로 나와서, 승강구까지 불러다가 조사를 하게 하려 하여 보았으나 그것도 들어 주지 않아서, 화가 나는 것을 참고, 결국 잔교(棧橋)로 내려섰다.

대합실 앞까지 오니까, 아까 내 명함을 빼앗아 간 인버네스가, 양복에다 외투를 입은 또 한 사람과 무시무시하게 경계를 하고 섰다가, 우리를 보더니 아무 말 아니하고 기선화물을 집더미같이 쌓아서 놓은 뒤로 앞서 들어갔다. 가방을 가진 자도 아무 말 아니하고 따라섰다. 나는 가슴이 선뜻하는 것을 참고, 아무 반항할 힘도 없어, 관에 들어가는 소처럼, 뒤를 대어섰다. 네 사람이 예정한 행동을 취하는 것처럼, 묵묵하고 침중한 가운데에 모든 행동을 경쾌하게 하는 것이, 마치 활동사진에서 보는 강도단이나, 그것을 추격하는 탐정 같았다. 네 사람은 화물에 가리워 행인에게 보이지 않을 만한 곳에 와서 우둑우둑 섰다. 대합실의 유리창에서 흘러나오는 전광만은, 양복쟁이의 안경에 소리없이 반짝 비치었다.

"오늘 하루 예서 묵지 못하겠소?"

양복쟁이가 우선 입을 벌리며, 가방을 빼앗아 든다. 좁은 골짜기에서

나직하게 내리는 거세고도 굵은 목소리는 이 세상에서 들어 본 목소리 같지 않았다. 나는 얼빠진 놈 모양으로 아무 생각없이 안경알이 하얗게 얼룽얼룽하는 그자의 두툼하고 둥근 상을 치어다보며 섰었다. 그자도 나의 표정을 하나라도 놓치지 않으려는 듯이 입술을 악물고 위협하는 태도로 노려보다가, 별안간에 은근한 어조로,

"하루 쉬어서 가시구려."

하는 양이 마치 정다운 진객을 만류하는 것 같았다. 무슨 죄가 있는 것은 아니나, 이같이 으슥한 골짜기에서 을러 보았다 달래 보았다하는 것을 당하는 것은 나의 수명이 줄어들어가는 것 같았다. 만일 내가 부호로서 이런 꼴을 당하였더면, 위불위없이 강도나 맞았다고 생각하였을 것이다. 나는 정신을 바짝 차리고 대답을 하려 하였으나 참 정말 귓구멍이 막혀서 입을 벌릴 기운이 없었다.

"묵긴 어데서 묵으란 말이오? 유치장에나 가잔 말씀요? 이 배에 떠나게 한다는 약조를 하였기 때문에 나왔으니까 약조대로 합시다."

이렇게 강경히 주장하면서도, 마음은 차차 두근거려지고 신경은 극도로 긴장하여졌다. 대체 나 같은 위인은 경찰서의 신세를 지기에는, 너무도 평범하지만 그래도 이 배〔船〕만 놓치면 참 정말 유치장에서 욕을 볼 것은 뻔한 일, 하늘이 두 쪽이 되는 한이 있더라도, 이 배를 놓쳐서는 큰일이라고 결심을 단단히 하고서도 웬일인지 가슴은 여전히 두근두근하지 않을 수가 없었다.

"그럼 예서 잠깐 할까?"

양복쟁이가 나와 인버네스를 반반씩 보며, 저희끼리 의논을 한다. 나는 우선 마음을 놓았다.

"네, 그리지요."

인버네스가 찬성을 하니까 양복쟁이는 나에게로 향하여,

"이것 좀 열어 보아도 상관없겠소?"

하고 열쇠를 내라고 한다. 나는 급히 열쇠를 내주었다…… 가방은 양복

쟁이의 손에서 덜컥 열리었다.

어린아이 관(棺) 같은 긴 모양의 트렁크를 유리창 그림자가 환히 비치는 화물 쌓인 밑에다가 열어 놓고 들쑤시는 동안에, 그 옆에서 인버네스는 조그만 손가방을 조사하고 앉았다. 나는 이편에 느런히 섰는 학생복 입은 자와 함께 두 사람의 네 손길만 내려다보고 섰었다. 큰 트렁크를 맡은 자는 잠깐 쑤석쑤석하여 보더니, 그 위에 얹어 놓은 양복이며 화복들은 손에 잡히는 대로 획획 집어서 내 옆에 선 형사에게 주섬주섬 던져 주고 나서 인버네스는 조그마한 손가방을 조사하고 권을 분주히 들추거리고 앉았다. 조그만 트렁크 속에서 소득이 없었던지 그대로 뚜껑을 닫아서 옆에 놓고 인버네스도 다시 큰 가방으로 달려들어서 들여다보고 앉았다가, 양복쟁이의 분부대로 서적을 한 권씩 들어 보아 가며, 일일이 책명을 수첩에 기입하며 앉았다. 가방 속에서 갈팡질팡하는 형사의 네 손은, 일 분 이 분 시간이 갈수록 가속도로 움직인다. 나는 이놈들이 또 무슨 망령이나 부리지 않을까 하는 불안과 의혹을 가지고 전광에 벌겋게 번쩍이는 양복쟁이의 곁뺨을 노려보고 섰었다.

여덟 눈과 네 손길은 앞에 뉘어 놓은 트렁크 한 개에 모든 정력을 집중하고, 일 분의 빈틈없이 극도로 긴장하였으면서도 여덟 입술은 풀로 붙인 듯이, 아무도 입을 벌리려는 사람이 없었다. 절대 침묵이 한간통쯤 되는 컴컴한 골짜기에, 숨이 막힌 듯이 가득히 찼다. 비릿한 해기를 품은 차디찬 저녁 바람이 귓가로 솔솔 지날 때마다 바삭바삭하는 종잇장 구기는 소리밖에 나에게는 들리지 않았다. 그보다 큰 배에 짐 지우는 인부의 소리도 잔교(棧橋) 밑에 와서 부딪는 출렁출렁하는 파도 소리도 아마 이 네 사람의 귀에는 들리지 않았을 것이다. 무겁고 찌뿌드등한 침묵 속에 흐릿한 불빛에 싸여서 서고 앉고 하여 꾸물꾸물하는 양이 마치 바다에 빠진 시체를 건져 놓고, 검시(檢屍)나 하는 것같이 처량하고 비장하며 엄숙히 보였다. 그러나 일 분, 이 분, 삼 분, 오 분, 십 분…… 시간이 갈수록 나의 머릿속은 귀와 반비례로 욱신욱신하여졌다. 그 세 사람들이, 일부러

느럭느럭하는 것은 아니건마는 뺏어 가지고 내 손으로 하고 싶으리만치 초조하였다. 나는 참다못하여 시계를 꺼내 들고,

"인젠 이 분밖에 안 남았소. 난 갈 테요."

하고 재촉을 하였다. 그제야, 양복쟁이는 눈에 불이 나게 놀리던 손을 쉬고, 서류 뭉텅이를 들어 뵈면서,

"이것만은 잠깐 내가 갖다가 보고, 댁으로 보내 드려도 관계없겠지요?"

하고 일어선다. 서두른 분수 보아서는 아무 소득이 없이 섭섭하고 열쩍으니 서류 뭉치나 뺏어 두자는 눈치 같다. 나는 두말없이 쾌락하였다. 사실 그 속에는 집에서 온 최근의 편지 몇 장과 소설 초고와 몇 가지 원고 외에는 아무것도 없었다. 애를 써서 기록한 서적이래야, 원래 나에게는 사회주의라는 사 자나 레닌이라는 레 자는 물론이려니와, 독립이란 독 자도 없을 것은, 나의 전공하는 학과만 보아도 알 것이었다. 아니 설령 내가 볼세비키에 관한 서적을 몇 백 권 가졌거나, 사회주의를 연구하거나, 그것은 학문의 연구라 물론 자유일 것이요, 비록 독립사상을 가진 나의 뇌 속을 X광선 같은 것으로나 심사법(心寫法)으로 알았다 할지라도, 행동이 없는 다음에야 조사하기로 소용이 무엇인가——이러한 생각은 나중에 한 것이지만 그 당장에는 하여간 무사히 방면되어 배에 오르게 된 것만 다행히 여겨 궐자들과 같이 허둥지둥 행구를 수습하여 가지고 나섰다.

짐을 가볍게 하여 준 트렁크를 두 손에 들고, 어서 올라오라는 선원의 꾸지람을 들어 가며 겨우 갑판 위에 올라서자, 기를 쓰는 듯한 경적과 말 울음(馬嘶) 소리 같은 기적소리가 나며, 신경이 재릿재릿한 징(鉦)소리가, 교향적으로 호젓이 암흑에 싸인 부두 일판에 처량하고도 요란하게 울리었다. 배는 소리없이 미끄러져 벌써 두어 간통이나 잔교를 떨어졌다. 전송하러 온 여관 하인들이며 인부들의 그림자가 쓸쓸한 벌판에 성기성기 차차 조그맣게 눈에 띄고, 선창 위에서 휘두르며 가는 등불이 쓸쓸한 바람에 불리어 길어졌다 짧아졌다 한다.

나는 선실로 들어갈 생각도 없이 으스름한 갑판 위에 찬바람을 쐬어 가며 웅숭그리고 섰었다. 격심한 노역과 추위에 피곤하여 깊은 잠에 들어가는 항구는 소리없이 암흑 속에 누웠을 뿐이요, 전시의 안식을 지키는 야광주는 벌써부터 졸린 듯이 점점 불빛이 적어 가고 수효가 줄어 가면서 깜빡깜빡 졸고 있다. 나는 인간계를 떠나서 방랑의 몸이 된 자와 같이 그 불빛의 낱낱이 어떠한 평화로운 가정의 대문을 지키고 있으려니 하는 생각을 할 제 선뜩선뜩하게 반짝이는 별보다도 점점 멀리 흐려 가는 불빛이 따뜻이 보였다. 나의 머릿속은 단지 혼돈하였을 뿐이요, 눈은 화끈화끈 단다.

외투 포켓에다가 두 손을 찌르고 어느 때까지 우두커니 섰는 내 눈에는 어느덧 뜨끈뜨끈한 눈물이 비져 나와서, 상기가 된 좌우 뺨으로 흘러내렸다. 찬바람이 산뜩산뜩 스며 들어가는 것을 나는 씻으려고도 아니하고 여전히 섰었다.

4

사람이란 자기보다 우월하거나 열등한 사람에게 대할 때처럼, 자기의 지위나 처지라는 것을 명료히 의식할 때가 없는 모양이다. 동위 동격자끼리는 경우가 같기 때문에 서로 공명 (共鳴) 하는 점도 많고 서로 동정할 수도 있을 뿐 아니라, 누가 잘난 체를 하고 누가 굽힐 여지가 없다. 그렇지만 우열이 현격하면 공명이나 동정이라는 것보다는 먼저 자기의 지위나 처지에 대한 의식이 앞을 서서 한편에서는 거드름을 빼면, 한편에서는 고개가 수그러지고, 저편이 등을 두들기는 수작을 하면 이편은 마음이 여린 사람일 지경 같으면, 황송무지해서 긴한 체를 하여 보이기도 하고, 자존심이 굳센 자면 굴욕을 느끼어서 반감을 품을 것이요, 또 저편이 위압을 하려는 태도로 나오면 이편은 꿈질하여 납청장이 되거나 그렇지 않으면 반항적 태도로 나오는 것이다. 사회조직이라든지 교육이라든지, 한층 더 들어가서 사람의 심리가 근본적으로 잘 되어 그렇든지 못 되어 그렇든지, 하여간 사람이란 그리하여 보고 싶은 것이다.

그러나 자기가 저편보다는 낫다, 한손 접는다고 생각할 때에 느끼는 자랑과 기쁨이 자기를 행복게 하고 향상게 함보다는, 감편보다 못하다 감잡힌다고 생각할 제에 일어나는 굴욕과 분개가 주는 불행과 고통과 저상(沮喪)이 곱이나 큰 것이다. 더구나 자존심이 강한 사람에게 대하여는 보통 사람보다도 열 곱 스무 곱 백 곱이나 큰 것이다. 그뿐 아니라 그 우열감이 단순한 개인과 개인과의 관계를 벗어나서 집단적 배경이 있을 때에는 순전한 적대심으로 변하는 동시에, 좁고 깊게 사람의 마음속에 파고들어앉아서, 혹은 노골적으로 폭발되기도 하고, 혹은 은근히 일종의 세력을 기르게 되는 것이다.

그러나 그 중에도 다행한 일은, 자존심이 많고 의지가 강한 사람일수록 그 굴욕과 비분으로 말미암아 받는바 불행과 고통과 저상이 도리어 반동적으로 새로운 광명의 길로 향하여 용약게 하는 활력소가 된다는 것이다. 그러나 사람이란 얼마나 강한지 의문이다. 약하기 때문에 잘난 체도 하여 보고, 약한 죄로 남을 미워도 하여 보고, 웃지 않을 때에 웃어도 보며, 울지 않아도 좋을 것을 울고야 마는 것이라고 생각하는 나는, 나 자신까지를 믿을 수가 없다.

되지않게 감상적으로 생긴 나는 점점 바람이 세차 가는 갑판 위에서 나오는 눈물을 억제하여 가며 가만히 섰다가, 목욕한 뒤의 몸이 발끝부터 차차 얼어 올라오는 것을 견디다 못하여 가방을 좌우쪽에 들고 다시 선실로 기어들어갔다. 아까 잡아 놓았던 자리는 물론 남에게 빼앗기고 들어가서 끼일 자리가 없었다. 나는 실없이 화가 나서 선원을 붙들어 가지고 겨우 한구석에 끼였으나 어쩐지 좌우에 늘어앉았는 일본사람이 경멸하는 눈으로 괴이쩍게 바라보는 것 같아서 불쾌하기 짝이 없다. 사 가지고 다니던 벤토를 먹을까 하여 보았으나 신산하기도 하고 어쩐지 어깨가 처지는 것 같아서, 외투를 뒤집어쓰고 누워 버렸다.

　동경서 하관까지 올 동안을 일부러 일본사람 행세를 하려는 것은 아니
라도 또 애를 써서 조선사람 행세를 할 필요도 없는 고로, 그럭저럭 마음
을 놓고 지낼 수가 있었지마는, 연락선에 들어오기만 하면 웬 셈인지 공
기가 험악하여지는 것 같고 어떠한 압력이 덜미를 짚는 것 같은 것이 보
통이다. 그러나 이번처럼 휴대품까지 수색을 당하고 나니 불쾌한 기분이
한층 더하지 않을 수 없었다. 눈을 감고 드러누워서도 분한 생각이 목줄
띠까지 치밀어올라와서 무심코 입술을 악물어 보았다. 그러나 사면을 돌
아다보아야 분풀이를 할 데라고는 없다. 설혹 처지가 같고 경우가 같은
동행자를 만난다 하더라도 하소연을 할 수는 없다. 왜 그러냐 하면 여기
는 배 속이니까 그렇다는 말이다. 나를 한손 접고 내려다보는 나보다 훨
씬 나은 양반들이 타신 배 속이기 때문이다.

　날이 새었다. 밝기가 무섭게 하나둘씩 부시시부시시 일어나서 쿵쾅거
리며 오르락내리락하는 바람에 나도 일어나서 소세를 하였다. 수백 명이
나 되는 식구가 송사리 새끼 끼우듯이 끼여서 자고 난 판도방 같은 속이
지저분하기도 하고 고약한 냄새에 머릿골이 아파서 나는 치장을 차리고
갑판으로 나갔다. 훨씬 해가 돋지는 못하여서 물은 꺼멓게 보일 뿐이요,
훤한 하늘에는 뽀얀 구름이 처져 있는 것이 희미하게 보이나 아직도 컴컴
스레하였다. 춥기는 하지만 그래도 상쾌하다. 선실 속에서는 벌써 아침밥
이 시작되었는지 연해 밥통을 날라 들여가고 갑판에 나왔던 사람들도 허
둥지둥 뒤쫓아 들어가는 모양이다.

　이 삼등실에 모인 인종들은 어디서 잡아온 것들인지 내남직할 것 없이
매사에 경쟁이다. 들어가는 것도 경쟁, 나오는 것도 경쟁, 자는 것도 경
쟁, 먹는 것에 이르러서는 한층 더한 것이 예사다. 조금만 웬만하면 이등
을 탔겠지마는 씀씀이가 과한 나로는 어느 때든지 지갑이 얄팍얄팍하여서
도 못 타게 되고, 그 돈으로 차 한 잔이라도 사 먹겠다는 타산도 없지 않
아서, 대개는 이 무료 숙박소 같은 데에서 밤을 새우는 것이다. 하여간
차림차림으로 보든지 하는 짓으로 보든지, 말씨로 보든지 하층 사회의 아

귀당들이 채를 잡았고, 간혹 하층 관리부스러기가 끼어 있을 따름이다. 나는 그들을 볼 제 누구에게든지 극단으로 경원주의를 표하고 근접을 안 하려고 하지만, 그것은 나 자신보다는 몇 층 우월하다는 일본사람이라는 의식으로만이 아니다. 단순한 노동자라거나 무산자라고만 생각할 때에도 잇살을 어우르기가 싫다. 덕의적 이론으로나 서적으로는 무산계급이라는 것처럼 우리 친구가 되고 우리 편이 될 사람은 없다고 생각하면서도, 실제에 그들과 마주 딱 대하면 어쩐지 얼굴을 찌푸리지 않을 수 없다. 혹은 그들에게 대한 염오가 심하여지면 심하여질수록 그 원인이 그들 자신에게 있는 것이 아니라는 논법으로 더욱더욱 그들을 위하여 일을 하여야 하겠다는 결론에 이르게 될지는 모르나 감정상으로 그들과 융합할 길이 없다는 것은 아마 엄연한 사실일 것 같다.

나는 이런 생각을 하다가 어제저녁도 궐하기 때문에 시장한 증이 나서 선실로 기어들어갔다. 한 차례 치르고 난 식탁 앞에 우글우글하는 사람 떼가 꺼멓게 모여서서 무엇인지 말다툼을 하고 있는 모양이다.

"……그래 갖다 놓기 전에 와서 앉으면 어떻단 말이야?"

신경질로 생긴 바짝 마른 상에 독기를 품고 빽빽 소리를 지르는 것은, 웃수염이 까무잡잡하게 난, 키가 조그만 사람이다. 그리 상스럽지 않은 얼굴로 보아서 어쩌면 외동다리 금테(판임관)쯤은 되어 보인다.

"글쎄 그래두 아니 되어요. 차례가 있으니까, 지금부터 앉았어두 안 드려요."

검정 학생복을 입은 선원은 골을 올리려는 듯이 순탄한 어조로 번죽번죽 대꾸를 하고 있다.

"우리로 말하면 이 배의 손님이지? 그래 손님을 그따위로 대접하는 법이 어디 있단 말이야?…… 대관절 우리를 '요보'루 알고 하는 수작이란 말야?"

애꿎은 '요보'를 들추어 낸다.

"누가 대접을 어떻게 했단 말예요. 밥상을 차려 놓거던 와서 자시라는 게 무에 틀렸단 말씀유?"

"급하니까 얼른 가져오라는 게 어째서 잘못이란 말이야? 조선에서만 볼 일이지마는, 그래 자네들은 어쨌다구 호기를 부리는 거야?"

까만 수염을 가진 자의 어기가 차차 줄어 가는 것을 보고 섰던 구경꾼 속에서는, 불길을 돋우랴는 듯이,

"뚜들겨 주어라. 되지 않게 관리 행세를 하랴구, 건방지게……."

"참 건방진 놈이다!"

"되지않은 놈이, 하급 선원쯤 되어 가지고 관리 행세는 마뜩지 않게…… 흥!"

이런 소리가 여기저기서 떠들썩한다. 관리면 으레 그렇게 하여도 관계 없고 또 자기네들도 불복이 없겠다는 말눈치다.

"도시 조선의 철도가 관영(官營)이기 때문에 저런 게까지 제가 젠 척을 하는 거야. 사영(私營) 같으면야 꿈쩍이나 할 텐가."

누구인지 일리 있는 듯한 이런 소리를 분명히 하는 강개가도 있다. 여러 사람이 왁자히 떠드는 바람에 선원도 입을 담치고 슬슬 빠져 달아나니 싸움은 실미지근히 흐지부지되고, 그 자리에 모였던 사람은 그대로 식탁에 부산하듯 들어앉았다. 나는 그 싸우는 양이 다라워 보이기도 하고 마음에 꺼림하여 다시 바깥으로 나가려다가, 그래도 고픈 배를 참을 수가 없어서 누가 권하는 것은 아니지마는 마지못해 먹는 것처럼 제출물에 쭈뼛쭈뼛하며 한구석에 끼여앉아 먹기를 시작하였다.

'먹는데 더러우니, 구구하니, 아귀들이니 하여도 배가 고프면 하는 수 없는 거다.'

젓가락을 짓고 물을 마시며 나는 이런 생각을 해 보고 혼자 뱃속으로 웃었다.

선실 속에서는 쌈싸우듯 하여 가며 겨우 아침밥들을 먹고 와서는 이 구석 저 구석에서 짐들을 꾸리는 빛에, 악다구니를 하여 가며 간신히 얻어 먹는 밥을 다시 깩깩하며 돌르는 빛에, 또 한참 야단이다. 나도 밥을 먹

고 나니까 어쩐지 메슥메슥한 증이 나서 자기 자리로 가서 누웠었다.

육지가 차차 가까워 오는지 배가 그리 흔들리지도 않고 선객의 절반쯤은 벌써부터 갑판으로 나갔다. 나도 짐을 꾸려 가지고 나갔다. 의외에 퍽 가까워진 모양이다. 선원들은 오르락내리락 갈팡질팡하며 상륙할 준비에 분주하고 경적은 쉴 새 없이 처량하고 우렁찬 소리를 아침 바람에 날리운다. 삼등 승객들은 일이등과 격리를 시키려고 인줄같이 막아 댄 밑에 우글우글 모여서서 제각기 앞장을 서려고 또 한참 법석이다. 그래야 일이등의 귀객들이 다 나간 뒤라야 풀릴 것을.

배는 부산 선창에 와서 닿았다.

"영치기 영차, 영치기 영차……."

닻줄을 낚는 인부들 틈에서 누렇게 더러운 흰 바지저고리를 입은 조선 노동자가 눈에 띌 제, 나는 그래도 반가운 것 같기도 하고 인제는 제 집에 돌아왔다는 안심으로 마음이 턱 놓이는 것 같기도 하였다.

배에서 끌어 내린 층층다리가 선창 위에 걸리니까, 앞장을 서서 올라오는 것은 흰테줄 두른 벙거지를 쓰고 외투를 입은 순사보와 육혈포줄을 어깨에 늘인 일본 순사하고, 누른 복장에 역시 육혈포의 검은 줄을 늘인 헌병들이다. 그들은 올라오는 길로 배에서 내려서는 어귀에 좌우로 지키고 서고, 그 다음에는 이쪽저쪽에서 승객이 지나쳐 나가는 길의 중간에도 지키고 섰다. 이렇게 경관과 헌병이 소정한 자리에 서니까, 그제야 일이등 승객이 하나둘씩 풀리기 시작하였다. 교통차단을 당한 우리들 삼등객은, 배 속에 갇힌 포로 모양으로 매우 부러운 듯이 모든 광경을 바라만 보고 있었다.

"삼 원이로군! 삼 원만 더 냈더면 한번 호강해 보는걸!"

이런 소리가 복작대는 속에서 들린다. 삼 원만 더 내면 이등을 타는 것이다. 이번에는 우리들의 차례가 되었다. 나는 한중턱에서 천천히 걸어나갔다. 무슨 죄나 진 듯이 층계에서 한 발을 내려디딜 때에는 뒤에서 외투자락을 잡아당기는 것 같았다. 그러나 열 발 자국을 못 떼어 놓아서 층계

의 맨 끝에는 골독히 우리만 치어다보고 섰는 네 눈이 있다. 그것은 육혈
포도 차례에 못 간 순사보와 헌병 보조원의 눈이다. 그 사람들은 물론 조
선 사람이다.

나는 될 수 있는 대로 태연히 그들에게는 눈을 거들떠보지도 않고 확실
한 발자취로 최후의 층계를 내려갔다──될 수 있으면 일본사람으로 보
아 달라고 속으로 빌면서. 유학생으로 조선사람으로 알면 붙들리기 때문
이다. 그러나 나의 그 태연한 태도라는 것은 도수장에 들어가는 소〔牛〕
의 발자취와 같은 태연이었다.

"여보, 여보!"──물론 일본말로다.

나는 나의 귀를 의심하였다. 으레 한 번은 시달리려니 하는 겁을 집어
먹었기 때문에 헛소리를 들은 듯싶었다. 나는 모르는 체하고 두서너 발자
국 떼어 놓았다. 하니까 이번에는 좌우편에 쭉 늘어섰던 사람 틈에서, 일
본에 인버네스를 입은 친구가, 우그려 쓴 방한모 밑에서 이상하게 번쩍이
는 눈을 무섭게 뜨고 앞을 탁 막는다. 나의 등에서는 식은땀이 쭈루룩 흐
른다.

"저리 잠깐 갑시다."

인버네스는 위협하듯이 한마디 하고, 파출소가 있는 방향으로 나를 끈
다. 나는 잠자코 따라나섰다. 멋도 모르는 지게꾼은 발에 채도록 성화가
나서 "나리, 나리." 하며 쫓아온다. 그 소리에는 추위에 떠는 듯도 하고
돈 한푼 달라고 애걸하는 것같이 스러져 가는 애조가 섞여 있었다. 나는
고개만 흔들면서 가다가, 파출소로 끌려 들어갔다.

파출소에 들어선 나는 하관에서 조사를 당할 때와도 다른 일종의 막연
한 공포와 불안에 말이 어눌하여졌다. 더구나 일본서 그런 종류의 사람들
에게 대하듯이 통명을 부릴 수 없다는 생각이 머리에 떠올라와서, 제풀에
자기를 위압하는 자기의 비겁을 속으로 웃으면서도, 어쩐지 말씨도 자연
곱살스러워지고 저절로 고개가 수그러지는 것을 깨달았다.

형사의 심문은 판에 박은 듯이 의외에 간단하였다. 나중에 가방에는 무

엇이 들어 있느냐 하기에 나는 하관에서 빼앗길 것은 다 빼앗겼으니까, 볼 만한 것은 없겠지만, 그래도 미심쩍거던 열어 보라고 열쇠를 꺼내서 주려고 하였다. 아무리 형사라도 사람이란 우스운 것이다. 열쇠까지 내어 주니까 웃으면서 고만두라고 하며, 생색이나 내는 듯이 어서 나가라고 쾌쾌히 내쫓는다. 아마 하관서 온 형사에게 벌써 자세한 이야기를 듣고 있는 모양 같았다. 나는 겨우 마음이 놓여서 한숨을 휘 쉬고 나와서, 위선 짐을 지게꾼에게 들려 가지고, 정거장으로 가서 급히 맡겨 놓고 혼자 나섰다.

5

현대적 생활을 영위할 수단 방도도 없고 생산화식(生産貨殖)에 어둡거던, 안빈낙도(安貧樂道)의 생활철학(生活哲學)에나 철저하다든지, 이도 저도 아닌 비승비속으로 엉거주춤하고 살아온 가난뱅이의 이 민족이, 그 알뜰한 살림이나마 다 내놓고 협포로 물러앉고 나니 열손가락을 늘이고 앉아서 팔아라, 먹자! 하고 있는 대로 깝살리는 것이 능사라, 그러나 팔고 깝살리는 것도 한이 있지, 화수분으로 무작정하고 나올 듯싶은가! 그렇거나 말거나 이따위 백성을 휘둘러 내고 휩쓸어 내기야 누워서 떡 먹기다. 그래도 속임수에 빠진 노름꾼은 깝살릴 대로 깝살리고 두손 털고 나면서도 몸은 달건마는, 이 백성은 다 털리고 나서도 몸이 달기커녕 고작 한다는 소리가,

"그저 굶어죽으라는 세상야."

하는 한마디에 지나지 않는다.

그도 그럴 것이 워낙이 구차한 놈이 책상물림으로 세상물정은 모르고, 게다가 유혹은 많은데, 안고수비하니 씀씀이는 남에 지지 않겠다, 뒤주 밑이 긁히면 밥맛이 더 난다는 셈으로 없는 놈이 대돈변을 내서라도 돈푼 만져 보면 조상대부터 걸려 보지 못하던 것이나 얻은 듯이 전후 불고하고

쓸 데 안 쓸 데 함부로 써 버려야지 한푼이라도 까불리지를 못하고 몸에 지녀 두면 병이 되는 것이 구차한 놈의 버릇이다. 구차하기 때문에 이러한 얌전한 버릇이 생긴 것인지 이 따위로 버릇이 얌전하여 구차한 것인지는 별문제로 치고라도, 어떻든 자기도 모르는 중에 흐지부지 까불리고 나서 안타까워하는 것이 구차한 놈의 갸륵한 팔자라는 것이다.

그러나 이러한 팔자가 좋고 그른 것은 제 이 문제로 하고 하여간 조선 사람의 팔자를 아무리 비싸게 따져 본대야, 이보다 더 나은 것도 없고 더 신기할 것도 없다. 우선 부산(釜山)이란 데로만 보아도, 부산이라 하면 조선의 항구로는 첫손 꼽을 데요 조선의 중요한 첫문호라는 것은 소학교에 한 달만 다녀도 알 것이다. 그러니만큼 부산만 와 봐도 조선을 알 만하다. 조선을 축사(縮寫)한 것, 조선을 상징(象徵)한 것이 부산이다. 외국의 유람객이 조선을 보고자던 우선 부산에만 끌고 가서 구경을 시켜 주면 그만일 것이다. 나는 이번에 비로소 부산의 거리를 들어가 보고 새삼스럽게 놀랐고 조선의 현실을 본 듯싶었다.

나는 배 속에서 아침을 먹었건마는 출출한 듯하기도 하고 차시간까지는 서너 시간 남았고, 늘 지나다니는 데건마는 이때껏 시가에 들어가서 구경하여 본 일이 없기에 조선 거리로 들어가 보기로 하고 나섰다.

부두를 뒤에 두고 서편으로 꼽들어서 전찻길을 끼고 큰 길을 암만 가야 좌우편에 이층집이 쭉 늘어섰을 뿐이요, 조선사람의 집이라고는 하나도 눈에 띄는 것이 없다. 얼마도 채 못 가서 전찻길은 북으로 꼽들이게 되고, 맞은편에는 극장인지 활동사진인지 울그데불그데한 그림 조각이며 깃발이 보일 뿐이다. 삼거리에 서서 한참 사면팔방을 돌아보다 못하여 지나가는 지게꾼더러 조선사람의 동리를 물어 보았다. 지게꾼은 한참 망설이며 생각을 하더니 남쪽으로 뚫린 해변으로 나가는 길을 가리키면서 그리 들어가면 몇 집 있다 한다. 나는 가리키는 대로 발길을 돌렸다. 비릿하기도 하고 고릿하기도 한 냄새가 코를 찌르는 해산물 창고가 드문드문 늘어선 샛골짜기를 빠져서 이리저리 휘더듬어 들어가니까, 바닷가로 빠지는 지저분하고 좁다란 골목이 나타났다. 함부로 세운 허술한 일본식 이층집이 좌우로 오륙 채씩 늘어섰는 것이 조선사람의 집 같지는 않으나 이 문저문에서 들락날락하는 사람은 조선사람이다. 이집저집 기웃기웃하며 빠져 나가려니까, 어떤 이층에는 장고를 세워 놓은 것이 유리창으로 비치어 보인다. 그러나 문간에는 대개 여인숙이라는 패를 붙였다. 잠깐 보기에도 이런 항구에 흔히 있는 그러한 너저분한 영업을 하는 데인 것이 분명하다. 그러나 아침결이 돼서 그런지 계집이라고는 씨알머리도 눈에 아니 띈다.

쓸쓸한 거리를 이리저리 돌다가 그 여인숙이란 데를 한 집 들어가 보고 싶은 호기심이 불쑥 났으나, 차시간이 무서워서 발길을 돌쳤다. 다시 큰 길로 빠져 나와서 정거장으로 향하다가 그래도 상밥 파는 데라도 있으려니 하고 이 골목 저 골목 닥치는 대로 들어가 보았다. 서울 음식같이 간도 맞지 않을 것이요 먹음직할 것도 없겠지마는, 무엇보다도 김치가 먹고 싶고 숟가락질이 하여 보고 싶어서 찾아다니는 것이다. 그러나 조선 사람 집 같은 것은 그림자도 보이지를 않는다. 간혹 납작한 조선가옥이 눈에 띄기에 가까이 가서 보면 화방을 헐고 일본식 창틀을 박지 않은 것이 없다. 그러나 우스운 것은 얼마 되지도 않는 좁다란 시가이지마는 큰 길이고 좁은 길이고 거리에 나다니는 사람의 수효를 보면 확실히 조선사람이 반수 이상인 것이다.

'대체 이 사람들이 밤이 되면 어디로 기어들어가누?'
하는 생각을 할 제, 큰 의문이 생기는 동시에 그 불쌍한 흰 옷 입은 백성의 운명을 생각해 보지 않을 수 없는 것이었다.

몇 천 년 동안 그들의 조상이 근기있는 노력으로 조금씩조금씩 다져 놓은 이 땅을, 다른 사람의 손에 내던지고 시외로 쫓겨나가거나 촌으로 기어들어갈 제, 자기 혼자만 떠나가는 것 같고, 자기 혼자만 촌으로 기어가는 것 같았을 것이다. 땅마지기나 있던 것을 까불러 버리고, 집 한 채 지녔던 것이나마 문서가 이 사람 저 사람의 손으로 넘어다니다가, 변리에 변리를 쳐서 내놓고 나가게 될 때라도 사람이 살려면 이런 꼴도 보는 것이지 하며, 이것도 내 팔자 소관이라는 값싼 낙천주의나 단념으로 대대로 지켜 내려오던 제 고향의 제 집, 제 땅을 버리고 문 밖으로 나가고 산으로 기어들 뿐이요, 이것이 어떠한 세력에 밀리기 때문이거나 혹은 자기가 착실치 못하거나, 자제력과 인내력이 없어서 깝살리고 만 것이라는 생각은 꿈에도 없었던 것이다. 그리하여 천 가구면 천 가구에서 한 집쯤 줄었어야, 다만 '아무개네는 이번에 아무 데로 이사를 간다네.'하고 그야말로 동릿집 이야기삼아, 저녁밥 후의 인사 대신으로 주고받을 뿐이요, 어떠한 사정이 어떻게 되어서 한 가구가 주는지 그 내막이야 아무도 몰랐을 것이다. 그뿐 아니라 천 가구에서 한 가구쯤 줄어진 대야, 남은 구백구십구 가구에게는 별로 영향이 없을 것이요, 또 한 가구가 줄었는지 늘었는지조차 전연 모르고 있는 사람이 대부분이었을 것이다. 그러는 동안에 한 집 줄고 두 집 줄며 열 집이 바뀌고 백 집이 바뀌어 쓰러져 가는 집은 헐리고 어느 틈에 새 집이 서고, 단층집은 이층으로 변하며, 온돌이 다다미(疊)가 되고 석유불이 전등불이 된 것이었다.

"아무개집이 이번에 도로로 들어간다네."

하며 곰방담뱃대에 엽초를 다져 넣고 뻑뻑 빨아 가며 소견삼아 쑥덕거리다가 자고 나면, 벌써 곡괭이질 부삽질에 며칠 동안 어수선하다가 전차가 놓이고, 자동차가 진흙덩어리를 튀기며 뿡뿡거리고 달아나 가고, 딸꾹 나막신 소리가 날마다 늘어 가고, 우편국이 들어와 앉고, 군아가 헐리고 헌병 주재소가 들어와 앉는다. 주막이니 술집이니 하는 것이 파리채를 날리는 동안에 어느덧 한구석에 유곽이 생기어 샤미센(三味線) 소리가 찌링찌링 난다. 매독이니 임질이니 하는 새 손님을 맞아들인 촌 서방님네들이 병원이 없어 불편하다고 짜증을 내면 너무 늦어 미안하였습니다는 듯이 체면차릴 줄 아는 사기사가 대령을 한다. 세상이 편리하게 되었다.

"우리 고을엔 전등도 달게 되고 전차도 개통되었네. 구경 오게. 얌전한 요릿집도 두서넛 생겼네…… 자네 왜갈보 구경했나? 한 번 보여 줌

세."

　몇 천 년 몇 백 년 동안 가문에 없고 족보에 없던 일이 생기었다. 있는 대로 까불릴 시절이 돌아왔다. 편리해 좋아 놀기가 좋아서 편해하며 한 섬지기 파는가 하면, 한편에서는,

　"우리겐 인젠 이층집도 꽤 늘고, 양옥도 몇 채 생겼다네. 아닌게아니라 여름엔 다다미가 편리해, 위생에도 매우 좋은 거야."

하고 두 섬지기 깝잘일 수밖에 없게 된다. 누구의 이층이요 누구를 위한 위생이냐?

　양복쟁이가 문전 야료를 하고, 요리장수가 고소를 한다고 위협을 하고, 전등값에 졸리고 신문대금이 두 달 석 달 밀리고, 담배가 있어야 친구 방문을 하지, 원 차삯이 있어야 출입을 하지 하며 눈살을 찌푸리는 동안에 집문서는 식산은행의 금고로 돌아 들어가서 새 임자를 만난다.

　그리하여 또 백 가구 줄어지고 또 이백 가구 줄었다.

　"어디 살 수가 있어야지. 암만해두 촌살림이 좋아! 땅이라두 파먹는 게 안전해!"

하며 쫓겨 나가고 새로 들어오며 시가가 나날이 번화하여 가는 동안에 천 가구의 최후의 한 가구까지 쓸려 나가고야 말지만, 천째 집이 쫓겨 나갈 때에는, 벌써 첫째로 나간 사람은 오동 잎사귀의 무늬를 박은 목배(木杯)를 고리짝에 넣어 가지고, 압록강을 건너가 앉아서 먼 길의 노독을 배갈 한잔에 풀고 얼쩡하여 화푸념만 하고 있는 것이다.

　까불리는 백성, 그들이 부지깽이 하나 남기지 않고 들어 내고 집어 낼 때에 자기가 이 거리에서 쫓겨 나갈 줄이야 몰랐으렷다. 구차한 놈이 주머니를 털 적에 내일부터 밥을 굶을지 거리에 나앉을지 저도 모르게 최후의 일 원까지를 말리듯이. 그러나 이 시가의 주인인 주민이 하나씩 둘씩 시름시름 쫓겨 나갈 제, 오늘날 씨알머리도 남지 않고 아주 딴판의 새주인이 독점을 하리라는 것은 한 사람도 꿈에도 정신을 차리고 생각지는 못하였으렷다. 역시 구차한 놈의 주머니가 털리듯이 부지불식간에 그럭저

력 흐지부지 자취를 감추고 만 것이다…….

　이런 생각을 하여 볼 제, 잗단 세간 나부랑이를 꾸려 가지고 북으로 북으로 기어나가는 '패자의 떼'의 쓸쓸한 뒷모양이 눈에 보이는 것 같다. 나는 그리 늦을 것은 없으나 쓸쓸한 찬바람이 도는 큰 길을 헤매기가 싫어서 단념하고 돌아서는 길에 어떤 일본 국수집 문간에서 젊은 계집이 아침 소제를 하고 있는 것을 보고 별안간 들어가 보고 싶은 생각이 나서 우뚝 섰다. 이때까지 혼자 분개하고 혼자 저주하던 생각은 감쪽같이 스러지고 눈에 보이는 것은 걷어올린 옷자락 밑에 늘어진 빨간 고시마기하고 그 아래로 하얗게 나타난 추울 듯한 토실토실한 종아리다.

　"어서 오세요."

　모가지에만 분때가 허옇게 더께가 앉은 감숭한 상을 쳐들며 언제 본 사람이라고 나를 반갑게 맞는다. 뒤를 이어서 "어서 오십쇼, 들어옵쇼." 하고 주레주레 나와서 맞아들이는 계집애가 서넛은 되었다.

　이러한 조고마한 집에 젊은 계집이 네다섯씩이나 있는 것은 물어 보지 않아도 알조다. 나는 걸려드나 보다 하는 불안이 있으면서도 더러운 호기심을 가지고 구경삼아 이층으로 올라가서 인도하는 대로 너저분한 다다미 방에 들어앉았다. 우선 간단한 음식을 시키고 앉았으려니까 다른 계집애가 부삽에 화롯불을 담아 가지고 바꾸어 들어왔다. 화로에 불을 쏟아 넣고 화젓가락으로 재를 그러모으며 앉았던 계집애는 젓가락을 든 손은 잠깐 쉬며,

　"어디까지 가세요?"

하고 나를 치어다본다. 넓은 양미간이 을크러져서 음침하기도 하고 이맛전이 유난히 넓기 때문에 여무쳐 보이지는 않으나, 그래도 해끄무레한 이쁘장스런 상판이다.

　"서울까지…… 너는 어데서 왔니?"

　"서울까지예요? 참 서울 구경을 좀 했으면…… 여기보다 좋겠죠?"

　묻는 말에는 대답을 아니하고 이런 소리를 한다.

"그리 좋을 것은 없어도 여기보다는 좀 낫지."

우리의 수작은 음식이 나오는 바람에 허리가 잘리고 말았다. 나는 몸이 녹으라고 술을 몇 잔이나 폭배를 하고 나서 계집애들에게도 권하였더니 별로 사양들도 아니하고 돌려 가며 잔을 주고받았다. 이번에는 다른 계집애가 갈아 들어오는 술병을 들고 들어왔다. 이 계집애도 판을 차리고 화로 앞에 앉는다. 이쁘든 미웁든 세 계집애를 앞에다가 놓고 앉아서 술을 먹는 것은 그리 싫을 것은 없지만 너무 염치없이 무례하고 뻔뻔하게 구는 데에는 밉살맞고 불유쾌하지 않을 수 없었다. 술 한 잔이라도 얻어걸린다는 것보다는 주인에게 한 병이라도 더 팔게 하여 주는 것이 저의 공로요 주인의 따뜻한 웃는 얼굴을 보게 될 것이니 그도 그럴 것이나, 내가 조선사람이기 때문에 한층 마음을 놓고 더욱이 체면도 아니 차리고 저희 마음대로 휘두르며 세넷씩 몰려 들어와서 바가지를 씌우려고 판을 차리는 것이 못마땅하였다. 그래도 그 중에 화롯불을 가져온 계집애만은 저희들 축에서 좀 쫄려 지내는지 한풀이 죽어서 떠드는 꼴만 웃으며 가만히 바라보고 앉았다.

"담바구야, 담바구야, 동래(東萊)나 우루산(蔚山)의 담바구야……."

"잘 하는구먼, 그러나 너희들은 몇 해나 되었지? 여기 온 지가?"

한 년이 담바고타령의 입내를 우습게 내며 콧노래를 부르는 것을 들으며 물었다. 이것이 조선에 와 있는 일본사람에게는 남녀를 물론하고 누구더러든지 물어 보는 나의 첫인사다. 그것은 얼마나 조선사람에게 대하여 오만한 체를 하며 건방지게 구는가, 그 정도를 알아보는 바로미터이기 때문이다. 아무리 불량하게 생긴 노가다패(우리 조선사람은 일본 노동자를 특히 이렇게 부른다)라도 처음에는 온순할 뿐 아니라 도리어 이국 풍정에 어두니만큼 처음에는 공포를 품는 것이 보통이지만 반 년 있어 다르고 일 년 있어 달라진다. 오 년 십 년 내지 이십 년이나 있어서 조선의 이무기가 된 자에 이르러서는 더 말할 것도 없는 것이다. 그러나 여기서 제군이 생각할 것은 어찌하여 일 년 이 년 오 년 십 년…… 해가 갈수록 그들의 경모(輕侮)하는 눈이 나날이 날카로워 가고 따라서 십 배 백 배나 오만 무례하도록 만들었느냐는 것이다.

여기에는 여러 가지 이유가 있는 것이다. 그러나 이러한 사실도 그 중의 중요한 원인들이 되었을 것이다——조선사람은 외국인에게 대해서 아무것도 보여 준 것은 없으나 다만 날만 새면 자릿속에서부터 담배를 피워 문다는 것, 아침부터 술집이 번창한다는 것, 부모를 쳐들어서 내가 네 애비니, 네가 내 손자니 하며 농지거리로 세월을 보낸다는 것, 겨우 입을 떼어 놓는 어린애가 엇먹는 말부터 배운다는 것, 주먹없는 입씨름에 밤을 새고 이튿날에는 대낮에야 일어난다는 것…… 그 대신에 과학 지식이라고는 소댕뚜껑이 무거워야 밥이 잘 무른다는 것조차 모른다는 것을 외국 사람에게 실물로 교육을 하였다는 것이다. 하기 때문에 이들이 조선에 오래 있다는 것은 그들이 우리를 경멸할 수 있는 사실을 골고루 보고 많이 안다는 의미밖에 아니 되는 것이다.

"담바구야 담바구야…… 노이구곤 오데기루네……."

입을 이상하게 뾰족이 내밀었다 오므렸다 하고, 젓가락으로 화롯전을 두들겨 가며 장단을 맞춰서 콧노래를 하다가 뚝 끊치더니,

"얘가 제일 잘 해요. 우리는 온 지가 삼사 년밖에 아니 되었지만……."

하며 벙벙히 앉았는 화롯불 가져온 아이를 가리킨다.

"응! 그래 너는 얼마나 있었길래?"

입담도 별로 없이 조용히 앉았는 것이 어디로 보아도 건너온 지 얼마 안 되는 숫보기로만 생각하였던 것이 조선 소리를 잘 한다니 조선 애가 아닌가도 싶다.

"예서 아주 자라났답니다. 제 어머니가 조선사람인데요."

하며 담바고타령을 하던 계집애가 이때까지 하고 싶던 이야기를 겨우 하게 되었다는 듯이 입이 재게 대신 대답을 하고 나서,

"그렇지!"

하며 당자에게 얼굴을 들이댄다. 그 소리가 너무도 크닿기 때문에 조소하는 것같이 들리었다. 일인 아비와 조선인 어머니를 가졌다는 계집애는 히스테리컬하게 얼굴이 주홍빛이 되고 눈초리가 샐룩하여졌다. 어쩐지 조선 사람 어머니를 가진 것이 앞이 굽힌다는 모양이다.

"정말 그래? 그럼 어머니는 어디 있기에?"

나는 호기심이 생겨서 물었다.

"대구에 있에요."

고개를 숙이고 앉았다가 간신히 쳐들면서 대답을 한다.

"그래 어째 여기 와서 있니? 소식은 듣니?"

왜 여기까지 와서 있느냐고 묻는 것은 우스운 수작이지만 나는 정색으로 이렇게 물었다.

그 계집애는 생글생글하며 나를 치어다보더니,

"글쎄 그러지 않아두 누가 대구 가시는 이나 있으면 좀 부탁을 해서 알아보고 싶어두 그것두 안 되구…… 천생 언문으로 편지를 쓸 줄 알아야죠."

하며 이번에는 자기 신세를 조소하듯이 마음 놓고 커닿게 웃는다.

"그럼 아버지하군 지금 헤져서 사는 모양이구나?"

"그야 벌써 헤졌죠. 내가 열 살 적인가, 아홉 살 적에 장기(長崎)로 갔답니다."

"그래 그후에는 소식은 있니?"

"한참 동안은 있었는데 지금은 어떻게 되었는지?…… 하지만 이 설이나 쉬고 나건 찾어가 볼 테예요."

하며 흑흑 느끼듯이 또 한 번 어색하게 웃는다. 그 웃음은 어느 때든지 자기의 기이한 운명을 스스로 조소하면서도 하는 수 없다는 단념에서 나오는 말하자면 큰일을 저지르고 하도 깃구멍이 막혀서 나오는 웃음 같았다.

"아무리 조선사람이라두 길러 낸 어머니가 정다울 테지? 너의 아버지란 사람이 어떤 사람인지는 모르겠다마는 지금 찾어간대야 그리 반가워는 아니할걸?"

조선사람 어머니에게 길리워 자라면서도 조선말보다는 일본말을 하고 조선 옷보다는 일본 옷을 입고 딸자식으로 태어났으면서도 조선사람인 어머니보다는 일본사람인 아버지를 찾어가야겠다는 것은 부모에 대한 자식의 정리를 지나서 어떠한 이해관계나 일종의 추세(趨勢)라는 타산이 앞을 서기 때문에 이별한 지가 벌써 칠팔 년이나 된다는 아비를 정처도 없이 찾어간다는 것이라고 생각할 제 이 계집애의 팔자가 가엾은 것보다도 그 어미가 한층 더 가엾다고 생각지 않을 수 없다.

"어머니도 불쌍하지만 아버지두 나쁜 사람은 아니니까 찾어가면 설마 내쫓기야 할까요?"

하며 아범을 찾어가면 어떻게 맞아 줄까 하는 그 광경이나 그려 보듯이 멀거니 앉았다.

"그래두 어머니가 조선사람이니까 싫구, 조선이니까 떠나겠다구 하는 게지, 조선이 일본만큼 좋았더면 조선사람 뱃속에서 나왔다기루서니 불명예될 것도 없고 아버지를 찾어가란 생각도 안 났을 테지?"

나는 물어 보지 않아도 좋을 것까지 짓궂이 물었다. 계집애는 잠자코 웃을 뿐이었다. 나는 차시간을 생각하고 인제야 들여 온 밥을 먹기 시작하였다.

"얘, 이 양반께 대구에 데려다 달라구 하렴! 너야말로 후레 딸년이다! 어머니를 내버리고 뛰어나오는 망할 년이 어디 있단 말이냐?"

담바고타령하던 계집애가 놀리듯 꾸짖듯 찧고 까분다.

"참 그리는 게 좋겠지. 여기 있어야 무슨 신기한 꼴이나 볼 줄 아니? 나 같으면 그런 어머니만 있으면 벌써 쫓아갔겠다!"

이번에는 곁에 앉았던, 커다란 입귀가 처지고 콧등이 을크러진 계집애가 역시 놀리는 수작으로 말을 받는다. 저희들끼리도 업신여기면서 한편으로는 얼굴이 반반한 것을 시기를 하는 모양이다. 나는 밥을 먹다 말고,

"그럼 너는 왜 이런 데까지 와서 난봉을 피우니?"
하며 실없은 말처럼 역성을 들어 주었다.

"그야 부모도 없구 의지할 데가 없으니까 그렇죠."
하며 좀 분개한 듯이 한마디 하고 나서,

"그런 소린 고만하구 술이나 좀 더 먹자…… 또 가져올까요?"
하고 고만두라는 것도 듣지 않고 뛰어내려갔다.

"그러나 너 아버지를 찾아간대야 얼굴이 저렇게 이쁘니까, 그걸 미끼로 팔아먹으려고 무슨 짓을 할지 누가 아니? 그것보다는 여기서 돈푼있는 조선사람이나 하나 얻어 가지고 제 맘대로 사는 게 좋지 않으냐. 너 같은 계집애를 데려가지 못해 하는 사람이 조선사람 중에도 그득하리라."

나는 타이르듯이 이런 소리를 하고, 계집애의 얼굴을 들여다보며 웃었다.

"글쎄요…… 하지만 조선사람은 난 싫어요. 돈 아니라 금을 주어도 싫어요."

계집애는 진담으로 이런 소리를 한다. 조선이라는 두 글자는 자기의 운명에 검은 그림자를 던져 준 무슨 주문(呪文)이나 듣는 것같이 이에서 신물이 나는 모양이다. 이때에 나는 동경의 정자를 생각하면서,

"그럼 나도 빠질 차례로구나?"
하며 웃었다. 계집도 웃으며 잠자코 내 얼굴을 익숙히 치어다본다. 입귀가 처진 밉살맞은 계집이 술병을 들고 올라왔다. 나는 먹고도 싶지 않은 술잔을 받으면서,

"이거 보게, 이 미인을 데려갈까 하고 잔뜩 장을 대고 연해 비위를 맞춰 드렸더니, 나중에 한다는 소리가 조선사람은 죽어도 싫다는 데야 눈물이 찔끔하는 수밖에. 하하하. 너는 그리지 않겠지?"

"객지에서 매우 궁하신 모양이군요. 글쎄…… 실컷 한턱 내신다면…… 히히히."

이 계집애는 나의 한 말을 이상스럽게 지레짐작을 하고 딴청을 한다.

"넌 의외에 값이 싼 모양이로구나?"

하며 나는 인력거를 부르라 명하고 일어서 버렸다. 계집아이들이 짓궂이 붙들고 승강을 하는 것을 간신히 뿌리치고 나섰다.

'이러기 때문에 시골자들이 빠지는 것이다!'

나는 일종의 불쾌를 느끼면서 인력거 위에서 이런 생각을 하여 보았다.

기차는 하마터면 놓칠 뻔하였다. 짐을 맡기고 간 것까지 잔뜩 눈독을 들여 둔 그쪽 사람들은 은근히 찾아보았던지, 내가 허둥허둥 인력거를 몰아오는 것을 아까 만났던 인버네스 짜리가 대합실 문 앞에서 힐끔 보고 빙긋 웃는다. 나는 본체만체하고 맡겼던 짐을 찾아 가지고 허둥허둥 홈에 들어와 찻간으로 뛰어올라왔다. 형사도 차창 밖으로 가까이 와서, 고개를 끄덕하며 무어라고 중얼중얼하기에 나는 창을 열어 주었다.

"바루 서울로 가시죠?"

하며 왜 그러는지 커닿게 소리를 지른다. 나는 웃으면서 내 처가 죽게 되어서 시험을 보다가 말고 가니까 물론 바로 간다고(나중에 생각하고 혼자 웃었지만) 하지 않아도 좋을 말까지 길다랗게 늘어놓았다. 형사는 또 무엇이라고 중얼중얼하는 모양이었으나, 바람이 휙 불고 기차는 움직이기 때문에 자세히 들리지 않았다. 그러나 웬 셈인지 나하고 수작을 하면서도 연해 왼편을 바라보는 게 수상스러웠다. 그러나 차가 움직이자 양복쟁이 하나가 저쪽 문으로 들어오는 것은 나 역시 무심코 보았을 뿐이었다.

6

기차가 김천에 도착하니까, 지금쯤은 으레 서울집에 있으려니 생각했던 형님이 금테 모자에 망토를 두르고 마중을 나왔다. 그러지 않아도 혹시 아는 사람이나 있을까 하고 유리창 밖 앞을 내다보며 앉았던 나는 깜짝 놀라 일어나서 창을 올리고 인사를 하려니까 형님은 웃으며 창 밑으로 가까이 오더니 어떻든 내리라고 재촉을 한다. 어찌할까 하고 잠깐 망설이다가 형님이 그 동안에 내려와 서 있는 것을 보든지 웃는 낯을 보든지 병인이 그리 급하지는 않은 모양이기에 나는 허둥허둥 짐을 수습하여 가방을 창 밖으로 내어주고 내려왔다. 뒤미처서 양복쟁이 하나도 창황히 따라 내리었다.

형님은 짐을 들려 가지고 가려고 심부름꾼 아이까지 데리고 나왔었다. 출구 앞에 섰던 아이놈에게 가방을 내어주고 우리들이 나가려니까 그 밑에 바짝 다가섰던 헌병보조원이 내 뒤로 내린 양복쟁이와 수군수군하다가 형님을 보고,

"계씨가 오셨에요? 오늘 저녁에 떠나시나요?"

하며 묻는다. 형님은 웃는 낯으로,

"네, 대개 밤차로 올러갑니다!"

하고 거진 기계적으로 오른손이 모자의 챙에 올라가 붙었다. 부자연하고 서투른 그 모양이 나에게는 우습게 보이면서도 가엾었다. 어떻든 형님 덕에 나는 별로 승강을 아니 당하고 무사히 빠져 나왔다.

형님은 망토 밑으로 들여다보이는 도금을 물린 검정 환도 끝이 다리에 터덜거리며 부딪는 것을 왼손으로 꼭 붙들고 땅이 꺼질 듯이 살금살금 걸어나오다가 천천히 그 동안 경과를 이야기하여 들려 준다.

"네게 돈 부치던 날 아침은 아주 시각을 다투는 것 같았으나, 낮부터 조금씩 돌리기 시작하여 그저께 내가 내려올 때에는 위험하나 고비를 넘어선 모양이지만, 지금도 마음이야 놓겠니. 워낙이 두석 달을 끌었으니까…… 그러나 곧 떠나지 않은 모양이로구나? 나는 어제쯤 올 줄 알구 이틀이나 정거장에 나왔지!"

하고 형님은 차근차근한 목소리로 이렇게 물었다.

"전보 받던 날 밤에 떠났죠마는 오다가 신호에서 하룻밤을 묵었지요."

나는 꾸며 댈까 하다가 입에서 나오는 대로 대답을 하였다.

"무슨 급한 볼일이 있기에 돈을 들여 가며 노중에서 묵었단 말이냐?"

벌써부터 형님의 말소리는 차차 거칠어 갔다.

"별로 볼일은 없지만, 몸도 아프고 완행이 되어서 여간 지리하여야지 요?"

"웬만하면 그대루 내친 길에 올 게지. 너는 그저 그게 병통야."

하며 형님은 잠깐 눈살을 찌푸리는 듯하였다.

이 형님이라는 사람은 한학으로 다져 만든 촌 생원님이나 신문학에도 그리 어둡지는 않을 뿐 아니라, 우리 집에는 없으면 안 될 사람이다. 부 친이, 합방 전후에 거진 정치열 명예광에 달떠서 경향으로 동분서주하며 넉넉지 않은 가산을 흐지부지 축을 내어놓은 분수로 보아서는 지금쯤 내 가 유학을 하기는 고사하고 밥을 굶은 지가 벌써 오랜 일이었겠지마는, 얼마 아니 남은 것을 이 형님이 붙들고 앉아서 바자위게 꾸려 나가기 때 문에 이만치라도 부지를 하게 된 것이다. 다른 것은 그만두고라도 보통학 교 훈도쯤으로 이천여 원 돈이나 모은 것을 보면 규모가 얼마나 째인 사 람인가를 상상하기에 어렵지 않을 것이다. 그러나 나로서는 존경하면서 도 성미가 맞을 수는 없었다. 생각하면 우리 삼부자같이 극단으로 다른 길을 제각기 걸어나가는 사람들은 없다. 세상에는 정치밖에 없다는 부친 의 피를 받았으면서도 보수적 전형적(典型的) 형님과 무이상(無理想)한 감상적(感傷的) 유탕적 기분이 농후한 내가 태어났다는 것이 세상도 고 르지 못한 아이러니다.

"그래 학교의 시험은 어떻게 되었단 말이냐?"

형님은 한참 있다가 또 물었다.

"보다가 두고 왔지요."

나는 또 무슨 소리가 나올까 보아서 우물쭈물할까 하다가 역시 이실직 고를 하고 말았다.

"그럴 줄 알았더면 전보를 다시 놓을 걸 그랬군!"

하며 시험을 중도에 폐하고 온 것을 매우 애석해하는 모양이나 나는 전보 를 다시 아니 놓아 준 것이 잘 되었다고 생각하며 잠자코 따라 걸었다.

"그래 추후 시험이라도 봐야 하겠구나? 언제두 추후 시험인가 본다고 일찍이 나와서 돈만 들이고 성적도 좋지 못한 적이 있었지 않었니?⋯⋯ 어떻든 문학이니 뭐니하구 공연히⋯⋯ 그까짓건 하구 난대야 지금 세상에 어따가 써먹는단 말이냐?"

이런 소리는 일 년에 한 번이나 두어 번 귀국할 때마다 꼭 두 번씩은 듣는다. 형님한테 한 번 아버님한테 한 번이다. 그러나 어떠한 때는 아버님에게는 귀에 못이 박히도록 들을 때가 있다. 처음에는 열심으로 반대도 하여 보았다. 교육이라는 것은 '사람'을 만들자는 것이요 기계를 제조하는 것이 아니니까 학문을 당장에 월급푼에 써먹자고 하는 것도 아니요, '똥테'(나는 어느 때든지 금테를 똥테라고 불렀다) 바람에 하는 것도 아니라는 말도 하여 드리고 개성은 소중한 것이니까 제각기 개성에 따라서 교육을 하여야 한다는 문제를 들추어 가지고 늘 변명을 하여 왔다. 그러나 결국은 단념하는 수밖에 없는 것을 깨달았다. 그들의 세계와 자기의 세계에는 통로가 전연히 두절된 것을 발견하였다. 그것은 마치 무덤 속과 무덤 밖이 판연히 다른 딴 세상임과 같은 것이라고 생각하게 되었다. 그래서 그후부터는 부자나 형제로서 할 말 이외에는 그리고 학비 이야기 이외에는 아무 말도 입을 벌리지 않기로 결심을 하였다. 모친이나 자기 처나 누이동생에게 하듯이만 하면 집안에 큰 소리가 없을 줄 알았다. 되지않은 이론(理論)이니 설명이니 사상 발표니 하기 때문에 감정이 상하고 충돌이 생기는 것이라고 생각하였다. 그러나 이렇게 생각을 하고 나니까 자기의 주위가 어쩐지 적막하여진 것 같고 가정이란 것은 밥이나 먹고 잠이나 재워 주는 여관 같았다. 여관 중에도 제일 마음에 맞지 않는 여관 같았다.

지금도 일 년 만에 만나는 첫대바기에 형님에게 또 새판으로 그러한 소리를 들으니까 불쾌하지 않을 수 없는 동시에 작년 여름에 나왔을 때에 학교 문제로 삼부자가 한참 논쟁을 하다가 집구석이라구 돌아오면 이렇게들 사람을 귀찮게 굴 테면 여관으로라도 나간다 하고 이틀 사흘씩 친구의 집으로 공연히 떠돌아다니던 생각을 하여 보면서 잠자코 말았다. 어쩐지 마음이 쓸쓸하여지고 섭섭한 생각이 든다.

우리는 한참 동안 잠자코 걷다가 형님 집으로 들어가는 동구까지 와서 전에 보지 못하던 일본사람의 상점이 길가로 하나 생기고 골목 안으로 들어서서도 두 집문에 일본사람의 문패가 붙은 것을 보고,

"그 동안에 꽤 변하였군요?"

하며 형님을 치어다보니까 형님은 조금도 이상할 것이 없다는 듯이 태연 무심히 고개만 끄덕끄덕하였다.

나는 앞장을 선 형님을 따라 들어가며 작년보다도 한층 더 퇴락한 대문을 치어다보고,

"거진 쓰러지게 되었는데 문간이나 좀 고치시지?"

하며, 혼자말처럼 한마디 하였다.

"얼마나 살라구! 여기두 좀 있으면 일본사람 거리가 될 테니까 이대로 붙들고 있다가, 내년쯤 상당한 값에 팔아 버리란다. 이래뵈두 지금 시세루 여기가 제일 비싸단다."

형님은 칠팔 년 전에 살 때와 비교하여 거진 두세 곱이나 시세가 올랐다고 매우 좋아하는 모양이다. 나는 오늘 아침에 부산에서 본 광경을 생각하며,

"그야 다른 물가는 따라서 오르지 않았나요. 전쟁 이후에 어떤 것은 삼 배 사 배나 올랐는데요."

하고 대꾸를 하며 안으로 쫓아 들어갔다.

형수와 작은아버지 오신다고 깡충깡충 뛰는 일곱 살짜리 딸년이 안방에서 나와서 맞았다. 작년에 보던 것과는 다른 상스럽지 않은 노파도 하나 있었다. 나는 안방으로 들어가서 귀치않은 맞절을 형수와 하고 나서 조카딸의 절도 받았다. 동경에서 가져온 과잘 절값으로 내놓으니 계집애년은 경중경중 뛴다. 인사가 끝난 뒤에 형님은 무슨 생각을 하는 눈치로 벙벙히 앉았다가,

"건넌방에서두 나와 보라지!"

하며 형수를 치어다본다. 형수는 아무 말 아니하고 섰더니,

"애! 너 가서, 건넌방 어머니 오라구 해라."

하며 딸을 시키었다. 나는 어리둥절하며,

"건넌방 어머니가 누구예요?"

하며 형수를 치어다보았으나 머리에는 즉각적으로 어느 생각이 떠올랐다. 형수는 애를 써서 헛웃음을 입가에 띠며 잠자코 말았다.

"네게는 이야기를 한다면서도 우환두 있구 해서 자연 이때껏 알리지를 못하였다만, 작은형수가 하나 생겼단다."

하며, 형님이 웃는다. 단 형제가 사는 집안에 작은형수라는 말도 우습지만, 나는 대개 짐작하면서도,

"작은형수라니요?"

하고 되물으니까 웃목에 섰던 형수가,

"그 동안에 난 죽었답니다."

하며 풀없는 웃음을 일부러 보인다. 형수는 그 동안에 완연히 늙은 것 같았다. 눈가가 유난히 퍼래지고 이마와 눈귀에 주름이 현연히 보이었다. 형수의 말을 받아서 형님이 무어라고 입을 벌리려 할 제, 건넌방 형수가 들어오는 바람에 닫혀 버렸다. 분홍 저고리에 왜 반물 치마를 입고 분을 하얗게 바른 시골 새악시가, 아까 눈에 띄던 늙은 부인이 열어 주는 방문으로 살짝 들어왔다. 고작해야 열아홉 살쯤 되어 보이는 조촐한 색시다. 이맛전이 넓고 코가 펑퍼짐한 듯하고, 이 집에서 상성이 난 아들깨나 날 것 같기도 하다. 그렇게 보아서 그러한지 빳빳한 치마가 앞으로 떠들썩한 것이 벌써 무에 든 것 같고 얼굴에는 윤광이 돌아 보인다. '큰형수'와 느런히 세워 놓고 보면 고식(姑媳)이라 하는 것이 알맞을 것 같다. 나는 형님의 소원대로 상우례를 하였다. 두 사람의 맞절이 끝나니까 형수는 앞장을 서서 휙 나가 버렸다. 새형수도 뒤미처 나갔다. '큰형수'는 마루에 앉아서 짐을 지고 들어온 아이더러 무엇을 사 오라고 분별을 하고 새형수와

마누라는 뜰로 내려가서 나를 위하여 점심을 차리는 모양이다. 머리도 안 빗은 조그만 늙은 아씨가 마루 끝에서 왔다갔다하는 것이 창에 붙은 유리 밖으로 마주 내다보일 제, 시들어 가는 강국 같다는 생각이 머릿속에 떠올라왔다. 어쩐지 가엾어 보이었다.

　'그래도 세 식구가 구순하게 사는 것이 희한한 일이다.'

　나는 이런 생각을 하며 벙벙히 앉았으려니까, 형님은 무슨 말을 꺼낼 듯 꺼낼 듯하다가,

　"넌 지금 일 년 만에 나오지?"

하며 딴소리를 붙인다.

　"올 여름방학에는 안 나왔지요."

　"응, 그래…… 너도 혹 짐작할지 모르겠다만, 청주읍내에서 살던 최 참봉이라면 알겠니?"

하며 형님은 목소리를 한층 더 낮추었다.

　"알지요."

　"그 집이 지금 말이 아니 되었지. 웬만큼 가졌던 것은 노름을 해서 없앴겠니마는, 최씨가 작고하기 전에 벌써 다 까불러 버렸지…… 지금 데려온 저것이 그이의 둘째 딸이란다. 어렸을 젠 너두 보았을걸?"

　"네에!"

하며 나는 무심코 웃었다. 최 참봉이라면 내가 어렸을 때에는 우리 집하고 격장해서 살던 청주 일군은 고사하고, 충청도 원판에서도 몇째 안 가는 재산가이었다. 술 잘 먹기로도 유명하고 외입깨나 하였지마는 보짱 크기로도 유명하였다. 작은형수라는 사람은 내가 소학교에 들어갈 때에 지금 마루에서 뛰어다니는 형님의 딸년만 하였었다. 그렇게 생각을 하여 보니까, 부엌에서 음식을 차리고 있는 노부인이 낯이 익은 법하기도 하고 일편 반갑기도 하여서 혼자 웃으며,

　"그럼 저 마님이 최 참봉의 부인이 아녜요?"

하고, 물어 보았다. 형님은 반색을 하면서,

"응, 참 너는 그 집에 늘 드나들며 노지 않았니?"
하며 나를 치어다보았다. 나는 어쩐지 가슴이 선뜻하면서 몸이 근질근질
한 것 같았다. 최 참봉 마누라라는 이는 딸 형제밖에는 나 보지 못한 사
람이었다. 내가 어려서 놀러 가면 '내 아들 왔니!' 하기도 하고, '내 사
위 왔구나!' 하기도 하며 퍽 귀여워하였었다.

"금순아, 금순아! 넌 어디루 시집 갈련? 저 경만이(내 아명) 집으로
가지?"
하면 지금의 저 형수는 똥그란 눈으로 나를 말뚱말뚱 치어다보다가, 어떤
때는 '응!' 하기도 하고 나는 시집 안 간다고 짜증을 내어 보기도 하였던
것이다. 지금 학교에 다니는 내 누이동생과는 한 살이 위든가 하기 때문
에 나보다는 두 살이 아래일 것이다. 나는 우리 남매하고 둘이 다니던 십
사오 년 전의 어렴풋한 기억을 머릿속에 그려 보면서 제풀에 얼굴이 화끈
거리는 것을 깨달았다. 어렸을 적 일이니까 당자도 잊어버렸을 것이요,
누이도 모르겠지마는, 저 마누라는 나를 알아볼 것이요, 실없는 소리라도
사위니 아들이니 하는 말을 하였던 것을 생각하여 본다면 마주 대면하기
가 피차에 어떠할꼬 하고 지금부터 내가 도리어 얼굴이 간지러운 것 같
다. 아무튼지 이상한 연분이다. 물론 그때만 해도 반상(班常)의 별을 몹
시 차리던 시절이니까 두 집의 부모끼리는 왕래가 별로 없었고 더구나 저
편에서는 나를 데리고 실없은 소리를 하였을 뿐이지 감히 내 딸을 누구의
몫으로 데려가시오라고는 못하였었다. 하지만, 지금 형님의 장모요, 그때
의 금순 어머니는 혹시 정말 나를 사위를 삼았으면 하는 공상이 있었던지
모른다. 그러면서도 기어이 우리 집으로 들여보내고야만 그 어머니의 심
사는 알 수 없는 것이다. 형님은 잠깐 동을 떼어서 다시 입을 벌렸다.

"그래 우리 집이 서울로 이사한 뒤에는 최 참봉이 실패하고 울화에 떠
서 연전에 죽었다는 것은 알았지만, 그렇게까지 참혹하게 된 줄은 몰랐었
더니, 올 여름에 산소(墓地) 일절로 해서 청주에 들어갔다가 최씨의 큰
사위를 만나니까, 장모하고 처제가 자기 집에 들어와서 사는데 저 역시

실패를 하고 지금은 자동차깨나 부리지마는 그것도 근자에는 세월이 없어 지탕을 해 갈 수가 없는 터이요, 혼기가 넘은 처제를 처치할 가망조차 없다면서 어떻게 한밑천을 대어 주었으면 좋을 듯이 말을 비치기에, 집에 올라가서 무슨 말끝에 우연히 그런 이야기를 하였더니…….”

“최 참봉 큰사위라면 그때 우리 살 때에 혼인한 김현묵이 말씀이죠?”

나는 어려서 보던 조그만 초립둥이를 머리에 그려 보며 듣다가 형님 말의 새치기로 물었다.

“옳지 그래! 그때는 열두어 살밖에 안 되었지만, 지금은 퍽 건장해지기두 하고 위인이 착실해서 조치원에서는 상당한 신용이 있지…… 그래 아버지께서두 얼마간 밑천을 대어 주는 것도 좋겠지마는 그보다도 그 처제 애를 데려오는 것이 어떠냐고 하시기에 들을 때뿐이요 흐지부지하였었지. 그런데, 그후에 아버지께서 내려오셨던 길에 김현묵이를 만나 보시고, 우리 집안이 절손이 될 지경이니, 우리 집으로 데려오고 싶은즉, 저편 의향을 들어 보라고 별안간 일을 버르집어 놓으시니까, 현묵이야 어떻든 인연을 맺어 놓기로만 위주니라, 물론 찬성이요, 그 집안에서들도 유처취처라는 것을 매우 꺼리는 모양이나 우리 집안 내력도 알고 그보다도 자기네 형편이 매우 급하니까 결국은, 승낙을 한 모양이지.”

형님은 장황히 변명삼아 설명을 하는 것이었다.

“어쨌든 큰아즈머니만 불평이 없으시다면 잘 되었습니다그려. 어머니께서도 좋게 생각하시겠죠?”

나는 구태여 잘잘못을 말할 일도 아니기에 좋도록 대꾸를 하였다.

“아버지께서는 원래 큰형수를 미흡하게 여기시니까 말씀할 것도 없지만, 어머니께서는 처음에는 반대를 하시다가, 역시 손주새끼를 보겠다고 첩을 얻어들이는 것보다는 낫다고 하시고, 당자도 인제는 자식이라고는 나 볼 가망도 없구 하니까 아무려나 하라기에, 되어 가는 대로 내버려두었지.”

나는 잠자코 듣기만 하였다. 그러나 아들 자식이란 그렇게도 낳고 싶은 것인지 나에게는 알 수 없는 일이었다. 무후(無後)한 것이 조상에 대한 죄라거나 부모에게 불효가 된다는 말부터 나에게는 이해할 수 없는 것이었다. 우연이든 필연이든 낳는 자식은 죽일 수 없으니까 남과 같이 길러 놓기는 하여야 하겠지마는 그렇게 성화를 하면서 부친까지 나서서 서두르고 애를 쓸 것이 무엇인지? 사람이란 의외에 호사객이라고 생각하였다. 나이 먹으면 생각이 달라질지는 모르지마는, 아들 자식을 나서 공을 들여 길러 논다기로 그것이 어떻다는 것인지 알 수 없다. 요행 장수하여서 자기보다 앞서지 않을 지경이면 삿갓가마나 타고 상여 뒤에 따르리라는 것만은 분명히 예기(豫期)할 수 있는 일이겠지만 그 다음 일이야 누가 알 일인가. 위인이 착실할 지경이면 부모가 남겨 주고 간 땅뙈기나 파서 먹다가 뒤따라 땅속으로 굴러들어가 버릴 것이요, 그렇지도 못하면 그나마 다 까불리고 제 몸뚱어리 하나도 추스르지 못하는 것은 말할 것도 없지만 거기에 매달린 처자의 운명까지 잡혀 놓을지도 모른다. 기껏 잘났대야 저 혼자 속을 썩이다가 발자취도 없이 스러질 것이며, 자칫하면 제 목숨까지가 성이 가시다고 낳아 준 부모를 원망할지도 모를 것이다. 그러나 종족을 연장하려는 것이 생물의 본능이라고 할지도 모른다. 하지만 종족의 보전이나 연장이라는 의식으로 사람은 결혼을 원하는 것인가. 그보다도 한층 더한 충동이 더 굳세게 사람의 마음속에서 움직이지는 않는 것일까. 자식이 줄줄이 있어도 첩 얻지 않던가? 그는 고사하고 절손이 무섭고 자기가 돌아간 뒤에 술 한 잔이라도 부어 놓을 만손주를 생전에 보겠다고 애를 부덩부덩 쓰는 부친이 가엾고, 의외에 완고인 데에 놀랐다. 사람의 관념이란 무서운 것이라고 새삼스럽게 생각되는 것이었다.

"서울집에 있는 것이나 데려다가 기르셨더면 좋았죠. 에미두 죽게 되구, 저는 있는 게 도리어 귀찮을 지경인데."

하며 형님의 눈치를 보았다. 나는 자기 소생을 형님에게 떼어 맡겼으면, 짐이 덜리어서 시원스럽겠다는 말이나 듣는 사람에게는, 양자라도 할 수 있는데 왜 유처취처까지 해서 남 못할 일을 하였느냐고 나무라는 것같이 들린 모양이다.

"글쎄 그두 그렇지마는 너두 앞일을 생각하면 그럴 수야 있니. 그뿐 아니라 저편 처지가 말 못 되었으니까, 사람 하나 구하는 셈치고 어떻든 데려온 것이지."

하고, 형님은 변명을 하였다. 나는 그 이상 더 말할 필요가 없다고 생각하면서도 사람 하나 구한다는 말이, 귀에 거슬리기에 밖에서 듣지 않도록 일본말로 반대의 의사를 늘어놓았다.

"그건 형님 잘못 생각이세요. 설혹 결혼을 하여서 한 사람이 구하여졌다 하드라도 형님은 그것을 자기의 공으로 아실 것도 못 되거니와, 처음부터 구한다는 생각을 가지고 결혼을 하셨다는 것은 형님이 자기를 과대평가(過大評價)하신 것이죠. 또 사실상 그러한 것은 둘째 셋째로 나오는 문제이겠지요. 누구든지 저 사람을 행복스럽게 할 사람은 이 넓은 세상에는 나밖에 없다고 생각하는 것은 한편으로 보면 좋은 일 같지마는 다른 한편으로 보면 불완전한 '사람'으로서는 너무 지나치는 자긍이겠지요."

형님이 잠자코 앉았는 것을 보고 나는 또 다시 입을 벌렸다.

"진정한 사랑은 그 사람의 행복을 비는 마음에서 나오는 것이요, 그 사람의 생활을 지배하고 운명의 진로까지를 간섭하는 것은 아니지요. 구(救)한다는 것은 이기적 충동(利己的衝動)을 떠나서 자기를 다소간 희생하게 될 것인데 형님은 아들 낳겠다는 욕심으로 한 결혼이 아닙니까? 하하하."

나는 아니하여도 좋을 말을 오금을 박듯이 입바른 소리를 하고 말았다. 형님은 잠자코 듣고 앉았다가,

"구한다는 사실이 이 세상에 없다 하면, 너부터 굶어죽을라? 그는 고사하고 여기 어린 아해가 우물로 기어들어가면 너두 쫓아가서 붙들겠구나?"

하며 형님은 웃으면서도 덜 좋은 기색이었다.

"그건 구제가 아니라 의무지요."

나는 구하지 않으면 너부터 굶어죽으리라는 말에 불끈해서 한 마디 한 뒤에 다시 뒤를 이었다.

"의무라 하면, 당연히 할 일, 또는 하지 않아서는 안 될 일을 의미하는 것이 아니겠습니까? 그러면 자식을 나서 교육을 시키든지, 우물에 빠지려는 아해를 붙들어 낸다는 것을 자선적 행위라고야 할 수 없겠지요. 그는 그만두고 지금 자살하려는 사람을 붙들어 냈다 하기로 그 행위가 자선도 아니요, 그 사람의 행복을 위한 것도 아니죠. 다시 말하면 목숨이라든지 산다는 데에, 공통한 처지에서 자기는 사는 것을 긍정(肯定)하기 때문에, 생(生)을 부정하는 자를 자기의 의견에 동화시키려고 하는 행위가 즉 자살을 방지하는 노력이외다그려. 하고 보면 결국은 자기를 중심으로 하고 하는 일이 아닌가요?…… 하여간 소위 구제니 자선이니 하는 것을, 향기있고 아름다운 말이나 행위로 알지만 실상은 사회가 병들었다는 반증밖에 아니 되고 그 어느 구석에든지 이기적 충동(利己的衝動)이 있다고 보는데요……."

무어나 반항적 태도로 자기 의견을 한마디 꺼내 놓고야마는 이맘때의 나로는 형님이 어떻게 듣거나 말거나 한바탕 주워섬기고 말았다. 형님은 내 이론이 되고 안 된 것을 별양 탄하고도 싶지 않고 그저 못마땅하나 먼데서 온 아우를 불쾌케 아니하려는 듯이 웃으면서,

"너같이 극단으로 나가면 이 세상에 살아갈 수 있겠니? 그래도 상호부조의 정신두 있어야 하고 인생의 이상이니 목적이라는 것은 없어 안 될 거요……."

하고, 온화한 낯빛으로 입을 다물었다. 아까 문학은 배운대야 써먹을 데가 없다고 눈살을 찌푸리던 때보다는 달라졌다.

"인생의 이상이란 것은 나는 생각해 본 일도 없습니다마는, 구태여 말하자면 자기를 위하여 산다 할까요. 하지만 결코 천박한 이기주의로 하는 말은 아닙니다."

내가 이렇게 대답을 하니까 형님은 나를 잠깐 치어다보는 양이,

"너야말로 이기주의자로구나!"
하고 핀잔을 주고 싶은 것을 참아 버리는 모양이다.

부산히 차려 들여온 점심을 형제가 겸상을 하여 먹은 뒤에 나는 아랫목에 잠깐 누웠었다. 어쩐둥 잠이 들어 한잠 늘어지게 자고 나서 눈을 떠보니까, 흐린 날이 저물어 들어가는지 방 안이 한층 더 우중충하여졌다. 아까 식후에 학교에 다시 갔다가 온다던 형님은 벌써 돌아와서 건넌방에 들어가 앉았는 모양이다. 내가 일어나서 양치질을 하는 소리를 듣고 형님은 안방으로 건너와서,

"눈이 올지 모르는데 술이나 한잔 먹고 떠나랸?"
하며 밖에다 대고, 술상을 차리라고 일렀다. 형님이 나에게 술을 권하는 것은 여간한 마음으로 하는 것이 아니다. 더구나 학교에서 오다가 자기는 먹을 줄도 모르는 일본 맥주를 사 들고 온 것이라 한다. 나는 이것이 혼인상 대신인가? 하는 실없은 생각을 하여 보며 속으로 웃었다. 형님도 대작을 하기 위하여 억지로 몇 잔 한다.

"그런데 이번에 올러가거던 좀 집에 붙어앉어서 약쓰는 것두 다잡아 살펴보구, 모든 것을 네가 거두어 줄 도리를 차려라."

형님은 두 잔째 마시고 나서 이런 소리를 들려 주었다. 나는 잠자코 말았다. 사실 내가, 약쓰는 묘리를 알 까닭이 없는 일이다. 형님은 또 화두를 돌렸다.

"나두 며칠 있다가 형편되는 대루 곧 올러가겠지만, 아버님께 산소 사건은 아직두 사오 일은 더 있어야 낙착이 날 듯하다고 여쭈어라. 역시 공동묘지의 규정대로 하는 수밖에 없을 모양이야."

나의 귀에는 좀 이상하게 들리었다. 내 처가 죽을 것은 기정의 사실이라 치더라도 죽기도 전에 들어갈 구멍부터 염려들을 하고 있는 것은, 아들을 낳지 못하여서 성화가 난 것보다도 구성없는 짓이요 일없는 사람의 헛공사라고 생각 아니할 수 없다.

"죽으면 묻을 데가 없을까 봐서 그리세요. 공동묘지는 고사하고 화장

을 하든 수장을 하든 상관없는 일이 아닌가요? 아버지께서는 공연히 그런 걱정을 하시지만, 이 살기 어렵고 바쁜 세상에 그런 걱정까지 하는 것은 생각해 볼 일이지요."

나는 이렇게 핀잔을 주듯이 역시 반대의 의사를 표시하였다.

"공연히가 무에 공연이란 말이냐?"

형님은 눈을 똑바로 뜨고 나를 꾸짖고 나서 말을 이었다.

"너두 지각이 났으면 생각을 해 보렴. 총독부에서 공동묘지 제도를 설정한 것은 잘 되었든 못 되었든 하는 수 없이 쫓어간다 하드라도, 대대로 나려오는 자기의 선산이 남의 손에 들어가게 되고 게다가 앞길이 머지 않으신 늙은 부모가 계신데, 불행한 일이 있는 날에는 어떻게 한단 말이냐? 그래 아버님 어머님을 공동묘지에다가 모신단 말이 될 말이냐? 자식된 도리는 그만두고라도 남이 부끄러워서 어떡한단 말이냐…… 계수만 하드라도 만일에 불행한 경우를 당하면 어떻든 작은 산소 아래다가 써야지, 여기저기 뿔뿔이 흐트러져 있으면 그게 무슨 꼬락서니란 말이냐?"

형님은 매우 화가 난 모양이다. 그러나 내게는 그리 다급히 들리는 문제는 아니었다.

"그래 어떡하신단 말씀예요?"

다만 산판이나 묘위전(墓位田)이 남의 손에 들어갔다는 데에는 나도 잠자코 있을 수 없었다.

"어떻든지간에 충북 도장관과는 아버님께서도 안면이 계시고 나도 아주 모르는 터는 아니니까, 아버님 대(代)만이라도 작은 산소에 모시도록 지금부터 허가를 맡아 두고, 계수도 사람의 일을 모르니까 이번에 아주 자리를 잡아 놓아 두자는 말이야. 그런데 그보다도 더 시급한 것은 큰 산소하고 가운데 산소의 제절 앞의 산판을 물러 가지고 식목이라도 다시 하자는 것인데…… 뭐 아주 말이 아니야, 분상이 벌거벗은 셈이요……."

분상이 벌거벗었다는 말에 나는 속으로 웃었다.

"그 문제가 이때껏 낙착이 안 났에요?"

하며 나는 또 한 잔 들었다.

"낙착이 다 무어냐. 뼈꼴은 뼈꼴대로 빠지고 일은 점점 안 돼 가니 어떻게 해야 좋을지 지금 붙들어다가 징역을 시킨달 수도 없고……."
하며 형님은 눈살을 찌푸린다.

산소 문제라는 것은 셋째집 종형이 문서를 위조해서 팔아먹은 것이다. 우리 집이 종가는 아니나 실권은 여기서 잡고 있는 말하자면 우리 문중 소유로 만들어 놓은 것인데 몇 평이나 되는지 노름에 몰려서 두 군데의 분상만 남겨 놓고 상당히 굵은 송림째 어울러 불과 백여 원에 팔아먹은 모양이나 워낙이 헐가로 산 것이기 때문에 당자가 좀처럼 물러 주지 않는 터이라 한다. 제절 앞에 거름을 하고 논을 풀든 밭을 갈든 그는 고사하고 이해관계로라도 물러야 할 것은 물론이다.

"어떻든 무를 수는 있겠죠?"

공동묘지에 성화가 나서 하는 것은 코웃음치는 나도, 조상의 산소를 팔아먹은 데는 분개하고 있는 터이다.

"글쎄, 셋째 아버지께서만 증인으로 서셨으면 아무 말없이 본전에 찾겠지마는 번연히 자기가 관계를 하시고 내용까지 자세히 아시면서 모른다고만 하시니까 무사히 될 일두 이렇게 말썽만 되지 않겠니?"

"그럼 셋째 아버지도 공모를 하셨던가요?"

"그리게 망령이 나셨단 말이지…… 그나 그뿐이라던! 자식을 잘못 둬서 그랬기루서니, 어찌하란 말이냐고 되레 야단만 치시니 기막히지 않니?"

"그럼 당자를 붙들어 내면 될 게 아녜요?"

"당자야 벌써 어디룬지 들구 튀었다 하드라만, 아마 요새는 들어와 있나 보드라. 일전에두 갔더니 셋째 아버지가 앞장을 서서 우는 소리를 하시며 자식 하나없는 셈 칠 테니 그놈을 붙들어다가, 징역을 시키든 목을 돌려 놓든 마음대로 하고, 인제는 그 문제로 우리 집에는 와야 쓸 데가 없다고 하시는 것을 보면, 어디 갔다는 말은 공연한 소리요, 모두 부동이 되어서 귀찮게만 굴자는 수작 같애서 실없이 화가 나지만······."

셋째 삼촌이라는 이는 집의 아버지와 이복인데다가 분재한 것을 몇 부자가 다 까불러 버린 뒤로는 한층 더 말썽이 많아졌다. 언젠지 날더러도,

"네 형두 딱하지, 기예 징역을 시키고 나면 무에 시원할 게 있니? 돈 푼 더 주고 물르면 고만 아니냐? 고까짓것쯤 더 쓰기로 얼마나 더 잘살겠니?"

하며 각죽각죽 꼬집는 소리를 한 일이 있었다. 그런 소리를 들으면 머릿속까지 지끈지끈할 나는,

"내야 뭘 압니까. 그런 이야기는 형더러 하시죠."

하며 피해 버렸었다. 원체 나는 적서(嫡庶)의 차별관념이란 꿈에도 없건마는 머릿살 아픈 일이다.

"아무쪼룩 구순하게 하시구려."

하고, 나는 말을 끊어 버렸다. 그러나 형님으로서 생각하면 단 형제뿐인데 내가 집안 일에 탐탁히 의논 한 마디라도 거들지 않는 것이 불만인 모양이다.

실쭉한 저녁을 조금 뜨고 나서, 캄캄히 어둔 뒤에 다시 짐을 지워 가지고 형님과 같이 정거장으로 나왔다. 드문드문 전등불이 반짝이는 큰길가에는 인적도 벌써 드물어 가고, 모진 바람이 쌀쌀히 부는 대로 가다가다 눈발이 차근차근하게 얼굴에 끼치었다.

"오늘 밤에는 꽤 쌓이겠다!"

형님은 이런 소리를 하며 앞서 간다. 정거장 안에 들어서니까, 순사보 한 사람이 형님하고 인사를 하며 나를 아래위로 한번 을러 보았으나, 별로 조사를 하자고는 아니한다. 지워 가지고 온 짐을 받아 가지고 형님과 아는 일본사람 사무원이 들어오라고 권하는 대로 우리는 사무실로 들어가서 난로 앞에 불을 쪼이고 섰었다.

이삼 사무원은 우리를 돌아다보며 앉은 채 묵례를 한다. 우리들더러 들어오라고 한 사무원은,

"매우 춥지요? 동기방학에 나오시는군요?"

하며 나의 옆에 와서 말을 붙이며 불을 쪼인다. 이러한 경우에 일본사람이 조선사람보다 친절한 때가 있다고 나는 생각하였다. 순사나 헌병이라도 조선인보다는 일본인 편이 나은 때가 많다. 일본 순사는 눈을 부르대고 그만둘 일도, 조선 순사는 짓궂이 뺨을 갈기고 으르렁대고서야 마는 것이 보통이다. 계모시하에서 자라난 자식과 같은 몹쓸 심보다. 불쌍한 처지에 있는 사람끼리 만나면 피차에 동정심이 날 때도 있지마는 자기 자신의 처지에 스스로 불만을 가지고 자기 자신에 대한 증오(憎惡)가 심하면 심할수록 자기와 똑같은 처지에 있는 사람이 더 밉고 보기 싫어서 그런가 보다. 혹시는 제 분풀이를 여기다가 하는 것일 것이다. 조선사람에게 대한 조선인 관헌의 태도가 그러한 심리에서 나오는 것인지? 혹은 일본사람은 뒤로 물러서고 시키니까 그러는지? 하여간 조선인 순사나 헌병 보조원이 더 미우면서도 또 불쌍도 하다.

사무원은 내가 일본서 왔다는 데에 흥미를 가지고 이야기를 자꾸 건다. 한참 주거니받거니하며 섰으려니까 외투에 모자우비까지 푹 뒤집어쓴 젊은 조선사람 역부가 똥그란 유리등을 들고 창황히 들어오며 일본말로,

"불이 암만해두 안 키져요."

하고 울상이다. 역부의 외투에 쌓였던 하얀 눈이 훈훈한 방 안 온기에 금시로 녹아서 조그만 이슬이 반짝거리며 뚝뚝 듣는다.

"빠가! 안 켜지면 어떡한단 말이야. 시간은 다 되었는데."

이때까지 웃는 낯으로 나하고 이야기를 하며 섰던 사무원이 눈을 부르대며 소리를 지르고 나서, 저쪽 구석으로 향하더니,

"이 서방, 오소오소 같이 가소 켜고 와요!"

하며 조선말로 이 서방에게 명한다. 나는 사무원의 살기가 등등한 뚱뚱한 얼굴을 바라보고 외면을 하였다. 두 역부는 다른 등에 또 불을 켜들고 허둥허둥 나갔다. 두 사람이 나가는 것을 보고 사무원은 픽 웃으며,

"허는 수 없어!"

하며 무책임한 이 꼴을 좀 보라는 듯이 혀를 차며 나를 치어다보았다. 나도 따라서 웃어 보였으나 머리로는 눈보라가 치는 속에서 신호등으로 기어올라가서 허둥거리는 두 역부의 검은 그림자를 그려 보며 익숙지 않은 일에 가엾은 생각도 난다. 조금 있으려니까 땡땡 하는 소리가 몇 번 난 뒤에 역부들이 들어왔다. 불은 켜지고 차는 조금 있다가 들어왔다. 눈이 폭폭 내리는 속을 나는 형님과 헤어져서 차에 올랐다.

석유불을 드문드문 켠 써늘한 기차 속은 몹시 우중충하고 기름냄새가 코를 찌른다. 외투를 벗어서 눈을 털었으나 몸은 구중중하고 컴컴한 석유불을 볼수록 조선은 이런 덴가 싶어 새삼스레 을씨년스럽다. 하여간 난로 앞에 가서 자리를 잡고 앉아 보니 찻간에 사람은 그리 많지 않았다. 끄레발에 갈모를 우그려 쓴 촌사람 오륙 인하고 양복쟁이 서너 사람이 난로 가까이 앉고 저편으로 떨어져서 대구에서 탔는 듯싶은 기생 같은 젊은 여자가 양색왜증인지 보라인지 검붉은 두루마기를 입고 이리로 향하여 앉은 것이 그 중에 반가워 보였다. 나는 심심파적으로 잡지를 꺼내 들었으나 불이 컴컴하여 몇 장 보다가 덮어 버렸다.

저편으로 중앙에 기생에게 등을 두고 앉은 사십 남짓한 신사를 바라보다가 나는 무심코 우리 집에 다니는 김 의관 생각이 났다. 기생하고 동행인지 혼자 가는지는 모르나 수달피 댄 훌륭한 외투를 입고 금테안경을 버티고 앉았는 것이 돈푼 있어 보이기도 하나 안경 너머로 이 사람 저 사람의 얼굴을 유심히 바라보는 작은 눈은 교활하여 보였다.

기차가 추풍령에 와서 닿니까 일본사람의 사냥꾼 한떼가 개를 두 마리나 데리고 우중우중 들어와서 기다란 총을 여기저기다가 세우고 탄환 박힌 혁대를 끌러 논 뒤에 난로 앞으로 모여든다. 객차에 산 짐승은 아니 태우는 법인데 이 행차는 특대우인 모양이다. 하여간 개가 싫어서 나는 자리를 피하여 저편으로 가서 앉았다. 촌사람들도 비쓸비쓸 피하여서 이리저리 흩어졌다.

"아, 영감! 이거 웬일이쇼?"

누구인지 이렇게 소리를 버럭 지르는 바람에 나는 무심코 고개를 돌렸다. 방한모를 우그려 쓴 얼금얼금한 사냥꾼 하나가 손가락 사이에는 반쯤 타다가 남은 여송연에 불을 붙이며 난로를 등을 지고 섰는 자의 말소리다. 헌 양복에 각반을 치고 일본 버선에 조선 짚신을 신은 꼴이 손에 든 여송연과는 어울리지 않으나 동행하는 일본사람이 난로 앞에 설 자리를 사양하는 것을 보면 일행 중에서는 지위가 높은 모양이다.

"그러나 영감은 웬일이슈?"

수달피 털을 붙인 외투를 입고 앉았었던 금테안경이 앉은 채 인사를 하며 묻는다. 이자도 그만큼 버틸 힘이 있기에 이러한 '똥테' 두둥다리쯤은 되는 영감을 앉아서 인사하는 것일 거라.

"군청에서들 산에 가자기에 나섰더니 인제야 눈이 오시는구려."
하며 얼금뱅이가 웃었다.

"이 바쁜 세상에 사냥은 너무 호강이신 걸, 허허허. 공무태만으로 감봉이나 되면 어쩌려우?"

김 의관 같은 안경잡이가 한층 내려다보는 수작을 한다.

"영감같이 돈이나 벌려면은 세상도 바쁘지만 시골 구석에 엎뎄으니까 만사태평이외다. 한데 지금 어딜 다녀오슈?"

"대구에를 갔다 오는데 이때까지 장관에게 붙들려서……"

"에? 그래 그건 어떡하셨소?"

"그거라니?"

안경잡이는 딴청을 붙이는 말눈치다.

"아, 저 토지 사건 말씀요."

얼금뱅이는 주기가 도는 뻘건 얼굴이 한층 더 붉어지는 듯하며 여전히 난로를 등지고 서서 묻는다.

"그러지 않아도 그 일걸로 내려온 것인데 계약은 성립이 되었지만 내일이 낭패가 돼서…… 연 이틀을 붙들고 놓아 주어야지. 매일 기생에 아주 멀미를 대었소…… 술 잘 먹고 놀기 좋아하고 참 노당익장(老當益壯)

야······."

경북 도장관이라면 일본사람이거니와, 도장관을 칭송을 하는 것인지 긴하게 보인 자랑이 더 긴해서 떠드는 것인지 알 수 없다.

"에! 에!"

하며 얼금뱅이는 감탄하는 듯 부러운 듯하게 대꾸를 하다가,

"그래 지금 인천으로 가시는 길인가요?"

하며 또 묻는다. 금테안경은 또 한 번 눈살을 잠깐 찌푸리는 듯하더니 다시 얼굴빛을 고치며,

"내야 원래 관계있소. 저 사람이 죄다 하니까. 한데, 영감하고 이야기 하던 것은 아주 틀리는 모양이요? 어떻게 과히 무엇하지도 않겠고 영감 체면도 상하지 않게 할 터이니 잘 해 보시구려."

하며 한층 소리를 낮춰서 다정한 듯이 웃어 보인다.

"글쎄 나중에 기별하지요마는 어떻든 반승낙은 받았으니까 그쯤만 알아 두시구려."

얼금뱅이는 이렇게 대답을 하고 좌우를 한 번 휙 돌아보았다. 이야기는 뚝 끊고 얼금뱅이는 그 옆에 빈 자리에 앉았다. 두 사람의 수작은 어쩐지 암호를 써 가며 하는 수수께끼 같으나 누가 듣든지 반짐작은 할 것이다. 첫눈에 벌써 김 의관 같은 위인이라고 대중을 댄 것이 틀림없었던 것이 한 편으로 유쾌도 하지마는 불하 운동(拂下運動)을 다니는 놈을 도장관이 한박 먹였다는 것은 이자의 허풍이기도 하겠지마는, 사실이면 까닭 수가 있는 것이리라.

김 의관이라면, 나는 진고개 헌병 사령부에 쫓아가 보던 생각을 어느 때든지 잊지 않고 있다. 우리 집이 아직 시골에 있을 때에 나는 소학교를 졸업하고 서울 와서 김 의관의 집에서 중학교에 통학을 하였었다. 첩의 집에만 들어박혔던 김 의관이 그때는 돈에 끌려서 본집에 와서 있었던지, 나 있는 방과 마주보이는 건넌방에 있었다. 그게 그해 팔월 스무날께쯤 되었었는지 빗방울이 뚝뚝 듣는 초가을날 오후이었다. 학교에서 막 돌아와

서 문간에 들어서려니까 김 의관 마누라가 울상을 하고 뛰어나와서 책보를 받으면서,

"경식이 아버지가 지금 뉘게 붙들려 가셨는데 이리 나간 모양이니 좀 쫓아가 봐 주게."

하며 그렇게 못마땅해하던 영감이건마는 허겁지겁이었다. 나도 깜짝 놀라서 가리키는 편으로 골목을 빠져서 달음박질을 하여 가노라니 양복쟁이 두 사람에게 옹위가 되어 가는 모시두루마기를 입은 김 의관의 뒷모양이 눈에 띄었다. 나는 가슴이 두근두근하나 사오 간통이나 떨어져서 살금살금 쫓아갔었다.

김 의관이 붙들려 가는 것을 쫓아가 본 일이 이번째 두 번이다. 몇 달 전에 내가 학교에 들어간 지 얼마 아니 되어서다. 그때가 아마 첩과 헤어지자고 싸우고 본집으로 기어든 지 며칠 안 되던 때인 듯싶다. 어느 날 순검이 와서 위생비든가 청결비든가를 내라고 독촉을 하니까,

"없는 것을 어떻게 내란 말요? 이 몸이라두 가져갈 테거든 가져가구려."

하고 소리소리 질러 가며 순검에서 발악을 하다가 기에 순검이 가자고 끌어 내니까 문지방에 발을 버티고 아니 나가려고 한층 더 발악을 하며,

"이놈, 이놈, 사람 죽이네. 어구, 사람 죽이네⋯⋯."

하고 순검에게 멱살을 붙들린 김 의관은 순검보다도 더 야단을 치다가 기에 붙들려 가고야 말 제, 나는 가는 곳을 알려고 뒤쫓아 나섰었다. 그때에 나는 김 의관이 이 세상에 제일 잘난 사람이라고 생각하였었다. 나는 시골구석에서 순검이라면 환도 차고 사람 치고 잡아 가는 이 세상의 제일 무서운 사람으로 알고 자라났다. 그런데 김 의관은 그 제일 무서운 사람더러 이놈 저놈 하며 할 말을 다하고 하인 부리듯이,

"이놈! 거기 섰거라. 누가 잘못했나 해 보자!"

하며 안으로 들어와서 문지방에서 벗겨진 정강이에다가 밀타승을 기름에 개어 바른다, 옷을 갈아입는다, 별별 거례를 다하고 나서 의기양양하게

순검보다 앞장을 서서 나가는 것을 보고 나는 어린 마음에 유쾌도 할 뿐
아니라 제일 무서운 사람이 제일 못나 보이고 제일 우습던 김 의관이 제
일 잘나 보였던 것이다. 더구나 쫓아가서 교번소에 들어가더니 거기 앉았
던 일본 순검더러 무어라 몇 마디 하고 웃으며 나오는 김 의관을 볼 제
나는 이 늙은이가 이렇게두 권리가 좋은가 하고 혼자 놀랐었다.

그러나 이번에 붙들려 가는 것을 보니 아무 말도 없이 올가미를 씌운
개새끼처럼 고개를 축 늘어뜨리고 두 양복쟁이에게 끌리어가더니 병정이
좌우에서 파수를 보고 섰는 커다란 퍼런 문으로 들어가서 자취가 사라지
고 말았다. 나는 무서워서 가까이 가지도 못하고 가던 길을 휘더듬어 급
히 돌아와서 집안 식구더러 이러저러한 데더라고 가르쳐 주었었다.

그날 저녁부터 경식이와 행랑아범은 하루 세 끼 밥을 나르기에 골몰하
였다. 그러더니 한 보름쯤 지나니까 한일합병이 반포되고 뒤미처서 김 의
관은 해쓱한 얼굴로 별안간 풀려나왔다. 그때의 김 의관은 조금도 잘나
보이지 않았다. 그러나 무슨 까닭인 줄은 나도 참작하였었다. 그런데 반
달쯤 갇혔다가 나온 김 의관은 금세 발복이 되었는지 늙은이가 양복을 몇
벌씩 새로 장만을 하고 헤지었던 첩을 다시 불러다가 큰마누라하고 한집
에 살게 하며 매일 나가서는 술이 취하여 들어오기도 하고 나이가 아깝게
새 양복을 찢어 가지고 들어오는 때도 있었다. 그러한 지 한 달쯤 되니까
시골에다가 집과 땅을 장만하였으니 내려가자 하고 처첩을 다 데리고 낙
향을 하여 버렸다. 그때야 제일 무서운 사람에게도 발악을 쓰던 김 의관
이 두어 달 전에 올가미 쓴 개새끼처럼 유순히 끌려가던 까닭을 더 분명
히 알게 되었었다.

김 의관은 내가 일본에 가기 전에는 자기 시골에서 학교를 세워 가지고
교장 노릇도 하고 장거리에 나와서는 정미소를 한다는 소문도 들었으나
그후에 나와서 들으니까 그것도 인천 가서 미두에 다 까불리고 지금은 남
의 집의 협포에 들어서 다른 첩과 산다고 한다. 지금 이 좋은 외투에 몸
을 싸고 금테안경을 쓴 신사도 인천을 가니 토지의 계약을 하였느니 하

는 말을 들으면 이전에 붙들려가 보기도 하고 낙향도 하고 정미소도 하여
보다가 인천 미두에 다니지나 않는가 하는 생각이 머리에 떠올랐다.

'그리다가 호상 차지나 하러 다니구?⋯⋯'

나는 이렇게 생각을 하여 보고 혼자 속으로 웃으며 금테안경을 또 한
번 돌아다보았다.

기차가 영동역에 도착하니까 사냥꾼의 일행은 내리고 승객의 한떼가 몰
려 올라왔다.

"눈이 이렇게 몹시 왔다가는 내일 어디 장이 서겠나? 오늘두 얼매 손
인지 알 수가 없는데⋯⋯."

"공연히 우는 소리 말게. 누가 뺏어 가나? 허허허."
하며 장꾼 같은 일행이 들어와서 자리들을 잡느라고 어수선하게 쿵쾅거리
며 주거니받거니 제각기 떠들어 댄다.

정거장에 도착할 때마다 드나드는 순사와 헌병 보조원이 차례차례 한
번씩 휘돌아 나가자 기차는 또 다시 움직이기 시작하였다.

내 앞에는 역시 갓에 갈모를 쓰고 우산에 수건을 매어 들은 삼십 전후
의 촌사람이 들어와서 앉았다. 곰방담뱃대에 엽초를 부스러뜨려서 힘껏
담고 나더니 두루마기 속에 손을 넣어서 이 주머니 저 주머니를 한참 뒤
적거리다가 내 옆에 성냥이 놓인 것을 보고,

"이것 잠깐만⋯⋯."
하며 내 얼굴을 뚫어지게 들여다본다. 갓쟁이로는 구격이 맞지 않게 손끝
과 머리를 끄떡하며 바쁘게 나의 눈치를 보는 것이 분명히 내가 일본사람
인가 아닌가 하는 미심쩍고 겁이 나는 눈치다. 나는 웃으며 성냥통을 집
어 주었다.

담배를 붙이고 난 장꾼은 또 한 번 고개를 끄떡하며 나에게 성냥갑을
도로 주고 나서 인제는 안심하였다는 듯이 싱글싱글 웃더니 나의 얼굴을
멀거니 치어다보다가,

"우리 인사하십시다."

하며 번잡스럽게 말을 붙인다.

나는 몹시 덜렁대는 위인이라고 생각하고 웃으며 하자는 대로 하였다.

인사를 한 뒤야 매캐하고 독한 연기를 훅훅 뿜으며,

"어디서 오시나요?"

하고 묻는다. 내가 사방모(四方帽)를 쓴 것을 보고 일본에서 오나 싶어 이야기하고 싶은 눈치다.

"김천서요."

나는 마주앉은 자의 광대뼈가 내밀고 두꺼운 입술을 커다랗게 벌린 시커먼 얼굴을 치어다보며 대답을 하였다.

"고향이 거기신가요?"

"네에."

"말소리가 다르신데요?"

부전부전한 친구라고 생각하며 나는 웃어만 버렸다.

"어떤 학교에 다니시나요? 일본서 오시지 않으시는가요?"

무료한 듯이 잠자코 앉았다가 또 다시 묻는다.

"어떻게 아슈?"

나는 웃으며 되물었다.

"아, 일본 갔다 오시는 분은 모두 그런 양복을 입으십디다그려."

하며 궐자는 외투 위로 내다보이는 학생복깃에 달린 금글자를 바라보고 웃었다. 일본 유학생이 더구나 합병 이후로는 신시대, 신지식의 선구(先驅)인 듯이 치어다보이는 때라 이 촌청년도 부러운 눈으로 나를 자꾸 치어다보며 이것저것 묻고 싶으나 무얼 물을지 몰라서 망설이는 모양 같다.

"당신은 무엇을 하슈?"

나는 대답 대신에 딴소리를 하였다.

"네에, 갓〔笠〕 장수를 다니는 장돌뱅이입니다."

그는 자비(自卑)하듯이 웃지도 않으며 자기 입으로 장돌뱅이라 한다.

"갓이요? 그래 요새두 갓이 잘 팔리나요?"

"그저 그렇지요. 촌에서들은 그래두 여전히 갓을 쓰니까요."

나는 좀 의외로 생각하였다. 두 사람은 잠깐 말을 끊었다가 나는 다시 물었다.

"그러나 당신부터 왜 머리는 안 깎으우? 세상이 바뀌었을 뿐 아니라 귀치않고 돈도 더 들지 않소?"

"웬걸요. 촌에서 머리를 깎으려면 더 폐롭고 실상 돈도 더 들죠…… 게다가 머리를 깎으면 형장네들 모양으로 '내지어'도 할 줄 알고 시체학문(時體學問)도 있어야지 않겠나요. 머리만 깎고 '내지사람'을 만나도 말대답 하나 똑똑히 못하면 관청에 가서든지 순사를 만나서든지 더 성이 가신 때가 많지요. 이렇게 망건을 쓰고 있으면 요보라고 해서 좀 잘못하는 게 있어도 웬만한 것은 용서를 해 주니까 그것만 해도 깎을 필요가 없지 않아요?"

하며 껄껄 웃어 버린다.

"그두 그럴 듯하지마는 같은 조선사람끼리라도 머리만 깎고 양복을 입고 개화장(開化杖)을 휘두르고 하면 대접이 다른 것같이 역시 머리라도 깎는 것이 저 사람들에게 천대를 덜 받지 않소. 언제까지든지 함부로 후 뿌리는 대로 꿈적꿈적하고 요보란 소리만 들으려우."

나는 궐자(厥者)의 말이 일리가 있다고 동정은 하면서도 무어라고 하나 들어 보려고 이렇게 물었다.

"후뿌리거나 요보라고 하거나 천대는 받을 때뿐이지마는 머리나 깎고 모자를 쓰고 개화장이나 짚고 다녀 보슈. 가는 데마다 시달리고 조금만 하면 뺨따귀나 얻어맞고 유치장 구경을 한 달에 한두 번씩은 할 테니! 당신네들은 내지어나 능통하시지요! 하지만 우리 같은 놈이야 맞으면 맞았지 별수 있나요?"

천대를 받아도 얻어맞는 것보다는 낫다! 그도 그럴 것이다. 미친 체하고 떡목판에 엎드러진다는 셈으로 미친 체하고 어리광 비슷한 수작을 하거나 스라소니 행세를 하거나 하여 어떻든지 저편의 호감을 사고 저편을 웃기기만 하면 목전에 닥쳐오는 핍박은 면할 것이다. 속으로는 요놈 하면서도 얼굴에는 웃는 빛을 띠면 당장의 급한 욕은 면할 것이다. 공포(恐怖) 경계(警戒) 미봉(彌縫) 가식(假飾) 굴복(屈服) 도회(韜晦) 비굴(卑屈)…… 이러한 모든 것에 숨어 사는 것이 조선사람의 가장 유리한 생활방도요 현명한 처세술이다. 실상 생각하면 우리의 이러한 생활철학은 오늘에 터득한 것이 아니요 오랫동안 봉건적 성장(封建的成長)과 관료전제(官僚專制) 밑에서 더께가 앉고 굳어빠진 껍질이지마는 그 껍질 속으로 점점 더 파고들어가는 것이 지금의 우리 생활이다.

"어떻든지 그저 내지인과 동등한 대우만 해 주면 나중엔 어찌 되든지 살아갈 수 있겠죠."

청년은 무엇에 쫓겨가는 사람처럼 차 안을 휘휘 돌려다보고 나서 목소리를 한층 낮추어서 다시 말을 잇는다.

"가령 공동묘지만 하드라도 내지에도 그런 법률이 있다 하면 싫든 좋든 우리도 따라가는 수밖에 없겠죠. 하지만 우리에게는 또 우리의 유풍이 있지 않습니까? 대관절 내지에도 그런 법이 있나요?"

의외에 이 장돌뱅이도 공동묘지 이야기를 꺼낸다. 나는 아까 형님한테 한참 설법을 듣고 오는 길에 또 이러한 질문을 받고 보니 언제 규정이 된 것이요, 어떻게 시행하라는 것인지는 나로서는 알고 싶지도 않고 그까짓 것은 아무렇거나 상관이 없는 일이지마는 아마 요사이 경향에서 모여앉으면 꽤들 문젯거리 화젯거리가 되는 모양이다. 나는 한 번에 껄껄 웃어 주고 싶었으나 그리 할 수는 없었다.

"일본에도 공동묘지야 있다우."

나 역시 누가 듣지나 않는가 하고 아까부터 수상쩍게 보이던 저편 뒤로 컴컴한 구석에 금테를 한동 두른 모자를 쓴 채 외투를 뒤집어쓰고 누웠는 일본사람과 김천서 나하고 같이 오른 양복쟁이 편을 돌려다보았다. 나의 말이 조금이라도 총독 정치를 비방하는 것은 아니지만 그 중에서 무슨 오해가 생길지 그것이 나에게는 염려되는 것이었다.

"정말 내지에도 공동묘지가 있에요? 하지만 행세하는 사람야 좀 다르겠죠?"

"그야 좀 다르겠지마는 어떻든지 일본에서는 주로 화장을 지내기 때문에 타고 남은…… 아마 목구멍뼈라든가를 갖다가 묻고 목패든지 비석을 세운다우…… 그리지 않어도 살아 있는 사람도 터전이 좁아서 땅조각이 금조각 같은데 죽는 사람마다 넓은 터전을 차지하다가는 이 세상에는 무덤만 남고 말지 않겠소, 허허허."

나는 이러한 소리를 하면서도 묘지를 간략하게 하여 지면을 축소하고 남는 땅은 누구의 손으로 들어가고 마누 하는 생각을 하여 보았다.

"그리구서니 자기의 부모나 처자를 죽었다구 금세루 살라야 버릴 수가 있습니까? 더구나 대대로 나려오는 제 집 산소까지를……."

이 사람은 나의 말이 옳다는 모양으로 고개를 끄덕끄덕하면서도 그래도 반대를 한다.

"화장을 지낸다기루 상관이 뭐겠소. 예전에 애급이라는 나라에서는 왕후 장상의 시체는 방부제를 쓰고 나무관에 넣은 시체를 다시 석관까지에 튼튼히 넣어서 '피라미드'라는 큰 굴 속에 묻어 두었지만 지금 와서는 '미이라'밖에는 되지 않고 말은 것을 보면 죽은 송장에게 능라주의를 입히고 백 평 천 평 되는 땅에다가 아무리 굳게 파묻기로 그것이 무엇이란 말이요. 동상을 세우면 무얼 하고 송덕비를 세우면 무엇에 쓴다는 말이요……."

내 앞에 앉았는 장꾼은 무슨 소리인지 귀에 자세히 들어오지 않는 모양이다.

"녜에, 그런 것이 있에요?"

하고 멀거니 앉았다.

"하여간 부모를 생사장제(生事葬祭)에 예(禮)로써 받들어야 할 거야 더 말할 것 없지마는 예로 하라는 것은 결국에 공경하는 마음이나 정성을 말하는 것 아니겠소? 그러니 공동묘지법이란 난 아직 내용도 모르지마는 그것은 별문제로 치고라도 그 근본정신은 생각지 않고 부모나 선조의 산소 치레를 해서 외화(外華)나 자랑하고 음덕(蔭德)이나 바란다는 것도 우슨 수작이란 것을 알아야 할 거 아니겠소. 지금 우리는 공동묘지 때문에 못살게 되었소? 염통 밑에 쉬스는 줄은 모른다구 깝살릴 것 다 깝살리고 뱃속에서 쪼르륫 소리가 나도 죽은 뒤에 파묻힐 곳부터 염려를 하고 앉았을 때인지, 너무도 얼빠진 늦동이 수작이 아니요? 허허허."

나는 형님에게 하고 싶던 말을 장돌뱅이로 돌아다니는 이자를 붙들고 한참 푸념을 하였다. 이야기를 하고 나니까 어쩐지 열쩍었다. 그러나 내가 한참 떠드는 바람에 여러 사람의 시선은 이리로 모인 모양이다. 저편에 앉았는 기생아씨도 몸을 틀고 돌려다보며 귀에 들어오지도 않는 이야기를 열심으로 듣는 모양이다.

"나는 모르겠습니다마는 그래 형장께서도 양친이 계시겠지요? 어떻게 하실 텐가요?"

갓장수는 내 말은 어찌 되었든지 불평이 있으니만큼 시비조로 덤빈다.

"되어 가는 대로 합시다."

하며 나는 웃고 입을 담쳤다.

"그래두 누구나 부모나 조상을 위하는 것은 똑같겠죠?"

나는 더 말해야 쓸데가 없다고 생각하며 아무 말 아니하려다가 그래도 오해를 사면 안 되겠기에 또 대꾸를 하여 주었다.

"글쎄 공동묘지가 좋으니 부모를 그리 모시겠다는 것이 아니라 우리에게는 그보다도 더 절급한 문제가 하두 많다는 말 아니요? 그 절급 문제는 내버려두고——산사람 문제는 내버려두고 왜 죽은 뒤의 문제부터 기가 나서 법석이냔 말요. 아버지 어머니가 굶어 돌아가도 공동묘지에만 장사를 안 지내면 되겠소? 당신은 몇 대조까지나 선영(先塋)을 찾는지 모르겠지마는 가령 십 대조 이상의 묘지를 못 찾는다면 그것은 공동묘지기 때문이란 말요?……"

하고 나는 화를 버럭 내다가 목소리를 낮추면서,

"그러니까 공동묘지가 좋다는 것이 아니라 근본 문제, 앞으로의 문제, 자식의 문제를 생각하여 놓고 이야기하자는 것이 아니요?"
하고 나는 농쳐 버렸다.

"나는 모르겠습니다."
하며 갓장수는 픽 웃어 버린다. 나는 잠자코 말았으나 어쩐지 불유쾌하였다. 갓장수 따위를 데리고 그러한 논란을 한 것이 점잖지 않은 것 같기도 하고 남이 들으면 웃을 것 같아서 혼자 부끄러웠다.

　두 사람이 잠자코 앉았으려니까 차는 심천(深川) 정거장엔지 도착한 모양이다. 새로운 승객도 별로 없이 조용한 속에 순사가 두리번두리번하고 뚜벅 소리를 내며 들어와서 저편 찻간으로 지나간 뒤에 조금 있으려니까, 누런 양복바지를 웅구바지로 입고 작달막한 키에 구두끝까지 철철 내려오는 길다란 환도를 끌면서 조선사람의 헌병 보조원이 또 들어왔다. 여러 사람의 눈은 또 긴장해지며 일시에 구랄 만한 누렁 저고리를 입은 조그마한 사람에게로 모이었다. 이 사람은 조그만 눈을 똥그랗게 뜨고 저편서부터 차츰차츰 한 사람씩 얼굴을 들여다보며 이리로 온다. 누구를 찾는 것이 분명하다. 나는 공연히 가슴이 선뜻하였으나 이 찻간에는 나를 미행하는 사람이 있으리라는 생각을 하니까 안심이 되었다. 찻간 속은 괴괴하고 헌병 보조원의 유착한 구둣소리만 뚜벅뚜벅 난다. 그러나 여러 사람의 가슴은 컴컴한 남포의 심짓불이 떨리듯이 떨리었다. 한 사람 두 사람 낱낱이 얼굴을 들여다보고 지나친 뒤의 사람은 자기는 아니로구나 살았구나! 하는 가벼운 안심이 가슴에 내려앉는 동시에 깊은 한숨을 내쉬는 모양이 얼굴에 완연히 나타났다. 헌병 보조원의 발자취는 점점 내 앞으로 가까워 왔다. 나는 등을 지고 돌아앉았고 내 앞의 갓장수는 담뱃대를 든 채 헌병의 얼굴을 똑바로 치어다보고 앉았다. 헌병 보조원은 내 곁에 와서 우뚝 선다. 나는 가슴이 뜨끔하며 무심코 치어다보았다. 그러나 헌병 보조원은 나를 본체만체하고 내 앞에 앉았는 갓장수를 한참 내려다보고 섰더니 손에 들었던 종잇조각을 펴 본다. 내 가슴에서는 목이 메이게 꿀

떡 삼키었던 토란만한 것이 쑥 내려앉는 것 같았다. 찻간은 고작 헌병 보조원——어린 조선 청년 하나의 한마디로 괴괴하여졌다.

"당신 이름이 뭐요?"

헌병 보조원은 갓장수더러 물었다.

"나요? 김××예요."

하고, 허둥허둥 일어선다.

"당신이 영동(永同)서 갓을 붙였소?"

"네, 네."

"그럼 잠깐 내립시다."

찻간 속은 쥐 죽은 듯한 공포에서 겨우 벗어났다. 여기저기서 수군수군하는 소리가 난다.

나의 앞에 앉아서 이때까지 노닥거리던 말동무는 헌병 보조원의 앞을 서서 허둥지둥 차에서 내렸다.

그러나 문 밖으로 나간 뒤에 정신을 차리고 보니까, 내 앞에는 수건으로 질끈 동인 헌 우산 한 개가 의자의 구석에 기대어 섰다. 나는 유리창을 올리고, 캄캄한 밖을 내다보며 소리를 쳤으나 벌써 간 곳이 없었다 …… 난로에 석탄을 넣으러 들어온 역부에게 그 우산을 내어주면서 물어 보니, 주는 우산은 받으면서도 이편 말은 못 알아들은 듯이,

"나니(무엇이야?)? 나니?"

하며 여전히 못 알아들은 체하고 일본말로 묻는 데에는 어이가 없었다. 발길로 지르고 싶었다.

자정이나 넘은 뒤에 차는 대전(大田)에 와서 닿았다. 김 의관(金議官) 같은 금테안경 채비의 하이칼라 신사는 커다란 가죽 가방에 담요를 비끄러매어서 옆에 놓았던 것을 앞에 앉았던 사람에게 들려 가지고 내려갔다. 그러나 기생은 내리지 않는다.

얼마나 정거하느냐고 소지하는 역부(役夫)더러 물어 보니까, 삼십 분 동안이라고 멱따는 소리를 꽥 지르고 달아난다. 나는 하도 심심하기에 모

자를 집어쓰고 차에서 내려서 플랫폼으로 어슬렁어슬렁 걸어나갔다. 그
동안에 눈이 서너 치나 쌓인 모양이다. 지금은 뜸하나 뼈에 저린 밤바람
이 모가지를 자라목처럼 오그라뜨리었다. 맨 끝에 달린 찻간 앞까지 오니
까 불을 환하게 켠 차장실 속에 얼굴이 해끄무레한 두 청년이 검정 방한
모(防寒帽)에 소매통이 좁은 옥색 두루마기를 입고, 누런 양복을 입은
헌병(憲兵)과 마주서서 웃으며 이야기를 하는 것이 환히 보이었다. 얼굴
모습이 같은 것을 보면 두 청년은 형제 같고 헌병 가슴에 권총을 달은 줄
이 늘어진 것을 보면 보조원이 아니요 이것이 분명하다. 나는 창 밑으로
가까이 가 보니까, 세 사람은 여전히 웃으며 무어라고 속살거린다. 그러
나 그 청년들의 어설프게 웃는 낯빛과 입술이 경련적(痙攣的)으로 위로
뒤틀린 것은 공포 그것 같았다.

'스파이는 아니군!' 하는 가벼운 생각으로 나는 발길을 돌이켜 목책으
로 막은 입구 앞으로 가서 내 손으로 열고 나갔다. 아무도 막지 않고 좌
우편으로 눈발이 쳐들어오는 횡뎅그러한 속에는 한가운데에 난로랍시고
놓고 그 가에 옹기옹기 사람들이 모여 섰다.

'대합실도 없이 이런 벌판에 세워 둘 지경이면 어서 찻간으로 들여보낼
일이지!'

나는 이런 생각을 하며 난로 옆을 흘끗 보려니까 결박을 지은 범인이
댓사람이나 오르를 떨며 나무의자에 걸터앉고 그 옆에는 순사가 셋이서
지키고 있는 것이 눈에 띄었다. 나는 무심코 외면을 하였다. 그 중에는
머리를 파발을 하고 땟덩이가 된 치마 저고리의 매무시까지 흘러 가리운
젊은 여편네도 역시 포승을 지워서 앉아 있다. 부끄럽지도 않은지 나를
부러워하는 듯한 눈으로 물끄러미 치어다보다가 고개를 숙인다. 자세히
보니 등뒤에는 쌕쌕 자는 아이가 매달렸다. 여자의 이런 꼴을 처음 보는
나는 가슴이 선뜻하며 멀거니 얼이 빠져 섰었다. 나는 흉악한 꿈을 꾸며
가위에 눌린 것 같은 어리둥절한 눈으로 한참 바라보다가 발길을 돌렸다.

정거장문 밖으로 나서서 눈을 바삭바삭 밟으며 큰길거리로 나가니까 칠

년 전에 일본으로 달아날 제 오정때 대전에 내려서 점심을 사 먹던 그 집이 어디인지 방면도 알 수 없이 시가(市街)가 변하였다. 길 맞은편으로 쭉 늘어선 것은 빈지를 들였으나 모두가 신축한 일본사람 상점이다. 우동을 파는 구루마가 쩔렁쩔렁 흔드는 요령 소리만이 괴괴한 거리에 처량하다. 열네다섯쯤에 말도 모르고 단신 일본으로 공부간다는 데에 호기심이 있었든지 친절히 대접을 해 주던 그때의 그 주막집 주인 내외가 그립다.

다시 돌려 들어오며 보니 찻간에서 무슨 대수색을 하는지 승객들은 아직도 아니 들여 보내고 결박을 지은 여자는 업은 아이가 깨어서 보채니까 일어서서 서성거린다. '젖이나 먹이라고 좀 풀어 줄 일이지.' 하는 생각을 하면 곁에 시퍼렇게 얼어서 앉은 순사가 불쌍하다가도 밉살맞다. 목책 안으로 들어오며 건너다보니까 차장실 속에 있던 두 청년과 헌병도 여전히 이야기를 하고 섰다. 나는 까닭없이 처량한 생각이 가슴에 복받쳐 오르면서 한편으로는 무시무시한 공기에 몸이 떨린다.

젊은 사람들의 얼굴까지 시들은 배춧잎 같고 주눅이 들어서 멀거니 앉았거나, 그렇지 않으면 빌붙는 듯한 천한 웃음이나 '헤에.' 하고 싱겁게 웃는 그 표정을 보면 가엾기도 하고, 분이 치밀어 올라와서 소리라도 버럭 질렀으면 시원할 것 같다.

"이게 산다는 꼴인가? 모두 뒈져 버려라!"

찻간 안으로 들어오며 나는 혼자 속으로 외쳤다.

'무덤이다! 구더기가 끓는 무덤이다!'

나는 모자를 벗어서 앉았던 자리 위에 던지고 난로 앞으로 가서 몸을 녹이며 섰다. 난로는 꽤 달았다. 뱀의 혀 같은 빨간 불길이 난로 문틈으로 날름날름 내어다보인다. 찻간 안의 공기는 담배연기와 석탄재의 먼지로 흐릿하면서도 쌀쌀하다. 우중충한 남폿불은 웅크리고 자는 사람들의 머리 위를 지키는 것 같으나 묵직하고도 고요한 압력(壓力)으로 찌긋이 내리누르는 것 같다. 나는 한번 휘돌려다보며,

"공동묘지다! 공동묘지 속에서 살면서 죽어서 공동묘지에 갈까 봐 애

가 말라하는 갸륵한 백성들이다!"
하고 혼자 코웃음을 쳤다.

"공동묘지 속에서 사니까 죽어서나 시원스런 데 가서 파묻히겠다는 것
인가? 그러나 하여간에 구더기가 득시글득시글하는 무덤 속이다. 모두가
구더기다. 너두 구더기, 나두 구더기다. 그 속에서도 진화론적 모든 조건
은 한 초 동안도 거르지 않고 진행되겠지! 생존경쟁이 있고, 자연도태가
있고 네가 잘났느니 내가 잘났느니 하고 으르렁댈 것이다. 그러나 조만간
구더기는 낱낱이 해체가 되어서 원소가 되고 흙이 되어서 내 입으로 들어
가고, 네 코로 들어갔다가 네나 내가 거꾸러지면, 미구에 또 구더기가 되
어서 원소가 되거나 흙이 될 것이다. 에잇! 뒈져라! 움도 싹도 없이 스
러져 버려라! 망할 대로 망해 버려라! 사태가 나든지 망해 버리든지 양
단간에 끝장이 나고 보면 그 중에서 혹은 조금이라도 쓸모있는 나은 놈이
생길지도 모를 것이다……."

――나는 차가 떠나기 전에 자기 자리로 와서 드러누웠다. 어느덧 난
로 옆으로 등 너머에 와서 누운 기생의 머리에서 가끔가끔 끼쳐 오는 머
릿내와 향긋한 기름내 분내를 코로 은은히 맡아 가며 눈을 감고 누웠었
다.

'이것도 구더기 썩는 냄새이기는 일반이다!'

나는 이런 생각을 하여 보면서도 코를 막으려고는 아니하였다. 차가 움
직이기 시작하였다…… 어느덧 잠이 소르르 왔다. 몇 번이나 눈을 떴다
감았다 하며 편치 못한 잠을 잔 둥 만 둥하고 눈을 떠 보니까 긴긴 밤도
흐지부지 훤히 밝았다. 오스스하기에 난로 앞으로 가며, 불을 쪼이며 옆
사람더러 물어 보니 시흥(始興)에서 떠났다 한다.

인제는 서울도 다 왔구나!고 생각하니 그래도 반갑지 않을 수 없다.
영등포를 지나서 한강 철교를 건널 때에는 대리석으로 은구를 놓은 듯한,
사람 그림자라고는 없는 빙판을 바라보고 무심코 기지개를 켜며 두 다리
를 쭉 뻗었다. 용산역에까지 오니까 뒤의 기생이 일어나서 매무시를 만적

거리고 곧 내릴 사람같이 나를 유심히 바라보며 머뭇거리다가 차가 떠나려고 호각을 부는 소리를 듣고서 그대로 앉아 버렸다. 서울이 처음 길이라 마음이 불안해서 무엇을 물어 보려고 그리하는지 수상하다. 내가 자기 자리로 와서 선반에서 짐을 내려놓고 내릴 채비를 차리는 동안에도 일거일동을 눈으로 좇으면서 무슨 말을 붙일 듯 붙일 듯 하다가 입을 벌리지 못하고 마는 모양이다. 서울에 내려서 찾아갈 길을 묻자든지 무슨 까닭이 있는 것 같아서 이편에서 먼저 입을 벌리고 싶었으나 대학 제복 제모에 경의를 표하기 위하여 모른 척해 버렸다.

기차는 남대문에 도착하였다. 집에서 나온 큰집 종형님과 짐을 나누어 들고 나와서, 인력거를 타다가 보니, 그 기생은 길 잃은 아이처럼 비켜서서 우두커니 이쪽을 바라보고 있다. 걱정 아니하여도 저 찾아갈 대로 찾아가겠지마는 어떤 사정인지 이 추운 아침에 가엾어 보였다.

7

온 밤 새도록 쏟아진 눈은 한 자 길이는 쌓였을 거라 인력거꾼은 끙끙매며 끄나 바퀴가 마음대로 돌지를 않는다. 북악산에서 내리질리는 바람은 타고 앉았는 사람의 발끝 코끝을 쏙쏙 쑤시게 하고, 안경을 쓴 눈이 어른어른하도록 눈물을 핑 돌게 한다. 남문안 '신창'으로 나가는 술집 더부살이 같은 것이 굴뚝에서 기어나온 사람처럼 오동이 된 두루마기 위로 치룽을 짊어지고 팔짱을 끼고 충충 걸어가는 것이 가다가다 눈에 띌 뿐이요, 아직 거리에는 사람 자취도 별로 없다. 불이 나가지 않은 문전의 외등(外燈)은 졸린 듯이 뿌옇게 김이 어리어 보인다. 인력거꾼은 여전히 허연 입김을 헉헉 뿜으며 다져진 눈 위로 꺼불꺼불하며 달아난다.

나는 일 년 반 만에 보는 시가를 반가운 듯이 이리저리 돌려다보고 앉았다가, 어느덧 머릿속에 아내의 가죽만 남은 하얗게 센 얼굴이 떠올랐다.

'이래두 남편이라구 기대리구 있을 테지.'

나는 이런 생각도 하여 보았다. 그러나 가엾은 생각이라고는 아니 난다. 도리어 별안간 아까 정거장에서 섭섭한 듯이 바라보고 섰던 대구 기생의 얼굴이 떠올랐다. 갸름하고 감승한 얼굴, 무슨 불안을 호소하려는 듯한 그 눈.

'지금쯤 어디를 헤매이누? 말을 좀 붙여 보았더라면 좋았을걸!'

나는 추운 생각도 잊어버리고 멀거니 이런 생각을 하고 앉았다가 우리 집에 들어가는 동리를 지나쳤다. 인력거꾼의 꾸지람을 들어 가며 두어 간통이나 되짚어 내려와서 내렸다.

집안 식구들은 벌써 일어나서 세수까지 하고 앉아서 기다리고 있던 모양이다.

"공부도 중하지만 그렇게두 좀 아니 나온단 말이냐."

하며 어머님은 벌써부터 우는 목소리다.

"그래두 눈을 감기 전에 만나라두 보게 되었으니 다행이다."

하고 또 우신다. 과부가 된 뒤로 본가살이를 하는 큰누이도 훌쩍훌쩍하고 섰다. 작은누이도 덩달아서 눈을 비빈다. 뜰에서 멀거니 바라보고 섰던 큰집 사촌 형수도 까닭없이 돌아서며 행주치마로 콧물을 씻는 눈치다. 그래도 아버지만은 벌써 안방에 들어와 앉으셔서 잠자코 절을 받으셨다.

"아, 무엇 때문에 이렇게들 우세요?"

나는 모친 앞에서도 여러 아낙네에게 핀잔을 주었다. 해마다 오면 어머니의 울고 맞아 주는 것이 귀찮다. 그러한 때에는 내 처도 으레 제 방으로 피해 들어가서 훌쩍거리었다. 반갑다고 우는 것이겠지마는, 아내에게 있어서는 그런 것만도 아니었다. 나는 혼자서 눈물이 핑 돌 때가 없지 않지만 남이 우는 것을 보면 도리어 웃어 주고도 싶고 무어라고 위로할 수도 없었다.

"좀 어떤 셈예요?"

인사가 끝난 뒤에 어머니에게 물으니까,

"그저 그렇지, 어서 들어가 보렴."

하며 어머니가 안방에서 나와서 건넌방으로 앞장을 서서 들어갔다.

"아가 아가! 서방님 왔다. 얘, 얘 일본서 서방님 왔어⋯⋯."

혼수상태에 있던 병인은 눈을 슬며시 뜨고 시어머니의 얼굴을 바라다보고 나서 곁에 앉은 나를 물끄러미 치어다보더니, 까맣게 탄 입술을 벌리고 생그레 웃는 듯하더니, 깔딱 질린 눈에 눈물이 글썽글썽하여지며 외면을 한다. 두꺼운 이불을 덮은 가슴이 벌렁거리며 괴로운 듯이 흑흑 느낀다.

"우지 마라 우지 마라, 인제 낫는다."

어머니는 이렇게 달래면서도 역시 훌쩍거리며 나가 버리신다. 병풍으로 꼭꼭 막고 오줌똥을 받아 내는 오랜 병인의 방이라 퀴퀴한 냄새에 약내가 섞여서, 밤차에 피로한 사람의 비위를 여간 거슬리는 게 아니지마는, 그래도 금시로 나가 버릴 수가 없어서 그 옆에 앉았었다.

"울지 말어요. 병에 해로우니."

나는 겨우 한 마디 하고 무슨 말로 위로를 해야 좋을지 몰라서 벙벙히 앉았었다.

"중기, 중기 보셨소?"

병인은, 눈물을 씻으며, 겨우 스러져 가는 목소리로 한 마디를 하고 나를 치어다본다. 곁에 앉았던 계집애년이 집어 주는 수건을 받는 손을 볼 제, 나는 비로소 가엾은 생각이 났다. 가죽이 착 달라붙고 뼈가 앙상한 손이 바르르 떨리었다.

'저 손이, 이 몸에 닿던 포동포동하고 제일 귀여워 보이던 그 손이던가?'

하는 생각을 하여 보니, 어쩐지 마음이 아프고 실쭉하여졌다.

"⋯⋯난, 나는 죽는 사람이에요⋯⋯ 하, 하지만 저 중기만은⋯⋯."

하며 또 기운없이 입을 벌리다가 목이 메고 말았다. 그저 그 소리지마는 시원하게 울고 싶어도 기운이 진하여서 눈물만 쏟아지는 모양이다.

"그런 소리 말아요. 죽기는 왜 죽어…… 마음을 턱 놓고 있으면 나요."

"인제는 더 살구 싶지두 않어요…… 어떻든 저것만은 잘 맡으세요……."

또다시 흑흑 느끼다가,

"……저것을 생각하니까, 하, 하루라도 더 살려는 것이지……."

하며, 엉엉 목을 놓고 우나, 가다가다 목이 메어서 모기 소리만큼 졸아들어갔다.

나는 무어라고 대꾸를 하여야 좋을지 망단하였다. 죽어가면서도 자식 생각을 하는 것이 불쌍하기도 하고, 부질없는 일 같기도 하다. 오래 앉았으면 점점 더 울 것 같고, 또 사실 더 앉았기도 싫기에, 나는 울지 말라고 달래면서 안방으로 건너와서, 아랫목에 깔아 놓았던 조선옷으로 갈아입었다. 정거장에 나왔던 사촌형이 들어와서,

"사랑에서 부르시네."

하며, 이르고 자기 방으로 들어간다. 이 형님은 종가(宗家)의 장남으로 태어난 덕에 일평생 손 하나 까딱하지 않고 우리 집에서 사십 년을 지내 왔다. 그러나 이 형님에게 자식이 없는 것이 집안의 또 큰 걱정거리란다.

사랑에 나가서 깜짝 놀란 것은 김 의관이 아버님 옆에 앉았는 것이다.

"언제부터 또 와서 있누?"

하며 어제 찻속에서 보던 금테안경을 생각하고 들어가서 인사를 하니까,

"잘 있었나? 내환이 위중해서 얼마나 걱정이 되나?"

하며 한층 더 점잔을 빼고, 양복은 입었으나 장죽을 물고 앉았다. 아랫목에 도사리고 앉으셨던 아버님은,

"거기 앉어라."

하며 그 동안 병세의 경과를 소상히 이야기하며 무슨 탕(湯)을 몇 첩이나 썼더니 어떻게 변하고, 무슨 음(飮)을 몇 첩을 써 보니까 얼마나 효험이 있었고, 무엇이 어떻게 걸리어서 얼마나 더치었다는 이야기를 기다

랗게 들려 주셨으나, 나에게는 무슨 소리인지 잘 알아들을 수가 없었다. 나는 가만히 듣고 앉았다가,

"그 유종(乳腫)은 총독부 병원에 가서 얼른 파종을 시켰더면 좋았을걸요?"

하며 한마디 하니까,

"요새 양의가, 무어 안다던? 형두 그 따위 소리를 하기에 죽어도 내 손으로 죽인다고 하였다만……."

하며 역정을 내셨다. 나는 잠자코 말았다.

안에 들어와서 급히 차려 주는 조반을 먹다가,

"김 의관은 왜 또 와 있에요?"

하고 어머니께 물어 보았다.

"집을 뺏기구 첩허구 헤어진 뒤에 벌써부터 와 있단다."

"그럼, 큰집은 어떡하구요?"

"큰집은 있기야 있지만, 언제는 안 돌아다니나 보던. 더구나 셋방(貰房)으로 돌아다니는 터에!…… 매일 술타령이요, 사람이 죽을 지경이다."

하며 어머니는 눈살을 찌푸리셨다.

"그, 왜 붙여요?"

김 의관에 대한 숭배심을 잃은 나는 그 반동으로 보기가 싫었다.

"왜 붙이는 게 뭐냐? 아버니께서는 이 세상에 김 의관만한 사람이 없다고, 누가 무어라고만 하면 야단이시구 꼭 겸상해서 잡숫다시피 하시는데……."

김 의관은 합방(合邦)통에 무슨 대신(大臣)으로 합방에 매우 유공한 서 자작(徐子爵)의 일긴(一緊)으로서 그 서씨의 집을 얻어들었는데, 서 씨가 올 여름에 죽은 뒤에는 집까지 뺏겼다는 것이다. 그러나 그 대신으로 서 자작이 하던 사업──이라야 별다른 게 아니라 귀족들의 초상집 호상 차지하는 것이지만, 이것만은 대를 물려받아서 한다는 소문이다.

"그건 고사하고, 여보, 김 의관이 유치장에 들어갔다가 그저께야 나왔다우…… 모닝코트를 입구, 하하하."

시험이 며칠 아니 남았다고 책상머리에 앉아서 무엇인지를 꼼지락꼼지락하고 앉았던 누이동생이 돌려다보며 말참견을 한다.

"응? 허허. 그거 걸작이다! 헌데 무슨 일루?"

나는 김 의관이 예전에 두 번이나 붙들려 가는 것을 따라가 본 일이 있느니만큼 유치장이란 말에 커다랗게 웃었다.

"누가 아우. 밤중에 요릿집에서 부랑자 취체에 붙들려 들어갔다가 이 주일 만에 나왔다우. 하하하……."

"허허허……."

나는 합방통에 헌병 사령부(憲兵司令部)에 가던 일을 생각해 보고,

"이번에는 누가 쫓아갔던?"

하며 또 한 번 웃었다.

"아, 참 너두 밤출입하지 마라. 요새는 부랑자 취체도 퍽 심한 모양인데……."

어머니는 곁에서 주의를 시킨다.

"왜 내가 부랑잔가요? 그런데 김 의관이 유치장에서 나와서 무어라구 해?"

하며 누이더러 물어 보았다.

"아버지께서는 누가 먹어 내기 때문에 들어갔다구 하시지만 큰집 오빠가 그리는데, 요릿집에서 취체를 당하니까, 물론 독립운동자를 잡으려는 것인데, 김 의관이 호기좋게 정무총감(政務總監)에게 전화를 걸 테라구 법석을 하기 때문에 형사들은 더 아니꽈서, 웬 되지않은 놈이 이 기승이냐고 골려 주었나 보다던데요."

"넌 뭘 안다구 어른들 이야기를 그렇게 하니!"

어머니는 누이를 잠깐 꾸짖고 나시더니, 아랫방에서 중기가 깨었다고 안고 나오는 것을 받아 가지고 들어오신다.

"자아, 너 아범 봐라. 너 아범 왔다. 좀 봐라! 왜 인제 오셨소?"

어머니는 겨우 핏덩어리를 면한 조고만 고깃덩어리를 얼러 가며 나에게로 디미셨다. 처네에 싸인 바짝 마른 아이는 추워서 그러는지 두 팔을 오그라뜨리고 바르를 떨면서 핏기없는 앙상한 얼굴을 이리로 향하고 말끄러미 나를 치어다보다가 으아 하며 가냘픈 목소리로 운다.

"그, 왜, 그 모양이에요?"

나는 눈살을 찌푸리며 고갤 돌렸다.

"왜 어떠냐? 모습이 너 닮어 이쁘지 않으냐? 인제 석 달쯤 된 게 그렇지…… 그러나 나면서 어디 에미 젖이라군 변변히 먹어 봤니. 유모를 한 달쯤 댔다가 나가 버린 뒤로는 똑 우유로만 길렀는데."

울음을 시작한 어린아이는 좀처럼 그치지를 않고 점점 더 발악을 한다. 파랗게 질리어서 두 발을 뻗디딩거리고 배를 발딱발딱 쳐들어가며 방 안을 발칵 뒤집어 놓는다.

"에그, 이게 웬 야단이야?"

하며 누이는 보던 책을 덮어놓고 눈살을 찌푸리며 마루로 홱 나가 버렸다. 나도 상을 밀어 놓고 총총히 일어났다. 사랑으로 나가서 건넌방에 들어가 담배를 피우며 누웠으려니까, 낯서투른 청년이 하나 찾아왔다. 동경의 소할(所轄)경찰서에서 지금 종로서로 인계를 하여 왔는데 다시 떠날 때까지 자기가 미행(尾行)을 하게 되었다고 하면서,

"얼마 아니 계실 테지요? 늘 쫓아다니지는 않겠습니다. 가끔가끔 올 테니 그 대신에 문 밖이나 시골을 가시거던 요앞 교번소로 통기를 좀 해 주슈."

하며 매우 생색이나 내는 듯이 중언부언하고 가 버렸다. 마음대로 하라고 하였다.

8

삼사 일은 집구석에서 그럭저럭 세월을 보냈다. 아버지는 무슨 일이 그리 분주하신지 매일 아침만 자시면 김 의관하고 나가셨다가 어슬어슬해서야 약주가 취하여 들어오시기도 하고 친구를 한떼씩 몰아 가지고 들어오시기도 하였다. 큰집 형님한테 들으니, 요사이 동우회의 연종총회가 있어서 그렇다 한다.

"그런 데 관계를 마시래도 한사코 왜 다니신단 말요? 모두 반 미친 놈들이 모여서 협잡질들이나 하고, 남한테 시비거리만 장만하면서…… 공연히 김 의관이 들쑤셔 내서 엄벙뗑하고 돈푼이라두 갉아 먹으려고 그리는 것을, 그걸 왜 짐작을 못허셔?"

"내가 아나? 평의원이라는 직함 바람에 다니시는 게지, 허허허. 그런데 중추원 부찬의라두 하나 생길 줄 아시는지도 모르지."

큰집 형님은 이런 소리를 하며 웃었다.

"중추원 부찬의는 벌써 철 겨운 지가 언젠데? 설령 그게 된다기루 그건 왜 하지 못해 애를 쓰신답니까? 참 딱한 일이야."

"그래두 김 의관은 무엇이든지 하나 운동해 드리마든데, 하하하."

"미친 소리! 저두 못하는 것을 누구를 시키구 말구. 흥 또 유치장에나 들어가구 싶은 게로군?"

"그래두 김 의관 말은 자기가 총독이나 정무총감하고 제일 긴하다는데, 하하하."

"서가의 집을 뺏겼으니까, 아버지께 알랑알랑하고 집이나 한 채 얻어들려는 거지."

"허허허. 그런 집 있으면 나부터 줍시사 하겠네."

사실 이 큰댁 형님을 집 한 채 주어 세간을 내야 하겠다고 생각하였다. 동우회라는 것은 일선인의 동화(同化)를 표방하고 귀족 떨거지들을 중심으로 하여 파고다 공원 패보다는 조금 나은 협잡배들이 모여서 바둑 장기로 세월을 보내고 저녁때면 술추렴이나 다니는 회이다. 회의 유일한 사업은 기생 연주회의 후원이나 소위 지명지사(知名之事)가 죽으면 호상(護喪) 차지나 하는 것이다.

"나는 요새 좀 바빠서 약쓰는 것도 자세히 볼 수 없고 하니, 낮에는 들어앉아서 잘 살펴보아라."

내가 도착하던 날 아침에 아버지께서 이렇게 이르시기도 하였고, 또 나간대야 급히 찾아가 볼 데가 있는 것도 아니기에 들어엎드려서 큰집 형님하고 저녁때면 술잔 먹고 사랑 구석에서 버둥거리고 있었지마는 알고 보니 다니신다는 데라야 고작 동우회뿐이다. 병인은 하루 한 번이고 두어 번 들여다보아야 더 나은 것 같지도 않고 더친 것 같지도 않고 의사가 와서 맥이나 본 뒤에 방문을 내면 큰집 형님이 쫓아가서 약봉지를 받아다가 끓여 디밀면 먹는지 마는지 하는 모양이다. 그래도 어머니께서만은 여전히 혼자 애를 쓰시나, 인제는 병구원에 지치시고 집안 사람들의 마음도 심상하여져서 일과로 약시중만 하면 그만인 모양이다. 나부터 병구원을 해 본 일이 없으니 어떻게 되어 가는지 대중을 모르겠다.

"그 망한놈의 흰지 무언지 좀 그만두고 어떻게 다잡아서 약이나 쓸 도리를 하셨으면 아니 좋을까."

하며 어머니께서 부친을 원망을 하시는 소리도 들었다.

"오늘두 또 나가우? 어젯밤부터는 좀 이상한 모양이던데……."

며느리를 들여다보고 나오시는 아버지를 치어다보며, 어머니께서 책망하듯이 물으시니까,

"오늘은 좀 늦을지도 모를걸! 그리 다를 것은 없군."

하시고 나가시는 날도 있었다. 그러나 더하다는 날도 그 모양이요 낫다는 날도 제턱이다. 또 며칠, 음산한 날이 계속하였다.

'어서 끝장이나 났으면!'

하는 생각이 불쑥 날 때에는, 정자의 생각이 드시이 뒤미처 머리에 떠올

라왔다.

'지금쯤 무얼 하고 있누? 경도로나 가지 않았나?'

하고 엽서를 뗀 것은, 서울 온 지 일 주일이나 지난 뒤이었다.

정자에게 엽서를 부치던 날 저녁때에, 을라는 그 동안 나왔나? 하고 인사 겸 병화(炳華)의 집을 찾아가 보았다. 병화는 동경 유학시대에는 나의 감독자 행세를 하였을 뿐 아니라, 비교적 정답게 지냈지만, 을라의 문제가 있은 후로는 그럭저럭 나하고 데면데면하여지기도 하고, 만나면 어쩐지 이렇다 할 표면적 별이유가 있는 것은 아니지마는 피차에 겸연쩍 게 되었다. 더구나 이 사람 역시 지금 집에 있는 큰집 형님의 이복 동생 이기 때문에 형제간 자별하지도 못하려니와 우리 집에는 한 달에 한 번쯤 들를 뿐이다.

나는 동대문 밑에서 전차를 내려서 아직도 눈에 녹은 땅이 질척거리는 길을 휘더듬어 들어가며, 눈에 익은 거리가 오래간만에 반가운 듯이 여기 저기를 휘돌아보았다. 작년 여름에는 여기를 날마다 대어 섰다. 그때 을 라는 천안(天安) 자기 집에는 가끔 다니러만 가고 서울 와서 이 집에 묵 고 있었다. 나는 하루가 멀다고 이 집에 와서는, 밤이고 낮이고 을라와 형수를 데리고, 문 안을 헤매기도 하고, 달밤에 병화 내외와 을라를 따라 서 탑골 승방까지 가 본 것도 그때였다. 밤이 늦었다고 붙들면 마지못하 는 척하고 묵은 일도 한두 번이 아니었었다.

'그러나 그때는 나두 참 단순하였어!'

나는 발자국 난 데를 따라서 마른 곳을 골라 디디며 속으로 그때 재미 있게 놀던 것을 생각하여 보았다. 김장을 다 뽑아 낸 밭에는 눈이 길길이 쌓이고 길가로 막아 놓은 산울(生籬)은 말라빠진 가지만 앙상하게 남았 고 얽어 맨 새끼도 꺼멓게 썩어 문드러졌다.

'그때에는 여기에 퍼런 호박덩굴, 외덩굴이 쫙 깔리고 누런 꽃이 건들 거려 있었겠다.'

벽돌담을 쌓은 어떤 귀족의 별장(別莊)인가 하는 것을 지나서 좁은 길을 한 마장쯤 걸어가려니까, 오른편은 낭떠러지가 된다.

'응, 저기가 자던 날 아침이면 나와서 세수도 하고, 달밤에 나와서 을라와 수건을 잠가 놓고 물튀기를 하던 데로군.'

하며 바위 밑을 내려다보니까, 물이 말랐는지 얼음눈이 허옇게 뒤집어씌어 있다. 병화 집에는 마침 주인도 돌아와 들어 있었다.

"언제 나왔나? 나왔다는 말은 들었지만, 한번 간다면서 자연 바빠서……."

하며 양복을 입은 병화는 방에서 튀어나왔다. 지금 막 들어온 모양이다.

"아씨는 좀 어떠세요?"

하며 형수도 반가운 듯이 어린아이를 안고 나와서 인사를 한다.

"명이 길면 살겠지요. 하나를 낳아 놓으니까 신진대사로 하나는 가야지요."

하고 나는 방으로 따라 들어갔다.

"에그, 흉한 소리두 하십니다."

"아참, 좀 차도가 있으신 모양인가? 처음부터 양의를 대어 가지고 수술을 한 뒤에 한약을 들이댄다든지 하였더면 좋았을걸…… 언젠가 그런 말씀을 하였더니 아버지께서는 펄쩍 뛰시는 모양이기에 시키지 않은 참견은 하기가 싫어서 그만두었지만……."

"나 역시 하시는 대루 내버려두지. 지금 어쩌니어쩌니 한들 쓸 데두 없구, 제 계집이니까 어쩐다구 하실까 봐서 되어 가는 대루 내버려두지. 하지만 며칠 못 갈 듯싶어."

"그래서 어쩝니까?"

형수가 웃으면서 눈살을 찌푸린다. 한참 병인의 이야기를 하다가 나는 생각난 듯이,

"아, 그런데 을라 오지 않았에요?"

하고 형수를 치어다보았다.

"아뇨. 왜, 나왔대요?"

하고 형수는 나의 얼굴을 살피듯이 치어다본다. 병화는 못 들은 체하고 일어나서, 양복을 벗기 시작한다.

"아뇨, 글쎄, 나왔는가 하구요."

"아뇨."

하며 형수는 생글생글 웃다가 끼고 앉은 어린애를 들여다보고 말았다. 나는 어쩐지 온 것을 속일 것은 무언구? 하며 불쾌하였다.

"오는 길에 신호(神戶)에 들렀더니, 부득부득 같이 가자는 것을 떼어 버리고 왔는데, 이삼 일 후에는 떠나겠다 했으니까 벌써 왔을 텐데요?"

하며 숨길 것이 무어냐는 듯이 불쾌한 내색을 보였다.

"네에. 하지만 바쁘신 길인데 거기는 어째 들르셨에요?"

하고 형수는 책망하듯이 묻는다.

"심심하기에 들렀다가 형님께 소식이라두 전해 드리려구요."

하며 나는 슬쩍 웃어 버렸다. 형수도 기가 막힌 듯이 웃어 버린다.

"미친 소리로군. 내가 을라 소식 알겠다던가?"

병화는 옷을 갈아입고, 자기 자리로 와서 앉으며,

"그 무어 없지? 무얼 좀 사 오라구 하지."

하며 아내와 대접할 의논을 한다.

"아, 난 곧 갈 테에요…… 그런데 작년 생각하십니까?"

하며 나는 짓궂이 종형수에게 을라의 이야기를 꺼냈다. 형수는 얼굴이 발개지며 픽 웃고 말았다. 나도 상기가 되는 것 같았다.

"자네두 퍽 변하였네그려?"

병화는 을라가 하던 말과 똑같은 소리를 하고 나를 치어다보았다. 그전 같으면 을라하고 아무 까닭은 없어도 누가 을라란 을자만 물어 보아도 얼굴이 발개지던 사람이 되짚어서 을라의 이야기를 태연히 하고 앉았는 것이 병화에게는 다소 불쾌하기도 하고 이상쩍은 모양이다.

종형수는 일 년 전에 무슨 실수가 생길까 보아 두 틈바구니에 끼여서 혼자 마음만 조리고 있던 일을 머리에 그려 보는지 한참 말없이 앉았다

가,

"그래, 공부는 잘 해요?"

하고 묻는다.

"그저 여전하드군요. 무어 노자 오기를 기다리고 있나 보던데 보내 주셨나요?"

하며 모자를 들고 일어서려니까,

"조금만 앉었어. 좋은 술이 한 병 생겼으니 한잔 하구 가란 말이야. 어디 나가서 할까?"

"술이 웬 거요? 아, 참 올 가을에 한동 올랐답디다그려, 그러지 않아두 한턱 해야 하지 않소?"

하고 내가 웃으니까, 병화는 매우 유쾌한 듯이 따라 웃다가,

"어쨌든 앉어요. 누가 양주를 한 병 선사를 하였는데……."

하며 묻지도 않은 말을 끌어 낸다. 아닌게아니라 한동 올라간 덕에 그런지 집안 세간도 그전보다는 늘은 모양이다. 웃목에 양복장도 들여놓고 조끼에는 금시곗줄도 늘이었다. 아버지가 보내 주시던 넉넉지 않은 학비를 가지고, 한 칸 방에 들어엎드려서 구운 감자를 사다 놓고 혼자 몰래 먹던 옛날을 생각하면 여간한 출세가 아니다. 나는 더 앉어서 이야기를 하고 싶었으나, 늦으면 귀치않기에 병인 핑계를 하고 나와 버렸다.

해가 거진 다 떨어진 뒤에 집에 들어와 보니, 사랑에는 벌써 영감님들이 채를 잡고 앉아서 술상이 벌어졌다. 그럴 줄 알았더면 좀 늦게 들어올걸——하며 안으로 들어가 보니까 저녁밥 때에 술 치다꺼리가 겹쳐서 우환있는 집 같지도 않게 엉정벙정하고 야단이다.

"사랑에 누가 왔니?"

나는 마루로 올라오며 약두구리를 올려놓은 화로에 부채질을 하고 앉았는 누이더러 물으니까,

"누가 아우? '차지'가 또 왔단다우."

하며 깔깔 웃는다.

"뭐? 그게 무슨 소리냐?"

"자네 차지도 모르나? 일본 가서 그것두 모르다니, 헛공부했네그려. 허허허."

술이 얼근하게 취해서 축대 위에 섰던 큰집 형이 놀리듯이 웃으며 치어다보았다. 여편네들도 깔깔 웃었다.

"'차지'라니 누구 집 택호(宅號)요? 내 차지(次知) 네 차지 말요?"

"그건 조선 차지지. 버금 차(差)자 하고 지탱 지(支)자의 차지(差支)를 몰라?"

하며 또 웃는다. 나는 무슨 소리인지 몰라서,

"그래, 일본 차지가 어떡했어?"

하고 덩달아 웃었다.

"일본말로 붙여 보시구려."

이번에는 누이가 웃는다.

"사시쓰까에(差支)란 말이지?"

"잘 알았네!"

하고 또들 웃는다.

지금 사랑에 온 손님이 김 의관의 '차지'인데 처음에 찾아왔을 때에 방으로 들어오라니까 들어가도 관계없느냐는 말을 가장 일본말이나 할 줄 안다는 듯이,

"차지(差支)없습니까?"

고 한 것을, 큰집 형이 옆에서 듣고 앉았다가 나중에 김 의관더러 물어 보니까, 그것이 일본말로 이러저러한 뜻이라고 설명을 하여 준 것을 듣고, 안에 들어와서 흥을 보기 때문에 어느덧 '차지'라는 별명을 얻게 된 것이라 한다.

집안에서들은 코빼기도 못 보고 이름도 모르면서 '차지, 차지.'하고 부르는 모양이다.

"미친 영감쟁이로군! 무얼 하는 사람인데 그래?"

나는 다 듣고 나서 큰집 형더러 물어 보았다.

"지금 세상에 오십이 넘어서 하긴 무얼 한단 말인가! 김 의관한테 빨리러 다니는 위인이지. 그는 그렇다 하고 한잔 안하겠나?"

하며 큰집 형은 자기가 한잔 내듯이 아내더러 술상을 보라고 분부를 한다.

"또 먹어요? 형님이나 자슈."

"자네야 언제 먹었나? 나는 한잔 했지만."

나는 먹고도 싶지만 조선에 돌아오면 술이 금시로 느는 것이 걱정이었다. 조선 와서 보아야 술이나 먹고 흐지부지하는 것밖에는 사실 할 일이 없다는 것도 무리가 아닐 것 같기도 하지마는, 생각하면 조선사람이란 무엇에 써먹을 인종인지 모르겠다. 아침에도 한잔, 낮에도 한잔, 저녁에도 한잔, 있는 놈은 있어 한잔, 없는 놈은 없어 한잔이다. 그들이 이렇게 악착한 현실(現實) 앞에서 눈을 감는다는 것은, 그들에게 무엇보다도 가치 있는 노력이요, 그러하자면 한잔밖에 다른 방도와 수단이 없다. 그들은 사는 것이 아니라 목표도 없이 질질 끌려가는 것이다. 무덤으로 끌려간다고나 할까? 그러나 공동묘지로는 끌려가지 않겠다고 요새는 발버둥을 치는 모양이다. 하여간 지금의 조선사람에게 술잔을 뺏는다면 아마 그것은 그들에게 자살의 길을 교사(敎唆)하는 것일 것이다.

부어라! 마셔라! 그리고 잊어버려라!——이것만이 그들의 인생관인지 모르겠다.

"그럼 한잔 하십시다."

하며, 나도 끌리고 말았다. 큰집 형을 안방으로 청하여 저녁상을 마주 받고 앉으니까, 어머니께서 다가앉으시면서,

"아까 김 의관의 친구의 천이라면서 용한 시골 의원이 있다고 해서 들어와 보았는데, 또 약을 갈아 대면 어떻게 될는지?……"

하며 못 믿겠다는 듯이 나를 바라보셨다.

"김 의관의 친구가 누구예요?"

"차지 말일세."

잔이 나기를 기다리고 앉았던 큰집 형님이 대신 대답을 하였다.

"차지라는 소리나 하고 다니는 위인이면 그까짓 게 무얼 안다구? ……"

하며 내가 눈살을 찌푸리니까,

"글쎄 말일세. 김 의관이나 차지가 진권한 것이 된 게 있을 리가 있나?"

"어떻든 나는 모르니까 아버님께 잘 여쭈어 보구 하십쇼그려."

"나 모른다면 누가 안단 말이냐? 아버지는 밤낮 저 모양으로 돌아다니시거나 술로 세월을 보내시고……."

어머니는 나는 모르겠다는 말이 매우 귀에 거슬리고 화증이 나시는 모양이다.

"글쎄 내야 무얼 알아야죠…… 그래 지금 그 의원이란 자를 대접하는 것이에요?"

"그건 그런 게 아니란다네. 김 의관이 일전에 유치장에 들어갔었다지 않았나?"

하며 큰집 형이 대답을 한다.

"글쎄 그랬다는군요."

"그런데 잡혀갔던 날이 바루 '차지'가 한턱을 내던 날인데 그러한 횡액에 걸려서 미안하게 되었다고 나오던 이튿날 차지가 또 한턱을 내었다나. 그래서 오늘은 김 의관이 벼르고 벼르다가 어디 가서 돈을 만들었는지 일금 오 원야라를 내놓고 지금 한턱 쓰는 모양이라네. 그런데 의원이란 자는 말하자면 곁두리지."

"차진가 무언가 하는 자는 무엇하는 자길래 두 번씩이나 턱을 내어 가며 그렇게 김 의관을 떠받치드람?"

"그게 다 김 의관의 후림세지. 자세한 것은 몰라두 저희끼리 숙덕거리는 소리를 들으면 군수나 하나 얻어 하든지, 하다못해 능참봉(陵參奉)이라도 하나 얻어 걸릴까 하구 연해 돈을 쓰며 따라다니나 보데. 그런 놈이 내게두 하나 얻어 걸렸으면 실컷 빨아먹구 혹 불어 세겠구면…… 하하하."

큰집 형은 이 따위 소리를 하고 취흥에 겨워 웃었다. 옆에 앉으셨던 어머님은,

"그것두 입담이 좋다든지 재주가 있어야지. 아무나 되는 줄 아는군."

하며 웃으셨다.

"응! 그래서 일본말 하는 체를 하고 차지를 휘두르며 다니는군마는 김 의관 주제에…… 군수, 참봉은 땅에 떨어졌든가!"

나는 하도 어이가 없어서 이렇게 한마디 하고 술잔을 내어주며,

"그래 그 틈에 아버니께서두 끼이셨나요?"

하며 물으니까,

"아닐세, 천만에. 김 의관이 그런 일야 변변히 이야기나 한다든가? 먹을 자국야, 혼자 끼구 돌지. 또 그러나 지금 세상에 협잡꾼 아니구 술 한 잔이나 입에 들어간다든? 김 의관만 나무라면 뭘 하겠나?"

하고 큰집 형은 매우 김 의관의 생화가 부럽기도 한 모양이다.

술이 취하여 가니까 독한 것이 비위에 당기어서 어머니께서 그만 먹고어서 밥을 뜨라시는 것도 안 듣고 나는 찻속에서 먹다가 남겨 가지고 온 위스키를 가져오라고 해서 따랐다.

"얘는 병 구원하러 오지 않구 술만 먹으러 왔나. 죽어가는 병인은 뻗어뜨려 놓고 안팎에서 술타령들만 하구……응!"

하며 어머니께서 한숨을 쉬시고 밥상을 받으셨다. 생각하면 그도 그렇지마는 하는 수 없는 일이다.

"참, 아까 병화형한테 갔더니 양주가 생겼다구 붙드는걸……."

나는 양주를 보니까 생각이 나서 이런 말을 꺼냈다.

"응! 잘들 있던가?…… 그놈 주임 대우(奏任待遇)인지 뭔지 했다면서 돈 한푼 써 보란 말두 없구……."

　얼쩡하여진 큰집 형은 또 아우의 시비를 꺼내려는 모양이기에, 나는,

　"맬겼습디까. 주면 주나 보다 안 주면 안 주나 보다 할 뿐이지. 시비는 왜 하슈. 저두 살아가야지."

하며 말을 막아 버렸다.

　"그래 아우에게 얻어먹어야 하겠나? 삼촌이나 사촌에게 비럭질을 해야 하겠나?"

　"형편 되어 가는 대루 하는 거 아니겠소."

　"계집은 둘씩이나 데리구, 그래 명색이 형이라면서 모른 체해야 옳단 말인가?"

하며 소리를 빽빽 지른다.

　"계집이 둘이라니요?"

　"아 그 을라라든가 하는 미친년의 학비를 대어 주나 보던데! 그저껜가 잠깐 들렀더니 벌써 불러 내왔나 보드군."

　"네? 와 있에요?"

　나는 놀랄 것도 없으나 아까 병화댁이 웃기만 하고 말을 시원히 안하던 것을 생각하면 역시 불쾌하다. 그러나 그 집 형수가 나와 을라가 교제하는 것을 은근히 막으려는 것은 작년부터의 일이다. 한때는 오해도 없지 않았지마는 일전 을라의 말을 들으면 그 집 형수가 그런 태도를 취하는 데는 여러 가지로 생각되는 점이 없지도 않다. 지금 이 형님의 말을 들으면 병화와 벌써 전부터 그렇지 않은 사이 같기도 하지마는, 을라의 말 같아서는 병화댁은 친한 동무지마는 김씨집에 들어오게 하고 싶지 않다는 단순한 의미로 막는 것인지도 모를 일이다. 더구나 작년만 해도 아내가 시퍼렇게 살아 있으니 으레 그랬을 것이다. 또 이번은 내가 신호에 들러서 만나고 왔다니까 한층 더 경계를 하느라고 만나지도 못하게 하려는 눈치인 듯도 싶다. 혹은 아내가 죽게 되었으니까 딴 생각을 먹고 신호까지 찾아갔는가 하는 의심이 있어 그럴지도 모를 일이다. 그러나저러나 나의 을라에 대한 향의는 작년에 멋모르고 덤비던 첫서슬과는 지금은 딴판이

다. 문제도 아니 되는 것이다.

"그래 정말 학비를 대나요? 박봉 받아 가지고 웬 돈이 자랄라구요?"

을라에게 전부터 학비를 대는 사람이 따로 있는 것을 나도 짐작하는 터이기에 재처 물었다.

"글쎄 자세한 내용야 누가 아나마는, 안에서들 그런 이야기들을 하기에 말일세!"

나는 '그러면 그렇지!' 하는 생각을 하였다. 안에서들 공연히 그러는 것이지 다른 것은 몰라도 그 점만은 을라의 말이 진담일 것이라고 생각하였다.

그 이튿날이던가 병화댁이 병 위문 오는 길에 을라를 데리고 왔었다.

"어제 저기 오셨드라지요. 오늘 아침차에 들어와서 동무집에 짐을 두고 놀라 갔다가 잠깐 뵈려 왔습니다."

하며 묻기도 전에 발뺌을 하는 것이었다.

나는 구태여 변명을 듣자는 것도 아니요, 무슨 흥미를 느끼는 것도 아니었다. 그러나 병화댁이나 을라나 제각기 그 무엇을 변명하려고 하는 눈치는 나도 잘 알아차렸다.

9

민주를 대면서도 하루바삐 납시사고 축원을 하고 축원을 하면서도 민주를 대던 병인은 그예 숨이 넘어가고 말았다. 김 의관이나 차지가 댄 의원의 약이 맞지를 않아서 그랬든지 죽을 때가 된 뒤에 횡액에 걸려 드느라고 그 의원이 불쑥 뛰어들었든지는 모르지마는 그 약을 쓴 지 이틀 만에 죽고 말았다. 누구보다도 어머니께서 가엾어하시고 섧게 우셨다. 사람의 정이란 서로 들면 저런 것인가 하여 보았다. 어머니 말씀따나 시집이라고 왔어야 나하고 살아 본 동안이 날짜로 따져도 몇 달이 못 될 것이다. 내가 열셋, 당자가 열다섯에 비둘기장 같은 신랑방을 꾸몄으니까 십 년

동안이나 시집살이를 한 셈이나 내가 열다섯 살에 일본으로 달아난 뒤로
는 더구나 부부라고 말뿐이다. 섣달 그믐날에 시집 온 새색시가 정월 초
하룻날에 앉아서 시집 온 지 이태나 되었다는 셈밖에 아니 된다.

"그러나 하는 수 없지 않아요. 그것도 제 팔자니까."

어머니께서 불쌍하다고는 우시고 우시고 할 때마다 나는 냉정히 이렇게
대답을 하였다.

죽던 날 밤중이었다. 사랑 건넌방에서 널치가 되어서 한잠이 깊이 들어
가는 판에 '여보게 여보게.' 하며 깨는 바람에 눈을 떠 보니까 큰집 형이
얼굴이 해쓱하고 두 눈이 똥그래져서 아무 말 않고,

"일어나게, 어서 일어나 안에 좀 들어가 보게."

하며 앞에 섰었다. 나는 '인젠 그른 게로구나!' 하며 옷을 걸치고 따라
나섰다. 저편 방에서 주무시던 아버님도 창황히 나오셨다. 안으로 들어가
서 건넌방을 들여다보니 온 집안 식구가 조그만 방에 그득히 들어섰다.
어머니는 염주를 돌려 가며 나무아미타불을 중얼중얼 외시며 자리를 비켜
주시고 병인의 얼굴 앞으로 가라고 손짓을 하셨다. 아무도 입을 벌리는
사람은 없이 무슨 장숙(莊肅)하거니 그렇지 않으면 이로부터 시작되려는
보지 못하던 일을 구경이나 하듯이 숨도 크게 쉬지 못하고 우중우중 늘어
섰다. 나는 하라는 대로 병인 앞으로 가서 앉으면서 그저 숨을 쉬나 하고
손을 코에다 대어 보니까 따뜻한 김이 살짝 힘없이 끼치었다.

"언제부터 그래?"

하며 아버님도 잠깐 문을 열고 들여다보시는 기척이었다. 병인의 목은 점
점 재지게 발랑거린다. 감았던 눈을 실만큼 떠서 옆에 앉은 내게로 향하
더니 별안간 반짝 뜨며 한참 노려보다가 다시 감는다. 나는 머리끝이 쭈
뼛하고 가슴이 선뜻하였다. 나를 원망하는 것이나 아닌가 하며 정이 떨어
졌다. 누운 사람은 당장 숨이 콕 막히는 것 같더니 방긋이 벌린 입가에
이번에는 생긋 하는 웃음빛이 보이는 것을 보고 나는 비로소 마음을 놓
았다.

나는 어머님이 이르시는 대로 지금 데워서 들여온 숭늉 같은 미음을 한 술 떠서 열린 둥 만 둥한 입술에 흘려 넣었다. 병인은 또 한 번 눈을 힘없이 뜨더니 곧 다시 감는다. 또 한 술 떠서 넣었다. 병인은 한 숟가락 반의 미음이 흘러들어가던 입을 반쯤이나 벌리더니 가죽만 남은 턱을 쳐들면서 입에 문 것을 삼키려는 듯이 고개를 뒤로 젖히고 두어 번이나 연거푸 안간힘을 쓴다. 목에서는 담이나 걸린 듯이 가랑가랑하는 소리가 모기 소리만큼 났다.

여러 사람들은 눈을 한층 더 크게 뜨며 고개를 앞으로 내미는 듯하고 들여다보았다. 어머님은 여전히 염불을 부르시면서 베개 위로 넘어가려는 머리를 쳐들어 놓으셨다. 베개를 만지시던 어머님의 손이 떨어지자 깔딱하는 소리가 겨우 들릴 만큼 숨소리도 없는 환한 방에 구석구석이 잔잔하게 파동을 치며, 문틈으로 흘러갔다…… 이것이 모든 것이었다. 이 이상 아무것도 없었다. 다만 나는 이상할 뿐이었다. 대관절 이것이 죽음이라는 것인가 하며 눈을 꼭 감은 하얀 얼굴을 물끄러미 들여다보고 앉았었다. 가엾은지 슬픈지 아무 생각도 머리에 떠오르지는 않았으나, 나를 치어다보던 그 눈! 방긋한 화평스러운 그 입이 머릿속에서 오락가락하는 일편에, 내 손으로 미음을 떠 넣어 준 것만이 무슨 큰일이나 한 것같이 유쾌하였다. 어머님은 윗입술을 쓰다듬어서 입을 담게 하여 주시고 가만히 들여다보시더니, 염주를 들고 눈물을 뚝뚝 흘리셨다.

나는 벌떡 일어나서 사랑으로 나왔다. 책상머리에 기대어 담배를 피어 물고 앉았었으려니까 큰집 형님이 데리고 온 양의(洋醫)가 허둥지둥 들어왔다. 마침 아는 의사이기에 들어와서 녹여 가라고 하였더니, 죽었다는 말을 듣고는, 부정이나 타는 듯이 뺑소니를 쳐 버린다. 사망 진단서니 뭐니 성이 가신 일이나 맡을까 보아서 그런지, 의사도 주검이란 싫어서 그런지 나는 속으로 코웃음을 쳤다.

이튿날 어둔 뒤에 김천 형님 내외가 딸까지 데리고 올라온 뒤에는 나도 모든 것을 쓸어 맡기고 사랑에 나와서 담배만 피우며 가만히 누웠었다.

미음 한 술 떠 넣어 주려 나왔던가 생각하면 공연히 온 것 같았다. 그러나 시체를 청주까지 끌고 내려간다는 데에는 절대로 반대하였다. 오일장이니 어쩌니 떠벌리는 것도 극력 반대를 하여 삼 일 만에 공동묘지에 파묻게 하였다. 처가편에서 온 사람들은 실쭉해하기도 하고 내가 죽은 것을 시원히나 아는 줄 알고 야속해하는 눈치였으나, 나는 내 고집대로 하였다.

그러나 초상중에 또 한 가지 나의 고통은 눈물이 아니 나오는 울음을 울라는 것이었다.

이것도 처가붙이끼리라든지 집안 식구들까지 뒷공론을 하는 모양이나 파묻고 들어올 때까지 나는 눈물 한 방울을 흘릴 수가 없었다.

"팔자가 사납거던 계집으로 태어날 거야. 어쩌면 눈물 한 방울 안 흘리누?……"

하며 과부댁 누이가 마루에서 나더러 들어 보라는 듯이 한마디 하니까, 김천 형수가,

"남편네란 다 그렇지. 두구 보시구려. 달이 가시기도 전에 여학생을 끌어들이실 거니."

하고 소곤거리는 것을 나는 안방에서 혼자 밥을 먹으며 들었다. 나는 속으로 웃었다.

"너도 내년 봄이면 졸업이지? 인젠 어떻게 할 셈이냐? 곧 나와서 무어라두 붙들 모양이냐?…… 더 연구를 하련?"

장사 지낸 지 이틀 만에 사랑에서 아침을 같이 먹다가, 조용한 틈을 타서 형님을 불쑥 이런 소리를 꺼냈다.

"글쎄 되어 가는 대로 하죠. 하지만 무어든지 내 일은 내게 맡겨 두시는 게 좋겠죠."

나는 이렇게 우선 한마디 해 놓고 나의 계획을 대강 말하였다. 그리하여 자식은 요행히 잘 자라면 김천 형님이 데려가거나, 만일 김천 형님이 아들을 낳게 되면 큰집 형님이 데려가는 대신에 내 앞으로 오는 것이 다

소간 있을 것이니 그 반분은 양육비와 교육비로 제공하되 장성할 때까지 김천 형님이 보관하기로 김천 형님과만 내약을 하여 두었다. 간단한 일이지마는 이렇게 순편하게 끝이 나니까 한시름 잊은 것 같고 새삼스럽게 자유로운 천지에 뛰어나온 것 같았다.

그 동안 청명한 겨울날이 계속하더니 오늘은 또 무에 좀 오려는지 암상스런 계집이 눈살을 잔뜩 찌푸린 것처럼 잿빛 구름이 축 처지고 하얗게 얼어붙은 땅이 오후가 되어도 대그럭거리었다. 사랑은 무거운 침묵과 깊은 잠에 잠긴 것같이 무서운 증이 날 만큼 잠잠하다. 김 의관은 자기가 칭원이나 들을까 보아서 제풀에 미안하여 그러는지 그저께 발인 때 잠깐 띈 뒤로는 보이지를 않는다.

우중충한 사랑방에 왼종일 혼자 가만히 드러누웠으려니까 무슨 무거운 돌멩이나 납덩어리로 가슴을 내리누르는 것 같았다. 상처를 하였다 해서 별안간 섭섭거나, 설운 생각이 나서 그런 것도 아니요, 아이들이 없어서 조용한 집안이 초상 뒤에 한층 더 쓸쓸하여진 것 같아서 그런 것도 아니다. 혹시는 세계 대전이 끝나고 세상은 떠들썩하며 무슨 새로운 희망에 타오르는 것 같건마는 조선만은 잠잠히 쥐죽은 듯이 들어엎데어서 그저 파먹기나 하며 버둥버둥 자빠져 있고 눈에 보이지 않는 무슨 무거운 뚜껑이 꽉 덮여 있는 것 같아서 답답한 것인지도 모르겠다. 그러나 또다시 생각하면 아내가 죽어가는 꼴을 마주앉아 보았느니만큼 어느 때까지 그것이 머리에서 떠나지를 않고 지난 일이 곰곰 생각이 나서 가엾은 추회(追懷)가 새삼스럽게 머리에 떠올라서 기분이 무거운 것도 사실이었다. 살아 있을 때는 죽거나 말거나 될 대로 되라고 냉담하였지마는 파묻고 돌아와 보니 역시 한구석이 허전한 것 같고 지난 일이 뉘우쳐지는 것도 있는 것이었다. 아내가 살아 있을 때는 꿈에도 생각지 못하던 가엾은 생각이, 동정하는 마음이 유연히 마음속에 괴어오르는 것을 깨달았다.

'에잇, 하여튼 한시바삐 빠져 달아나자!'

나는 부친과 형님이 들어오시면 오늘 저녁차로라도 떠나 버릴 작정으로 건넌방으로 건너가서 가방 속을 정리하고 앉았으려니까 어느 틈에 왔던지 안에서 병화댁과 을라가 인사를 나왔다.

"얼마나 섭섭하시구 언짢으십니까?"

을라는 위문이라느니보다도 젊은 남편의 상처란 그저 그런 거라는 듯이 생긋 웃으며 다시 장가 갈 치하를 하는 듯한 어조다.

"죽은 사람야 가엾지만 생자필멸이니 하는 수 없지요."

나는 금방 비로소 죽은 아내가 가엾다는 생각을 하고 난 끝이라 도리어 정중히 이렇게 대거리를 하며 사랑에 올라올 리는 없지마는 인사로 올라오라고 하였다.

"그래두 섭섭하시겠죠?"

을라는 이런 소리를 하며 말똥이 나의 기색을 살피려는 눈치다. '그래두 섭섭'이란 인사답지 않은 인사지마는 나는 웃고 말았다.

"언제 떠나십니까? 이번엔 꼭 같이 가세요."

인사를 온 것이 아니라 동행하자고 맞추러 온 것 같은 수작이다.

"오늘 저녁이라두 떠날까 하는데 함께 나서시겠나요? 동행을 해 주시면 심심치도 않고 매우 좋기야 하겠지만."

나는 실없이 웃어 보였다.

"아, 그렇게 서두르실 게 뭐예요?"

을라가 놀라는 소리를 하려니까 한 걸음 뒤처져 안에서 나온 병화가 다가오며,

"뭐? 오늘 떠나?"

하고 알은 체를 하다가 오늘 떠나든 말든 자기 집으로 가서 저녁이나 같이 먹자고 발론을 한다.

"아무려면 오늘 떠나시게 되겠에요? 아무것두 없지만 잠깐 가시죠."

병화댁도 옆에서 권한다. 자기네끼리 오늘 나를 찾아 인사도 하고 위로삼아 저녁 대접을 하려고 의논이 된 모양이다. 그러나 나는 그럴 한가로운 기분이 나지를 않았다. 또 그것이 병화 내외로서는 을라에 대한 자기

네끼리의 입장을 명백히 하려는 기회를 만들려는 뜻인지도 모르겠고 을라 는 을라대로 딴 생각이 있는지 모르나 나는 그런 것이 도리어 성이 가신 생각이 났다. 하여간 이 사람들의 이러한 눈치로만도 나는 작년 이래로 지나치게 오해였던 것이 풀린 것은 기쁘고 마음이 거뜬하여진 것 같았다.

마루 끝에서 실랑이를 하다가 이 사람들을 돌려보낸 뒤에 나는 짐을 다 시 싸기 시작하였다. 서류를 정리하다가 가방 속에서 나온 정자의 편지를 다시 한 번 펴 보았다. 이것은 초상중에 온 것을 대강 보고 집어넣어 두 었던 것이다.

……과장(誇張)없는 말씀으로 저는 이제야 겨우 악몽에서 깨어나서 흐리터분하고 어리둥절하던 제 정신이 반짝 든 듯싶습니다. 오랜 방황에 서 이제야 제 길을 찾아든 것도 같습니다. 그렇다고 무슨 신앙(信仰)을 붙든 것도 아니요, 생활의 도표(道標)를 별안간 잡은 것은 아닙니다마 는, 언젠가 말씀처럼 고민(苦悶)은 역시 제 길 저 살 길을 열어 주고야 말았는가 합니다…… 반 년 동안 레스토랑의 경험은 컴컴하고 끈죽끈죽 한 생활이었습니다마는 그래도 저는 그 생활 속에서 새 길을 찾았는가 싶 습니다. 인간수양, 세간수양이 조금은 되었는가 합니다. 만일 내가 지금 지향(志向)하는 길로 나갈 수 있다면 M헌(軒)에서의 반 년 동안 얻은 문견이 무슨 보토가 될지도 모르겠지요. 그러나 그보다도 그 동안에 당신 을 만나 뵈었다는 것은 저의 일생에 잊지 못할 새로운 기록이었겠지 요…….

정자의 편지는 저번 내가 부친 엽서의 답장이나 매우 희망과 감격에 찬 기분으로 썼다. 동경역에서 헤어질 때 경도로 갈 듯하다더니 역시 설(正 初) 전으로 M헌을 하직하고 경도 고모집으로 갈 작정이라는 것이다. 그 리고 고모집에를 가면 소원대로 이번 신학년부터는 동지사대학(同志社大 學) 여자부에 입학할 예정이라 한다. 아마 저의 본집과도 양해가 되어 학비도 나오게 되고 제 자국에 다시 들어설 눈치인지 모르겠다. 저의 집이 경도 대판에서 뱃길(船路)로 대여섯 시간이면 건너서는 사국(四國) 고송(高松)이라는 데에서 해물상을 한다는 말은 들었지마는, 경도에 가서 동지사대학에 들어갈 준비를 할 터이라는 말을 듣고 보니, 나는 동경서 떠나올 제 목도리를 사다가 함부로 허리춤에 찔러 주고 온 것을 생각하고 혼자 속으로 찔끔하는 생각이 들며 혼자 얼굴이 뜨뜻해 왔다. 물론 보통 카페 걸로 여긴 것은 아니지마는 좀 너무 함부로 한 것 같아서 열쩍은 생각이 드는 것이다. 저의 집이 얼마나 잘살거나 그거야 알 바 아니지마는 대학까지 가려는 생각인 줄은 몰랐던 것이다.

……인생은 오뇌(懊惱)로 쌓아올려가는 것인가 봅니다. 아니 번민 오뇌로 쌓아올라가는 노력이 있어야 할 것인가 합니다. 왜 이 말씀을 하는고 하니, 당신이 너무나 인생문제와 사회문제에 대하여 자기의 불만 불평보다는 더 큰 것을 위하여 애쓰시는 것이 가엾어 그럽니다. 민족의 운명에 대해서 번민하시고 오뇌하시기 때문에――또 저는 거기에 경의를 느끼기 때문에 이런 말씀을 하고 싶은 것입니다. 고진감래(苦盡甘來)라는 그런 속된 말로가 아니라 괴로움을 알아야 사람은 거듭 나는가 합니다. 일본의 남자들은 너무나 괴로움을 모릅니다. 역시 대륙적(大陸的)이라 할지? 괴로움을 꾹 참고 딱 버티고 섰는 거기에 깊이 있는 생활이 있는가 싶습니다…….

이런 말도 씌어 있다. 다감(多感)하고 예민한 계집애가 연애에 실패하고 집안에서는 쫓겨나고 하니까 보통 여자와는 다르겠지마는 어떻게 생각하면 자기나라 남성――일본남성에게 반기(反旗)를 들고 내게로 오겠다는 사연인가도 싶다.

끝에는 동경으로 가는 길에 부디 경도로 전보를 미리 치고 자기에게 들러 달라고 고모집 번지수까지 씌어 있었다. 그러나 이번에 만나면 전과는

달라서 퍽 여러 가지 이야기할 것도 많을 것 같지마는 한편으로는 어색도
하고 겁도 나는 것이었다.

'이번에 만나면 어떤 얼굴로 만날꾸?'

혼자 상상을 하여 보고는 큰 기대도 있고 큰 흥미도 있으리라고 궁리가
많았다. 갑갑하고 화가 나는 김에 어서 가서 정자나 만나면 이 무거운 기
분이 조금은 나을 것 같다.

가방을 꾸려 놓고 어머님께 오늘 밤차로 떠나겠다고 여쭈려 안으로 들
어가니까, 출입하였던 큰형님이 뒤미처 들어왔다.

"얘가 오늘 저녁으루 떠나겠다는구나! 내 이런 주착없는 애가 있니?"

모친으로서 생각하면은 딸자식이 죽은 것과는 다르다 하여도 둘째 며느
리를 열다섯부터 앞에서 키운 정이 있으니 집이 한구석 텅 빈 것 같은데
아들마저 초상을 치르자마자 훌쩍 가 버리겠다니 어이가 없는 것이다.

"별안간 이것은 무슨 소리냐? 가자면 나부터 가야지. 네가 왜 먼저 서
두르느냐? 나는 아이들을 놀려 놓고 온 터 아니냐?"

하고 큰형님은 역정을 낸다. 나는 이 말에 찔끔하였다. 사실 경우가 틀렸
다.

"너는 너무 기분주의야. 어쨌든 나는 내일 떠나야 하겠지만 방학 동안
은 좀 들어앉았으렴. 어머니께서 섭섭해 안하시니?"

나는 떠나는 것을 무기연기하기로 하였다.

사람이 죽어나간 건넌방에는 안에서들 들어가 자기를 싫어하는 모양이
기에 내가 자기로 하였거니와, 형님이 떠난 뒤로는 더구나 혼자 드러누워
서 이 생각 저 생각에 전전반측하며 잠을 못 이루는 날이 많았다. 곰곰
생각하면 날이 갈수록 죽은 사람에게 역시 미안한 생각이 간절하였다. 더
산대야 하나 날 자식을 두셋 더 낳았을 것밖에 별수야 없겠지마는 좀더
따뜻이 해 주었더면 하는 후회도 난다. 그러나 생각하면 이런 뉘우침도
결국에는 자기가 당장 고적하고 아쉬우니까 그런가 보다는 생각도 든다.
지금 애인이라도 있다면 이 생각 저 생각없이 뛰어 달아났을 것이다. 그

러나 당장 어린것을 기를 걱정은 없다 하여도 조만간——삼사 삭 후에 졸업하고 나오면 역시 혼자는 어려우니 장가는 들어야 할 것이나 누구를 고를까? 마음에 맞는 사람이 있기로 누가 선뜻 와 줄까?…… 이런 걱정도 머리에 떠오른다…….

"을라?……"

나는 코웃음을 쳤다. 정자? 더구나 안 될 말이다. 공부를 시작한다는 것은 말 말고라도 인제 겨우 부모의 노염도 풀려 가는 눈치인데, 또다시 나 같은 사람과 문제가 새판으로 생긴다면 피차에 비극을 되풀이할 것이다. 그것은 고사하고 정자 같은 사람은 우리 집에 들어와서 살 수 없는 일이요, 장래를 생각하거나 민족적 감정으로나 문제도 아니 된다. 이것저것 실제 문제를 생각하면 그래도 아내가 더 살아 주었더면 내 몸 하나는 편하였던 걸…… 하는 생각도 든다. 죽으면 죽으라지 또 계집이 없을까 하는 방자한 생각이 뉘우쳐지기도 하였다.

그는 하여간에 정자의 열심으로 써 보내 준 편지에 어느 때까지 모른 척하고 내버려두기도 안되어서 이튿날 이런 답장을 써 부치었다.

모든 것이 순조로 해결되어 가고 학교에 들어가시게 되었다 하오니 얼마나 반가운지 모르겠습니다. 과거 반 년간의 쓰라린 체험(體驗)이 오늘의 신생(新生)을 위한 커다란 준비 시기이셨던 것을 생각하면, 그 동안 나의 행동이 부끄럽지 않을 수 없습니다마는, 한편으로는 내 생애에 있어서도, 다만 젊은 한때의 유흥 기분만에 그치지 아니하였던 것을 감사하며 기뻐합니다. 그러나 뒷날에 달콤하고 아름다운 추억으로 남아 있으리라고 생각할 뿐이라면 이렇게 섭섭한 일도 없고, 당신은 또 자기를 모욕하였다고 노하실지도 모르나, 언제까지 그런 기쁨과 행복에 잠겨 있도록 이 몸을 안온하고 자유롭게 내버려두지 않으니 어찌하겠습니까. 나도 스스로를 구하지 않으면 아니 될 책임을 느끼고, 또 스스로의 길을 찾아가야 할 의무를 깨달아야 할 때가 닥쳐오는가 싶습니다…… 지금 내 주위는 마치 공동묘지 같습니다. 생활력(生活力)을 잃은 백의(白衣)의 백성과, 백주에 횡행하는 이매망량(魑魅魍魎) 같은 존재가 뒤덮은 이 무덤 속에 들어앉은 나로서 어찌 '꽃의 서울'에 호흡(呼吸)하고 춤 추기를 바라겠습니까. 눈에 보이는 것, 귀에 들리는 것이 하나나 내 마음을 부드럽게 어루만져 주고 용기와 희망을 돋구어 주는 것은 없으니 이러다가는 이 약한 나에게 찾아올 것은 질식밖에 없을 것이외다. 그러나 그것은 장미꽃송이 속에 파묻히어 향기에 도취한 행복한 질식이 아니라, 대기(大氣)에서 절연된 무덤 속에서 화석(化石)되어 가는 구더기의 몸부림치는 질식입니다. 우선 이 질식에서 벗어나야 하겠습니다.

　……소학교 선생님이 쎄이버(환도)를 차고 교단에 오르는 나라가 있는 것을 보셨습니까? 나는 그런 나라 백성이외다. 고민하고 오뇌하는 사람을 존경하시고 편을 들어 주신다는 그 말씀은 반갑고 고맙기 짝이 없습니다. 그러나 스스로 내성(內省)하는 고민이요, 오뇌가 아니라, 발길과 채찍 밑에 부대끼면서도 숨이 죽어 엎디어 있는 거세(去勢)된 존재에게도 존경과 동정을 느끼나요? 하두 못생겼으면 가엾다가도 화가 나고 미운 증이 나는 법입넨다. 혹은 연민(憐憫)의 정이 있을지 모르나, 연민은 아무것도 구(救)하는 길은 못 됩니다…… 이제 구주의 천지는 그 참혹한 살육의 피비린내가 걷히고 휴전 조약이 성립되었다 하지 않습니까. 부질없는 총칼을 거두고 제법 인류의 신생(新生)을 생각하려는 것 같습니다. 그러나 이 땅의 소학교 교원의 허리에서 그 장난감 칼을 떼어 놓을 날은 언제일지 숨이 막힙니다…….

　우리 문학의 도(徒)는 자유롭고 진실된 생활을 찾아가고 이것을 세우는 것이 그 본령인가 합니다. 우리의 교유, 우리의 우정이 이것으로 맺어지지 않는다면 거짓말입니다. 이 나라 백성의 그리고 당신의 동포의, 진실된 생활을 찾아 나가는 자각과 발분을 위하여 싸우는 신념(信念)없이는 우리의 우정도 헛소리입니다…….

　나는 형님이 떠날 제 초상에 쓰고 남은 것이라고, 동경 갈 노자와 함께 책값이며 용돈으로 내놓고 간 삼백 원 속에서 백 원을 이 편지와 함께 붙여 주었다. 혹시는 다른 의미나 있을 줄로 오해할 것이 성이 가시기도 하나, 동경에서 떠날 제 선사받은 것도 있으려니와, 정자의 새 출발을 축하하는 의미라고 한 마디 쓰고, 다소 부조가 될까 하여 보낸 것이다. 실상은 동경 가는 길에 들르지 않겠다는 결심을 다시 하였기 때문에, 아주 이것으로 마감을 하여 버리고, 나도 이 기회에 가뜬한 몸이 되고 싶었던 것이다.

　나는 한 열흘 더 있다가, 졸업 논문도 있고, 아무래도 학교 일이 걱정이 되어서 떠나고 말았다. 정거장에는 큰집 형님, 병화 내외, 을라들이 나왔다. 을라는 입도 벌리지 않고 오도카니 섰고, 병화 내외도 플랫폼의 보꾹에 매어달린 시계만 쳐다보면서 선하품을 하고 섰었다. 그러나 병화의 얼굴에는 그렇게 보아서 그런지 모든 오해를 풀고 인제는 안심하였다는 듯한 화평한 기색이 도는 것 같았다.
　차가 떠나려 할 제, 큰집 형님은 승강대에 섰는 나에게로 가까이 다가서며,
　"내년 봄에 나오면, 어떻게 속현(續絃)할 도리를 차려야 하지 않겠나?"
하고 난데없는 소리를 하기에 나는,
　"겨우 무덤 속에서 빠져 나가는데요? 따뜻한 봄이나 만나서 별장이나 하나 장만하고 거무럭거릴 때가 되거던요!……"
하며 웃어 버렸다.

염상섭의 작품에 나타난 우울미(憂鬱美)

1. 머리말

염상섭(廉想涉, 1897~1963)은 서울 종로구 적선동에서 태어났고, 보성소학교를 거쳐 보성중학에 입학하였으나, 1912년에 일본 동경에 있는 마포(麻布)중학으로 전입해 갔다. 다시 경도 부립 제2중학교에 옮겨가 1918년에 졸업하고, 이어 경응대학(慶應大學) 문과에 입학한다. 1919년 일본 오사카의 天王寺 公園에서 한국인을 규합하여 만세운동을 주도하다 大阪監獄에 수감되어 대학에서의 수학은 중단되었다.

1920년 1월에 귀국하여 『동아일보』 창간과 함께 정치부 기자로 일하다가, 10월에 오산학교 교사로 초빙되었다. 이 해 그의 첫 작품 「標本室의 청개구리」가 『개벽』지 8월호에 발표되었고 『폐허』 동인이 되었다.

1924년에 장편 「만세전(萬歲前, 원제목 墓地)」이 『時代日報』(1924. 4. 6~6. 7)에 발표되었다. 그리고 단편 「금반지(金半指)」(개벽, 1924. 2), 「밥」(朝鮮文壇, 1927. 2), 「조그만 일」(文藝時代, 1926. 11), 「전화(電話)」(朝鮮文壇, 1925. 2) 등이 모두 같은 해에 발표되었다. 1929

년에 결혼하면서 『조선일보』사 학예부장에 적을 두고, 한국 최초의 사회 소설 장편 「삼대(三代)」가 1931년(1. 1~9. 17) 조선일보에 연재되었다. 1936년에 『만선일보(滿鮮日報)』 주필이 되고, 해방과 함께 귀국하였다. 이어 1946년에 『경향신문』이 창간되면서 편집국장에 초빙되었다. 다음으로 1949년 단편 「두 破産」이 『신천지』 8월호에 발표되었다.

1950년 6.25전쟁이 일어나자 해군정훈 장교로 근무하게 된다. 그리고 1952년에 장편 「驟雨」를 『조선일보』에 연재하였다. 이 작품으로 1954년 서울시 문화상을 받았다. 1956년 단편 「짖지 않는 개」로 아세아 자유문학상을 수상하고, 1957년에는 예술원 공로상을 받았다. 1962년 3.1문화상과 대한민국 문화훈장을 받고, 1963년 67세에 병으로 타계하였다.

2. 염상섭 소설의 의미

1) 단편 「표본실의 청개구리」와 3.1운동 직후의 사회적 분위기

이 작품의 주인공이며 화자인 나는 불안과 고뇌에서 벗어나려고 노력하나 실제로는 벗어나지 못한다. 그 고통의 근원이나 실체가 불분명한 채 이야기가 펼쳐진다. 주인공 화자는 중학생 때 박물 선생에 의해 해부되었던 죽어가는 개구리를 회상하면서 고통의 현실성을 간접화하여 보여 주고 있다. 주인공의 방도 불안과 고통의 방으로 묘사되어 마치 감옥 안에 갇혀 있는 것처럼 독자들이 느낄 수 있게 하였다. 그래서 주인공 화자는 이 고통의 방으로부터 벗어나려고 시도한다.

어디든지 가야겠다. 세계의 끝까지 무한(無限)에, 영원히 발끝 자라는 데까지, 무인도! 시베리아의 황량한 벌판! 몸에서 기름이 부지직부지직 타는 태양! …… 아아.

(語文閣, 신한국문학전집, 염상섭 선집, 346면, 1979)

인용문에서 볼 수 있듯이, 고통의 방에서 벗어나려는 의지가 보인다. 그런데, 이 고통의 방이 지니는 의미는 구체적으로는 나타나 있지 않으나, 제4절부터 등장하는 광인 김창억의 이야기 속에서 간접적으로 밝혀진다. 그의 연설에 '약육강식'의 원리에 따라 전쟁을 일으킴은 옳지 않고, 화해롭게 공존하는 평화론을 설파한다. 이러한 연설을 듣는 젊은 학도들은 모두 웃거나 김창억이 망령든 것처럼 생각하지만 주인공 화자만은 "모자를 벗어들고 공손히 듣고 있었다"는 친구 Y의 말이 제시한 바와 같이, 그 연설 내용의 중요성을 암시하고 있다.

이렇게 시대 전체의 우울의 의미가 바로 약육강식의 원리에 의한 식민지 치하에 있기 때문이라는 사실이 암시된다. 그리고 김창억을 광인으로 설정한 작가의 소설적 의도도 사실은 3.1운동 직후의 암울한 사회상을 간접적으로 반영하여 맑고 온전한 제정신으로 살아갈 수 없는 시대 전체의 고통을 암시한 것임을 알 수 있다.

이러한 시대고의 문제를 제5절에서 주인공 화자는 친구에게 엽서를 쓰면서도 그러한 김창억을 "자유인"으로 말하여 시대의 고통을 객관적 시선에서 포착하려는 의미를 엿볼 수 있게 하고 있다.

제8절까지 김창억의 발광한 내력이 보이는데, 여기서 서술자는 화자를 3인칭 화자로 바꾸었다가 다시 제9절부터 제10절 끝까지 주인공 화자의 시점으로 돌아온다. 이러한 시점의 교체는 자신의 심정과 처지를 말하던 주관적 서술 시점으로서는 화자가 전혀 모르는 평양의 광인 김창억을 서술하기가 어려우므로 제6절부터는 '그'라고 3인칭화한 것임을 이해할 수 있다.

여기서 서술자 시점의 교체는 작품의 주제를 실현하기 위한 필요한 기교적 조처였을 뿐 기교의 미숙에 의한 것이 아님을 명백히 이해할 필요가 있다.

이 작품에 제기된 시대의 고뇌는 그러나 해결되지 않고 제10절에 이르러 다시 주관적 화자의 시선에 의하여 상여집을 제시하고 있는데 여기서도 죽음에 관한 공포 의식이 나타난다. 그리고 걸인으로 전락한 인물들의 이야기로 작품은 끝나고 있다.

이처럼, 염상섭은 3.1운동 직후 한국의 사회상이 암울했던 사실을 작품에 반영하여 시대 전체의 우울을 증언한 것이다.

2) 작품「두 파산」에 나타난 욕망의 부딪침과 양식의 파탄

이 작품에는 교장으로 호칭되는 고리대금업자를 중간에 내세워 서로가 동창 사이인 옥님이가 학용품 가게를 차린 정례 모친에게 2할 가까운 고리로 빚을 놓고 무자비하게 이자를 챙긴다는 이야기이다.

이러한 이야기에서 땅을 팔아 택시 사업을 벌인 정례 아버지의 사업이 뜻대로 되지 않자, 학용품 가게에서 나오는 약간의 이익을 차를 고치는데 쓰려고 빼내니 결국에는 학용품 가게조차도 운영할 수 없는 곤경에 빠진다.

이렇게 살림을 꾸려가기가 어려운 때에 여고 동창생인 옥님이는 빌려준 원금과 밀린 이자까지 모두 갚아 달라고 요구하여 결국은 학용품 가게도 파산된다는 이야기로 끝난다. 여기서 옥님은 일제 때 그 남편이 도지사를 지낸 친일파이지만 돈놀이를 하여 살아가는 인물로서, 욕망에 눈이 어두워 친구의 궁핍을 외면하고 냉정하게 돈을 받아낸다는 내용이 객관적으로 묘사되고 있다.

여기서 정례 모친과 옥님 사이의 의리나 우정은 보이지 않고 오직 생존 경쟁에서 뺏고 빼앗기는 살벌함이 보인다. 그리고 교장이라는 별명을 가진 이자수금 담당의 중늙은이도 그의 점잖고 교양있는 교육자라는 과거는 몰각하고 오직 이식을 늘리는데만 골몰하는 모리배로 전락한 사실이 보인다. 이러한 인물들이 빚어내는 욕망의 시학을 작가는 광복 당시의 사회적 혼란상을 "둥쳐먹고"와 같은 간략한 어귀로 요약하여 알려 주고, 그런

시대적 맥락과 연결지어 조명해 내고 있다.

작가는 교장을 다음과 같이 묘사하고 있다.

> 영감(교장…필자주)은 옆에서 주인댁이 하는 말은 귀담아 듣지
> 도 않고 골똘히 돈을 헤이더니, 커다란 검정 헝겊 주머니를 허리춤
> 에서 꺼내어서 넣는다.
> 옆에 섰는 정례는 그 돈이 아깝고 영감의 푸둥푸둥한 넓적한 손까
> 지 밉기도 하여…….(같은 책, 399면)

이러한 묘사에서 "커다란 검정 헝겊 주머니"는 물욕에 눈이 어두운 광
복 당시의 한국 사회상을 암시하는 소설적 장치로서 시적 진실성을 느낄
수 있게 하고 있다. 자신의 교양이나 남과의 도타운 인간관계를 몰각하고
오직 몰염치한 욕망을 채우는 심리적 상징물로서 그 주머니의 의미를 적
절히 말해 주고 있다. 교장의 처지에서는 "이북에서 내려온 딸 내외에게
똑 알맞은 장사"라고 생각하고 정례 어머니의 문방구 가게를 손에 넣는
데 온 힘을 기울였음을 이야기의 맨 끝에 가서 밝히고 있다.

그리고 정례 어머니의 입을 통하여 다음과 같이 '두 파산'을 말해 주고
있음에 유념하게 된다.

> 난 살림이나 파산지경이지 옥님이는 성격파산인가 보더군…….
> (같은 책, 407면)

즉 경제적 몰락뿐만이 아니라 인간관계의 의리나 인정이 깨어진 사회적
혼란상을 작가는 말하고 있다.

3) 작품 「만세전」과 시대적 암울
장편 「만세전」은 「삼대」와 함께 염상섭의 대표적 작품으로 평가되고

있다. 앞에서 다룬 「표본실의 청개구리」가 갇힘과 벗어남의 두 논리를 우울미로 만들어낸 작품이라면, 「만세전」은 지식인의 눈으로 한국의 전통과 인습의 질곡을 좀더 그 형성층의 내밀한 의미까지 조명하여 민족적 고통의 실체를 찾아내려한 작품임을 알 수 있게 한다. 즉 한국 내부에 담겨진 자체내의 모순과 문제점을 찾아내는 데 주력한 작품이다. 그 내용을 간추리면 다음과 같다.

(1)동경 유학생인 나(이인화)는 아내가 위독하다는 전보를 받음. 애인 정자와 아내 사이에서 인화는 고민하며 귀향길에 오름.

(2)인화는 한 여성도 제대로 사랑하지 못함을 반성함. 하관에서 배에 오르자 기관원의 조사를 받으며 차별대우를 통하여 민족의식이 살아남을 느낌. 인화는 목욕하는 일인들의 대화에서 한국인을 야만시하는 것과, 한국인 노무자들의 참상을 깨닫고 눈물지음.

(3)기관원에게 휴대품 조사를 받고 분개하고, 노동자를 '우리 편'이라고 관념적으로 생각했으나 직접 대하고 보면 혐오감을 느끼게 됨을 실감하는 인화.

(4)아침식사를 하려고 부산 거리를 걷다가 조선인의 거리는 없어지고 일인들의 관청과 상점이 즐비함을 보고 경제적 침략을 실감함. 한 식당에서 아침을 먹으며, 한국인의 나태함이 비판됨. 일인 아버지와 한국인 어머니 사이에 태어난 여자 종업원이 자신을 버린 아버지를 그리워하며 "조선 사람은 난 실혀요."와 같이 말하는 데서 인종차별 의식을 발견함.

(5)김천역에서 보통학교 훈도를 하는 형을 만남. 정치적 욕망에 가산을 버린 아버지보다, 현실 순응적이며 착실한 형이 아우인 인화를 동경 유학까지 시키는 데 감사하면서도 형의 봉건적, 보수적 삶의 자세를 내심으로 비판함. 한 예로서 아들을 보겠다는 일념으로 최참봉의 딸을 소실로 받아들이는 형의 처사, 묘소에 대한 구습 등과 셋째집 형

의 노름빛 등이 차례로 조명·비판됨. 인화는 김천에서 다시 기차를 타고 서울로 오는 차내에서 갓쟁이를 만나게 됨. 여기서 망건을 쓰면 일인들의 간섭을 받지 않아 편하다는 말을 듣게 되고, 공동 묘지법에 대한 불만도 듣게 됨. 여기서도 인습에 관한 비판이 보임. 인화는 대전에서 잠시 하차하여 점심을 먹으면서 그를 감시하는 경관을 보고 분노하며 "묵직하고 고요한 압력"을 느끼며 한국 전체가 "共同墓地로" 인식됨. 전통적 가치관이 새 시대의 창조력을 유발하며 삶의 지도력이 되지 못함을 인식함.

(6)아내의 혼수상태를 봄. 아내가 잠시 의식을 회복하고 울면서 그녀의 소생을 부탁함. 아버지와 김의관 양의를 불신함. 호기있는 김의관도 실속 없이 이름있는 집의 호상을 맡는 형편임이 알려짐. 경찰이 인화의 행동을 감시함.

(7)큰집 형님의 말을 통하여 아버지가 중추원 부찬의 같은 명예직을 원한다는 사실을 알게 됨. 일없이 취생몽사함을 비판함.

(8)아내 사망함. 아이를 김천 형님에게 맡기고, 집에서는 가심굿(씻김굿)을 함. 서울을 떠남.

이러한 요약에 잘 나타난 바와 같이, 한국 사회의 각계층에 깃든 순응주의, 보수적 가문 의식, 무능력함, 주체성이 약한 성격 소유자들 그리고 일제에 굴종하는 삶 등이 차례로 조명되고 비판되고 있다.

그와 함께 일제의 경제적 침탈 현상과 경찰력을 동원하여 지식인들을 감시하는 조직적 행정력 등이 선명히 밝혀지고 있다.

특히 김천에서 상봉한 이인화의 친형이 지닌 보수적 순응주의에서 이인화는 크게 실망한다. 그리고 무위도식하는 생활을 죽음의 세계로 인식하고 있는 서술자의 냉엄한 비판 정신이 시종일관함을 볼 수 있다.

여기서 3·1운동 전야의 한국 사회의 자체내의 모순이 모두 밝혀져, 이른바 사회소설 「삼대」에로 발전해 가는 주요한 요체가 됨을 이해할 수 있게 한다.

작가는「삼대」에 이르러, 할아버지 세대의 봉건적 가부장제의 모순을 철저히 조명했고, 사이비 계몽적 지식인인 아버지 세대의 자체 모순과 자기 기만을 비판하였다. 그리고 제3세대인 덕기를 통하여 새로운 가능성을 암시하는 것으로 작품을 마무리지어 이른바 한국 최초의 사회소설을 제작하기에 이르렀다.

3. 마무리

염상섭은 객관적 사실주의를 수립한 작가로서, 사물 묘사에 있어 긴 호흡의 문장을 구사하여 그의 만연체를 이룩한 특징이 있다. 특히 서울 중산층의 생활의식을 속속들이 파헤쳐 그 고통의 실상을 밝히고 있다.

그의 만연체 문장은 한 사물에서 다각적인 의미를 객관적으로 인식하려는 문장 의식과 직결된 것임을 엿보게 된다. 간결하고 독단적인 문장을 구사한 김동인의 작가 의식과 염상섭은 동시대를 살면서 상당한 차이를 그 미의식에서 드러내고 있다.

우리나라 최초의 객관적 사실주의 소설을 창작한 공로는 초창기에 있어 염상섭이 가장 큰 봉우리를 수립했음을 높이 평가할 수 있다. 특히 그의 장편「삼대」는 봉건적 지주의 생태와 그 욕망의 문제 및 사이비 개화파 지식인의 위선적 삶을 투시하였고, 애국지사들의 자녀들이 겪는 고난과 대비하여 사태의 모순을 구조적으로 밝힌 수작으로 높이 평가되고 있다.

염상섭 연보

1897   서울 종로구 적선동(속칭 띠굴)에서 전주, 의성, 가평 등지의 군
       수였던 염규환(廉圭桓)의 8남매 중 3남으로 태어나다. 본명 상
       섭(尙燮), 필명 상섭(想涉), 호는 횡보(橫步).

1907(11세)   관립 사범부속보통학교 취학.

1910(14세)   보성중학교 입학.

1912(16세)   일본 도쿄 아오야마학원에 다님. 침례교 세례받다.

1915(19세)   게이토 부립(府立) 제2중학교 3학년에 편입.

1918(22세)   부립 제2중학교 졸업. 게이오대학 문과 예과 일류에 입
              학, 중퇴. 게이토에서 기자생활하다.

1919(23세)   기자직 그만두다. 오사카 천왕사 공원에서 독립운동 시위,
              검거되어 5개월간 미결수로 있다가 집행유예로 풀려나다.
              요코하마 복음 인쇄소 직공으로 취직.

1920(24세)   봄에 귀국. 동아일보 창간과 함께 정치부 기자로 근무, 동
              인지『폐허』창간. 정주에서 오산중학교 교원생활. 첫 소
              설「박래묘(舶來猫)」발표. 첫 시작품「법의」발표.

1921(25세)   상경하여 주간지『동명』기자로 일함.「표본실의 청개구
              리」(개벽) 발표.

1922(26세)   「제야」,「묘지」발표.

1923(27세)   주간지『동명』편집장. 단편「죽음과 그 그림자」발표.
              「신혼」(신생활),「만세전」(동아일보) 발표.

1924(28세)   「금반지」(개벽),「전화」(조선문단) 발표.

1925(29세)   시대일보 사회부장.「계급문학시비론」(개벽),「고독」
              (조선문단),「윤전기」(조선문단) 발표.

1926(30세)   「악몽」(시종),「조그만 일」(문예시대) 발표.

1927(31세) 동아일보에 「사랑과 죄」 연재.

1928(32세) 매일신보에 「이심」 연재.

1929(33세) 숙명여고 출신 김영옥과 결혼. 조선일보 학예부장, 조선일
보에 「광분」 연재. 「똥파리와 그의 아내」(신민) 발표.

1931(35세) 조선일보에 「삼대」 연재. 매일신보에 「삼대」 속편 「무
화과」 연재. 장남 재용(在瑢) 태어나다.

1934(38세) 「불똥」(삼천리) 발표.

1935(39세) 매일신보에 「목단꽃 필 때」 연재. 유일한 사담(史譚),
「효두(曉頭)의 사변정가」(월간 매신) 발표.

1936(40세) 만주 장춘으로 가서 만선일보 주필 겸 편집국장 지내다.

1938(42세) 차녀 희영(喜英) 태어나다. 만주 안동으로 이사. 대동항
건설국 홍보담당(해방 직전까지).

1942(46세) 차남 재현(在玹) 태어나다.

1946(50세) 경향신문 창간과 동시에 편집국장 지내다. 「해방의 아들」
(신문학) 발표.

1948(52세) 중편집 『삼팔선』에 「삼팔선」, 「모략」 수록. 자유신문에
「효풍(曉風) 연재중 10월에 중단.

1949(53세) 단편 「해방의 아들」 발간. 「두 파산」(신천지), 「일대의
유업」(문예) 발표.

1950(54세) 6·25 때 해군으로 종군.

1951(55세) 해군 소령으로 임관되어 해군본부 정훈감실과장 근무.

1952(56세) 조선일보에 「취우」 연재.

1954(58세) 「취우」로 서울시 문학상 수상. 예술원 회원, 서라벌예대
초대 학장. 한국일보에 「미망인」 연재.

1955(59세) 「짖지 않는 개」(문학예술) 발표.

1956(60세) 「짖지 않는 개」로 아세아 자유문학상 수상. 단편 「자취」
(현대문학) 발표.

1957(61세) 예술원 공로상 수상. 단편「동서」발표.

1958(62세) 단편「수절(守節)내기」발표.

1959(63세) 「동기(同期)내기」(사상계) 발표.

1960(64세) 「폐허에 대해서」(사상계),「외부내빈(外富內貧)」(현대문학) 발표. 단편집『일대의 유업』발간.

1961(65세) 「의처증」(현대문학) 발표.

1962(66세) 3·1 문화상 수상. 문화훈장대통령장 받음.「횡보문단회상기」를『사상계』에 연재중 중단.

1963(67세) 성북구 성북동 145의 52호에서 직장암으로 타계하다.

베스트셀러 한국문학선 3

표본실의 청개구리

펴낸날 ㅣ 1995년 3월 7일 초판 1쇄
　　　　2012년 12월 20일 초판 18쇄

지은이 ㅣ 염상섭
펴낸이 ㅣ 이태권
펴낸곳 ㅣ (주)태일소담
　　　　서울시 성북구 성북동 178-2 (우)136-020
　　　　전화 ㅣ 745-8566~7　팩스 ㅣ 747-3238
　　　　e-mail ㅣ sodam@dreamsodam.co.kr
　　　　등록번호 ㅣ 제2-42호(1979년 11월 14일)
　　　　홈페이지 ㅣ www.dreamsodam.co.kr

ISBN 978-89-7381-173-1 03810